NANCY ATHERTON

TANTE DIMITY
und der unerhörte Skandal

Aus dem Amerikanischen von Christine Naegele

W0210955

be THRILLED

beTHRILLED

Vollständige ePub-to-Print-Ausgabe des in der Bastei Lübbe AG erschienenen eBooks »Tante Dimity und der unerhörte Skandal« von Nancy Atherton

beTHRILLED by Bastei Entertainment in der Bastei Lübbe AG

Dieses Werk wurde im Auftrag der Jane Rotrosen Agency LLC vermittelt durch die Literarische Agentur Thomas Schlück GmbH, Garbsen.

Copyright © 2018 by Bastei Lübbe AG, Köln

Lektorat/Projektmanagement: Kathrin Kummer
Covergestaltung: Jeannine Schmelzer unter Verwendung von Motiven © shutterstock: Alvaro Cabrera Jimenez | Montreeboy
Illustration: © Jerry LoFaro
Satz: 3w+p GmbH, Rimpar
Druck: Books on Demand GmbH, Norderstedt

ISBN 978-3-7413-0096-7

Die Originalausgabe erschien unter dem Titel »Aunt Dimity's Good Deed« bei Penguin Books, New York.
Copyright © der Originalausgabe 1996 by Nancy T. Atherton
Copyright © der deutschsprachigen Erstausgabe 2006 by RM Buch und Medien Vertrieb GmbH

www.be-ebooks.de
www.lesejury.de

FSC
www.fsc.org
MIX
Papier aus verantwortungsvollen Quellen
Paper from responsible sources
FSC® C105338

Kapitel 1

Man sagt, dass drei Wünsche nie genug sind, und vielleicht ist das wahr. Es gab einmal eine Zeit, wo ich mir angesichts eines wohlwollenden Flaschengeists nichts sehnlicher gewünscht hätte als einen Job, den ich nicht hasste, und eine Mietwohnung in dem Stadtteil Bostons, der mich an England erinnerte, ein Land, das ich seit meiner Kindheit liebe.

Mein dritter Wunsch – zweifellos das Ergebnis einer trostlosen Ehe und einer noch trostloseren Scheidung – wäre eine mehr oder weniger stabile Beziehung mit einem Mann gewesen, der kein völliges Arschloch war und der mir wenigstens so oft die Wahrheit sagte wie er seine Socken vom Boden aufhob. Damals konnte mir niemand nachsagen, dass ich überzogene Erwartungen hatte. Damals waren meine kühnsten Träume so zahm, dass sie praktisch jedem aus der Hand gefressen hätten.

Aber als Tante Dimity starb, wurden alle meine Wünsche wahr, und zwar auf eine Art und Weise, wie ich sie mir nie hätte erträumen können. Tante Dimity hinterließ mir ein honigfarbenes Cottage, ein Häuschen, das tatsächlich in England stand, und so viel Geld, dass ich nie mehr arbeiten musste. Sie hatte auch dafür gesorgt, dass ihr Testament von einem Mann vollstreckt wurde, der nicht nur rücksichtsvoll in Bezug auf seine Socken war, sondern auch ehrlich und zudem bis über beide Ohren in mich verliebt.

Dank Tante Dimity war es eine Romanze wie im Märchen, einschließlich eines gemütlichen honiggelben

Schlosses und eines Märchenprinzen – denn so kam Bill Willis mir vor, obwohl er weder ein Prinz war noch schön. Und die Romanze endete, indem er mich um meine Hand bat. Es war alles so schnell und so mühelos passiert, dass ich Bill liebte, noch ehe ich so recht wusste, wer er überhaupt war. Und vielleicht war das mein Fehler.

Denn das Dumme an Märchenhochzeiten ist meist das, was danach kommt. Ich war zwar vorher schon einmal verheiratet gewesen, also war ich nicht völlig ahnungslos – ich wusste schon, dass die See manchmal rau sein würde –, aber ich hätte nie erwartet, dass mein geliebter Bill versuchen würde, das Schiff zu versenken.

Ich hatte gedacht, dass ich alles über ihn wüsste. Während unserer gemeinsamen Zeit in Tante Dimitys Cottage hatte ich stets darauf gewartet, dass sich ein verhängnisvoller Fehler zeigen würde, wie ihn jeder Märchenprinz zweifellos haben musste, aber er zeigte sich nie. Trotz seines bizarren Humors war Bill Willis ein ausgeglichener, liebevoller Gesellschafter gewesen, ein wirklich anständiger Kerl. Und das blieb er – solange wir in England waren.

Das Problem lag darin, dass ich Bill nie in seiner normalen Umgebung erlebt hatte. Ich hatte ihn nie hinter seinem Schreibtisch bei der Arbeit gesehen. Als ich ihn kennenlernte, hatte er so etwas wie Urlaub, eine lange Abwesenheit von der Rechtsanwaltskanzlei seiner Familie – das war eine Bedingung in Tante Dimitys Testament gewesen –, sodass wir unsere erste Zeit zusammen an einem uns fremden und sehr romantischen Ort verbrachten. Es war idyllisch gewesen, aber es hatte mich überhaupt nicht auf das Leben vorbereitet, das ich führen würde, wenn wir wieder in den Vereinigten Staaten wären, wo mein ausgeglichener und unbeschwerter Verlobter sich in einen arbeitswütigen und ständig abwesenden Ehemann verwandelte.

Selbst unsere Hochzeitsreise wurde von einer endlosen Reihe von Faxen aus der Firma begleitet. Damals fand ich das noch lustig, aber im Nachhinein sehe ich es als eine Ankündigung dessen, was mich erwartete.

Bills natürliche Umgebung war schließlich kein gemütliches Cottage auf dem Lande. Er war in einer imposanten Familienvilla aufgewachsen, einem stadtbekannten historischen Gebäude im nobelsten Teil von Boston. Zusammen mit Bills Vater, William Willis senior, bewohnten wir den Westflügel und den Mittelteil des Gebäudes, der Ostflügel war den Büroräumen von Willis & Willis vorbehalten, einer der ältesten und angesehensten Rechtsanwaltskanzleien in New England. Die Kanzlei Willis & Willis konnte ihre Wurzeln bis in die Zeit vor der Revolution zurückverfolgen, genau wie die meisten ihrer Klienten – ein muffiger Haufen alter Bostoner Familien, deren Rechtsstreitigkeiten der Familie Willis zu Reichtum und Ansehen verholfen hatten.

Bills Aufgabe war es, einer anspruchsvollen blaublütigen Klientel zu dienen, und sobald wir wieder in Boston waren, stürzte er sich in ein Pensum aus endlosen Telefonaten, Konferenzen, Mittagessen, Empfängen und dem damit verbundenen Papierkrieg. Er stand vor Morgengrauen auf und ging lange nach Mitternacht zu Bett und rannte herum wie ein Hamster im Laufrad. Er nahm ab, und auf seiner Stirn bildeten sich neue Falten, die glatt zu streichen ich nur noch selten Gelegenheit hatte.

Bills wahnsinnige Arbeitswut lag zumindest teilweise daran, dass er seinen Vater entlasten wollte. Zwar hatte Willis senior nicht darum gebeten, entlastet zu werden, aber Bill war überzeugt, dass sein Vater nicht wusste, was gut für ihn sei. Mein fünfundsechzigjähriger Schwiegervater erfreute sich überwiegend guter Gesundheit, aber er hatte früher einmal Herzbeschwerden gehabt, und Bill hatte schreckliche Angst, ihn zu verlieren. Allmählich übernahm Bill sämtliche Tagesgeschäfte der Firma, damit sein Vater beruhigt sein konnte, dass alles weiter seinen geordneten Gang gehen würde, falls der alte Herr sich entschließen sollte, in den Ruhestand zu treten.

Ich vermute, dass Bill sich damit auch selbst etwas beweisen wollte. Es war nicht immer leicht, der Sohn des großen William Willis senior zu sein. So wie es nicht immer leicht sein konnte, überhaupt ein Willis zu sein. Bills Vorfahren hatten den Namen berühmt gemacht, seit sie aus England herübergekommen waren; einige von ihnen waren Richter gewesen, andere Abgeordnete im Kongress, aber alle hatten sie etwas Bemerkenswertes geleistet. Es war eine gewichtige Tradition, die es zu erhalten galt, und Bill hatte das Alter erreicht – er war Mitte dreißig –, wo er glaubte, zeigen zu müssen, dass er des Namens Willis würdig sei.

Also hatte mein Mann gute und verständliche Gründe, sich mit einer Unmenge Arbeit in ein frühes Grab zu befördern, und ich hatte gute und verständliche Gründe, mir die Haare zu raufen. Im Leitfaden über das Leben mit Märchenprinzen steht nichts über chronische Workaholics – Aschenputtels Prinz war vermutlich besser im Delegieren –, und ich wusste nicht, wohin ich mich um Hilfe wenden sollte. Was tut man, wenn das Leben anfängt, schiefzulaufen, und man seine drei Wünsche schon aufgebraucht hat?

Ich weigerte mich, zu Hause herumzusitzen und zu jammern. Mein Freund und früherer Chef, Dr. Stanford J. Finderman, hatte reichlich Arbeit für mich. Stan war der Kurator der Sammlung seltener, alter Bücher in der Bibliothek meiner Alma Mater, und er war sofort bereit, sein mageres Budget zu strapazieren und mich nach

England zu schicken – auf eigene Kosten natürlich –, damit ich dort auf der Suche nach wertvollen Büchern Auktionen besuchen und private Sammlungen sichten könne.

Zwei lange Jahre hatte ich mich mit großem Eifer meiner Aufgabe gewidmet. Ich hatte viele interessante Menschen kennengelernt und Hunderte von herrlichen Häusern gesehen, und jede dieser Reisen hatte mich von der leisen und völlig irrationalen inneren Stimme abgelenkt, die immer wieder erklang: *Es liegt an dir. Es ist deine Schuld, dass Bill sich so in die Arbeit vergräbt. Er hat keine Ahnung, warum er ausgerechnet dich geheiratet hat.*

Es war ein absurder und lächerlicher Gedanke, aber er hielt sich hartnäckig. Und als Monat um Monat verging, in dem die Delle in Bills Kopfkissen morgens der einzige Beweis war, dass er überhaupt zu Bett gekommen war, fragte ich mich, ob nicht doch ein Körnchen Wahrheit darin sei.

Egal, wie viele Gemeinsamkeiten wir hatten – Bill und ich hatten keinen gemeinsamen Hintergrund. Er war in einem noblen, denkmalgeschützten Wahrzeichen der Stadt aufgewachsen, ich dagegen in einem unscheinbaren Mietshaus auf der Westside von Chicago. Seine Ahnenreihe bestand aus hervorragenden Männern und Frauen, die erster Klasse mit dem Schiff aus England gekommen waren, noch ehe die Vereinigten Staaten vereinigt waren. Ich stammte von Joe und Beth Shepherd ab, einem überarbeiteten Geschäftsmann und einer Lehrerin, deren Ahnen sich die Schiffspassage nach Amerika wahrscheinlich damit verdient hatten, dass sie das Deck schrubbten. Ich war auf ein gutes College gegangen, Bill jedoch trug das Purpurrot von Harvard; und wenn Tante Dimity nicht gewesen wäre, dann wäre mein Vermögen kleiner gewesen als die Summe, die mein Mann jährlich für Schnürsenkel ausgab.

Mit dem Tod meiner Mutter hatte ich die letzte Familienangehörige verloren, ich stand allein da. Bill hatte noch seinen Vater, mehrere Vettern an der Westküste und zwei Tanten, die in Boston, nicht weit von uns wohnten. Ich hatte Bills Vettern noch nicht kennengelernt, aber sein Vater war ein Schatz, mit dem ich mich bestens verstand.

Seine Tanten jedoch waren ein schwieriges Kapitel. Honoria und Charlotte waren zwei spindeldürre, grauhaarige Witwen Ende fünfzig, und als ich sie sah, verstand ich, warum Bills Vettern nach Kalifornien geflohen und nie zurückgekehrt waren. Meine Schwiegertanten waren schmalhüftig und dünnlippig und hatten mich mit jener Wärme in die Familie aufgenommen, die man von zwei Frauen erwarten kann, deren Hoffnungen auf eine standesgemäße Heirat ihres Lieblingsneffen sich zerschlugen, als er mir den Heiratsantrag machte.

Sie hatten alles Mögliche gegen mich, aber der Hauptgrund ihrer Ablehnung schien zu sein, dass ich, obwohl ich zweiunddreißig Jahre zählte und schon einmal verheiratet gewesen war, immer noch keinen Beweis geliefert hatte, dass ich eine geeignete Zuchtstute für den Willis-Stall war. Sie drückten es zwar nicht ganz so krass aus, aber wenn Blicke schwanger machen könnten, dann hätte ich zu jedem Weihnachtsfest Zwillinge bekommen.

Die nüchterne Wahrheit war, dass ich als Zuchtstute wohl keine Preise gewinnen würde. Ich war das einzige Kind zweier Einzelkinder, die zehn Jahre gebraucht hatten, um mich zustande zu bringen, also waren meine Chancen im Fruchtbarkeitslotto nicht gerade überwältigend.

Mir machte es nichts aus. Nicht viel jedenfalls. Ich will gar nicht leugnen, dass ich so manchen Morgen auf die Delle in Bills Kopfkissen starrte und mich fragte, ob in unserem Haus jemals das Trippeln von Kinderfüßchen zu hören sein würde, wenn ich nicht einmal mehr seine Schritte im Schlafzimmer wahrnahm. Jedoch sprach ich nie davon, außer ein einziges Mal in einem Augenblick großer Schwäche gegenüber meiner Freundin Emma Harris in England, und Emma hatte mir versprochen, das Thema nie mehr zu erwähnen. Aber Honoria und Charlotte erwähnten es oft. »Hast du vielleicht eine freudige Mitteilung für uns, Lori?«, war eine Frage, die ich zu hassen lernte, denn ich hatte schon zwei lange Jahre keine freudige Mitteilung, für niemanden.

Aber auch wenn ich Drillinge produziert hätte – Bills Tanten hätten mich trotzdem abgelehnt. Dank Tante Dimitys Erbe konnten sie mich nicht direkt der Erbschleicherei bezichtigen, aber der Verdacht, ein Emporkömmling zu sein, lag immer in der Luft. Sie versäumten es nie, meine kleinen Ungeschicktheiten und Fauxpas aufs schärfste zu kritisieren.

Bills Freunde und Geschäftspartner gaben ebenfalls ihre Kommentare ab, aber sie nannten mich »erfrischend«. Der Gouverneur fand meine Beschreibung der primitiven Waschgelegenheiten in einigen irischen Jugendherbergen »erfrischend«. Ein Mitglied im Aufsichtsrat des Bostoner Museums of Fine Art fühlte sich von meiner Schilderung, wie ich eine seltene Erstausgabe eines Brontë-Romans aus einem Kuhstall in Yorkshire gerettet hatte, ebenfalls »erfrischt«. Es schien, dass ich jedes Mal, wenn ich etwas sagte, was eine wohlerzogene Dame in Gesellschaft nie über die Lippen gebracht hätte, »erfrischend« war.

Vielleicht wurde es auf die Dauer langweilig, eine »erfrischende« Frau zu haben. Vielleicht hörte Bill auf seine Tanten. Vielleicht waren die tieferen Dinge, die wir in unserem Cottage aneinander entdeckt hatten, nicht länger wichtig, wenn die Dinge an der Oberfläche nicht stimmten.

Wenn ich versuchte, mit Bill darüber zu sprechen, dann verwuschelte er mir nur die Haare und sagte, ich sei albern. Und meinem Schwiegervater konnte ich mich auch nicht anvertrauen. Willis senior war so entzückt von der Heirat seines Sohnes gewesen, dass ich es nicht übers Herz brachte, ihm zu gestehen, dass nicht alles wie geplant lief. Emma Harris war meine beste Freundin in England, und Meg Thomson wohnte hier in Amerika gar nicht so weit weg, und ich wusste, dass sie beide zugehört hätten, aber es war mir zu peinlich, als dass ich zu einer von ihnen auch nur ein Wort hätte sagen können. Menschen, denen drei Wünsche erfüllt worden sind, sollten eigentlich keine weiteren Wünsche haben. Und trotzdem saß ich hier und wünschte mir, dass jemand Bill mit einem metaphysischen Holzhammer eins überziehen würde und ihn zu Verstand brächte. Und zu mir zurück, ehe es zu spät war.

In meiner Verzweiflung organisierte ich eine Reise, die ich als unsere zweiten Flitterwochen bezeichnete. Bill überraschte mich, indem er sich einverstanden erklärte. Wir würden in meinem Cottage in England wohnen, den Telefonstecker herausziehen, alle Besucher wegschicken und den ganzen August damit verbringen, uns wieder kennenzulernen. Soweit der Plan, und es hätte funktionieren können, wenn die streitsüchtigen Biddifords nicht gewesen wären.

Nachdem sie sich dreißig Jahre lang wegen des Testaments des verstorbenen Quentin Biddiford in den Haaren gelegen hatten, hatte die Familie endlich beschlossen, über eine Einigung zu verhandeln. Sie hatten Bill gebeten, zu vermitteln, und es schien wie eine geplante

Bösartigkeit, dass sie für das erste Gipfeltreffen den ersten August gewählt hatten, das Datum unserer geplanten Abreise nach England. Der Biddiford-Streit war der Pfirsich, auf den Bill gewartet hatte – dick, saftig und überreif –, und da er ihm statt seinem Vater in den Schoß gefallen war, gab es auch keine Diskussion darüber. Bill musste in Boston bleiben.

Mit schwerem Herzen flog ich nach England, und Willis senior flog mit mir, denn er hatte angeboten, mir Gesellschaft zu leisten, bis sein Sohn ankam. Bill hatte versprochen, nachzukommen, sobald er die Verhandlungen zu einem Abschluss gebracht hatte, aber ich konnte mich des Gefühls nicht erwehren, dass das Schicksal – in Form der schwachsinnigen Biddifords – gegen mich war. Dank dieser streitsüchtigen Clique war ich im Begriff, meine zweiten Flitterwochen mit meinem Schwiegervater zu verbringen.

Es war einfach zu viel. Mit Willis senior konnte ich darüber nicht sprechen, aber ich musste mich jemandem anvertrauen, und Emma Harris war gleich nebenan. Und genau aus diesem Grund hockte ich auf den Knien zwischen den Radieschen, und Bill war in Boston, als Willis senior verschwand.

Kapitel 2

Emma Harris' Radieschen gediehen in der Südostecke ihres Gemüsegartens, der in Sichtweite des Landhauses aus dem vierzehnten Jahrhundert lag, das Emma mit ihrem Mann Derek und ihren Stiefkindern Peter und Nell bewohnte. Emma war gebürtige Amerikanerin, aber ihre Liebe zur Gärtnerei hatte sie nach England geführt, und ihre Liebe zu Derek, Peter und Nell hatte sie hier Wurzeln schlagen lassen.

Emmas Landhaus lag ungefähr auf halbem Wege zwischen meinem Cottage und Finch, einem kleinen Dorf im Westen Englands. Drei Tage zuvor waren Willis senior und ich hier angekommen. Nach einer Übernachtung in London hatte uns Paul, ein befreudeter Chauffeur der Familie, sicher hergebracht. Ich litt noch immer zu stark unter dem Jetlag, um mich an das Steuer eines Wagens zu setzen – besonders hier in England, wo das Autofahren eine ziemliche Herausforderung für mich ist –, aber ich war ausgeschlafen genug, um nach dem Frühstück zu Emma hinüberzulaufen und ihr mit den Radieschen zu helfen.

Und Emma konnte immer Hilfe gebrauchen. Sie war eine begnadete Gärtnerin, aber wenn es um Gemüse ging, hatte sie nie die Tugend der Mäßigung gelernt. Im Frühling, wenn sie pflanzte, kündigte sie mit düsterer Stimme Schäden durch Insekten, Trockenheit, Kaninchen und Krankheitsbefall an. Während des Sommers dann pflegte sie alles mit einer solchen Hingabe, dass auch die letzte Pflanze prächtig gedieh und folglich im Spätsommer die Ernte zum Problem wurde.

Preisgekrönte Zwiebeln, Kohlköpfe, Salat, Lauch – ich versuchte Emma einmal klar zu machen, dass die Kaninchen allein vom zehnten Teil ihres Gemüses so fett würden, dass sie in der Wildnis keine Überlebenschancen mehr hätten. Allerdings gehörte ich zu den Menschen, die jeden bewunderten, der auch nur einen Avocadokern im Glas zum Keimen brachte, also war mein Urteil vielleicht nicht kompetent. Ich wusste nur eines: Immer im August verwandelte sich meine sonst so ruhige und unerschütterliche Freundin in eine Erntemaschine, die Schubkarren um Schubkarren mit Bergen von Gemüse füllte.

Derek Harris nahm diese alljährliche Besessenheit seiner Frau gelassen hin. Er war, wie auch Emma, Mitte vierzig, aber während Emma klein und rundlich war, war er groß und hager, mit einem länglichen, wettergegerbten Gesicht, einem Kopf voll grauer Locken und so schönen dunkelblauen Augen, dass es einem den Atem verschlagen konnte. Um diese Augen lagen tiefe Falten. Derek hatte schwere Zeiten durchgemacht – seine erste Frau war jung gestorben und er war mit zwei kleinen Kindern zurückgeblieben –, aber er hatte diese schweren Jahre überwunden und in seiner Ehe mit Emma Trost für sein trauerndes Herz gefunden. Er war ein erfolgreicher Bauunternehmer, der sich auf Restaurierungsarbeiten spezialisiert hatte, aber im August ließ er oft alles liegen, um seiner Frau bei ihrer Gemüseorgie zu helfen.

Heute jedoch hatte er eine Ausnahme gemacht und war einem Auftrag gefolgt – von keinem Geringeren als dem Bischof, der ihn gebeten hatte, eine Notreparatur an dem beschädigten Dach der St.-James-Kirche in Chipping Campden vorzunehmen, die in zehn Tagen neu geweiht werden sollte.

Peter, Dereks siebzehnjähriger Sohn, war ebenfalls nicht zu Hause. Er war gar nicht in England. Er wollte in

Oxford Medizin studieren und verbrachte den Sommer im brasilianischen Regenwald, wo er vermutlich mit Dschungelfieber und den Wasserfällen des Amazonas kämpfte, um einen neuen Wirkstoff gegen Krebs zu finden. Am Tag zuvor war ein Brief von ihm eingetroffen, Poststempel Manacapuru. Auf jemanden wie mich, der als Teenager die Sommerferien damit verbracht hatte, in der Leihbücherei die zurückgebrachten Bände wieder einzuordnen, wirkten Peters Abenteuer reichlich exotisch.

Mein Hilfsangebot wurde schnell, aber höflich abgelehnt, Emma hatte nämlich aus trauriger Erfahrung gelernt, dass ich kaum imstande war, ein reifes Radieschen von einer verfaulten Steckrübe zu unterscheiden.

Die zwölfjährige Nell, Emmas goldblonde Stieftochter, war zu unserem Haus hinübergewandert, um ihr Schachspiel mit Willis senior fortzusetzen, der, soweit ich wusste, in einem der beiden hohen Ledersessel vor dem Kamin saß, eine Tasse Tee neben sich, und eine Erstausgabe von F. W. Beecheys »Eine Entdeckungsreise zum Nordpol« in der Hand. Genau genommen saß er dort, wo Bill eigentlich hätte sitzen sollen.

Der Gedanke bedrückte mich.Ich seufzte tief und sah Emma dabei zu, wie sie Radieschen aus der Erde zog und sie geschickt in den Schubkarren warf.

»Das machst du jetzt schon zum dritten Mal«, bemerkte Emma. Sie steckte eine Haarsträhne zurück, die sich unter ihrem Strohhut gelöst hatte, und schob sich die runde Nickelbrille auf der Nase hoch. »Das war der dritte tragische Seufzer, den du über meinen Radieschen ausgestoßen hast. Die armen Dinger werden schon ganz welk vor Trauer.«

»Entschuldige.« Ich steckte die Hände in die Taschen meiner Jeans und ging langsam bis zu den Auberginen und wieder zurück, ehe ich mich auf dem Rand des Schubkarrens niederließ – zwischen den Griffen diesmal, damit er nicht wieder umkippte – und mürrisch zu dem Eichenhain hinübersah, der das Grundstück der Harris von meinem trennte. Ich fühlte mich alles andere als versöhnlich. Ich hatte Emma eine Stunde lang mein Herz ausgeschüttet, und ihr einziger Rat war gewesen, sofort nach Boston zurückzufliegen und Bill eins auf die Nase zu geben.

»Ich wette, du hast Derek noch nie eins auf die Nase gegeben«, murrte ich.

»Was aber nicht heißt, dass ich es nicht manchmal gern täte«, sagte Emma leichthin. »Man hat mir glaubwürdig versichert, dass dies das einzig zuverlässige Mittel ist, um die Aufmerksamkeit eines Mannes zu erhalten. Aber jetzt mal im Ernst, Lori, die zweiten Flitterwochen? Du hast doch gerade die ersten hinter dir. Vielleicht hält Bill dich für extravagant.«

»Das hat nichts mit extravagant zu tun«, erwiderte ich. »Ich wollte, dass dies eine besondere Reise wird. Ich wollte, dass Bill mal aus seiner Kanzlei rauskommt und sich entspannt und …«

»Du bist diejenige, die sich entspannen muss.« Emma stand langsam auf und klopfte die Erde von den wattierten Knien ihrer Gartenhose. Während sie ihre Arbeitshandschuhe auszog und in die Taschen ihres Kittels mit dem Veilchenmuster steckte, trat sie einen Schritt näher und sah mich prüfend an. »Bist du schon bei Dr. Hawkings gewesen?«

Ich merkte, wie ich rot wurde, und schlug die Augen nieder. »Du hast versprochen, dass du nicht wieder davon anfängst.«

Emma legte die Hand auf meine Schulter. »Beruhige dich, Lori. Es bringt nichts, wenn man sich unter Druck setzt.«

Dr. Hawkings in London hatte dasselbe gesagt, und mein Gynäkologe in Boston ebenfalls. Entspanne dich, hatten alle gesagt. Lass der Natur ihren Lauf. Alles wird gut werden. Aber ich hatte meine Zweifel. »Was ist, wenn ich nach meiner Mutter komme?«, sagte ich, während ich Emmas Blick immer noch auswich. »Sie hat zehn Jahre gebraucht, ehe sie mich bekam.«

Emma zuckte die Schultern. »Dann wirst du noch zehn Jahre lang Ruhe und ungestörte Nächte haben. Ist das so schlimm?«

Ich lächelte schwach. Medizinische Fachleute auf beiden Seiten des Atlantiks waren sich einig, dass weder mir noch Bill etwas fehlte, aber ich hatte da meine Zweifel. Gleich nach unserer Ankunft in London hatte ich Dr. Hawkings für eine Routineuntersuchung und einen Test aufgesucht und ihm die Genehmigung gegeben, es von den Dächern ausrufen zu lassen, falls das Testergebnis positiv sein sollte, aber ich wusste, es würde nicht positiv sein. Ich brauchte weder Honoria noch Charlotte, um mich daran zu erinnern, dass Willis senior noch immer kein Enkelkind hatte.

»Du scheinst nicht zu verstehen«, sagte ich hartnäckig. »Bill arbeitet Tag und Nacht, und wenn er nicht arbeitet, dann ist er fast immer so müde, dass er kaum seinen Kopf hochhalten kann, geschweige denn …«

Emma unterdrückte ein prustendes Lachen und schüttelte meine Schulter. »Du musst an etwas anderes denken«, sagte sie entschlossen. »Warum rufst du Stan Finderman nicht mal an? Oder noch besser, warum gehst du nicht ins Dorf und unterhältst dich mit Mrs Farnham? Sie war dreiundvierzig, weißt du, ehe sie …«

Ich zuckte zusammen. »Hör auf!«, sagte ich. »Wenn du Mrs Farnham und ihre Wunderdrillinge noch einmal erwähnst, dann schmeiße ich mit Radieschen.«

»Ich versuche ja nur …«

»Vielen Dank«, sagte ich kurz, »aber ich sehe nicht, wie der Gedanke, dass ich bis dreiundvierzig warten soll, ehe ich ein Kind bekomme, mich aufmuntern könnte!«

In dem Augenblick klingelte das Handy im Schubkarren, und froh über die Unterbrechung wühlte ich in den Radieschen. Es war ein robustes Modell, ein Weihnachtsgeschenk von Derek, zu dem ihn Bills Bemerkung inspiriert hatte, dass es für Derek leichter wäre, mit seiner Frau zu sprechen, wenn er im Garten eine Telefonzelle installierte.

Eine Telefonzelle wäre wirklich praktischer gewesen, da Emma als ehemalige Informatikerin eine ziemlich burschikose Einstellung zu dieser Art von High-Tech-Spielzeug hatte. Das Handy war mehr als einmal unter Hacke und Rechen geraten und auch schon mal gedüngt und beinahe kompostiert worden. Also war der Fundort in einem Schubkarren voller Radieschen ziemlich normal. Ich zog es aus dem grünen Gewirr und reichte es Emma, dann schlenderte ich zu den Gurkenbeeten hinüber, um dort zu warten, bis Emma ihr Gespräch beendet hatte.

»Das war Nell«, rief sie und warf das Handy wieder in den Schubkarren. »Sie sagt, dass William nicht im Haus ist.«

»Er war dort, als ich weggegangen bin«, sagte ich, während ich wieder zu ihr rüberkam.

»Ja, aber Nell sagt, jetzt ist er nicht da. Und übrigens …« Emma bückte sich, um eine Plane über den Schubkarren zu ziehen, sie sah nachdenklich aus. »Wann hast du zuletzt etwas von Dimity gehört?«

»Wie meinst du das?«, fragte ich und blieb stehen. »Tante Dimity ist nicht mehr im Haus.«

Emma richtete sich auf. »Ja, aber Nell sagt, dass William verschwunden ist. Und sie scheint der Meinung zu sein, dass Tante Dimity mit ihm gegangen ist.«

Mein Magen schlug einen Purzelbaum, und die Erde schien unter meinen Füßen zu schwanken. »Tante Dimity?«, sagte ich schwach. »Wie …?«

»Keine Ahnung«, erwiderte Emma. »Jedenfalls fahren wir jetzt sofort zu dir rüber. Komm.« Sie nahm den Strohhut ab und warf ihn auf die Plane, wobei ihr aschblondes Haar ihr bis zur Taille fiel. Mit zügigen Schritten machte sie sich auf den Weg zum Hof vor ihrem Haus, wo ihr Auto stand.

Ich sah einen Augenblick sprachlos den Schubkarren an, dann rannte ich los, um sie einzuholen. »Wenn Nell mich zum Besten hält …«, fing ich an, aber ich beendete den Satz nicht. Wenn Nell Harris mich zum Besten hielt, dann müsste ich es mir gefallen lassen. Nell Harris war kein Kind, mit dem man schimpfte.

Trotzdem, sagte ich mir, als ich in Emmas Auto stieg, es musste eine Art von Scherz sein. Mein Schwiegervater war ein freundlicher und sehr höflicher Mensch, ein Gentleman. Er war so zuverlässig wie der Sonnenaufgang. Er würde nie etwas so Rücksichtsloses tun wie einfach zu »verschwinden«. Er war kein Mensch, der zu spontanen Handlungen neigte.

Das sagte ich Emma, als wir ihre lange, azaleenbewachsene Zufahrt entlangfuhren. »William macht nicht einmal einen Spaziergang nach Finch, ohne mir Bescheid zu sagen«, erinnerte ich sie. »Und dass Tante Dimity mit ihm gegangen ist – unmöglich.«

»Warum?«, fragte Emma.

»Weil sie tot ist!«, rief ich ungeduldig.

»Das hat sie doch früher auch von nichts abgehalten«, gab Emma zu bedenken.

Ich spürte ein schwaches Kribbeln im Magen. »Stimmt«, sagte ich. »Aber ich meine *wirklich* tot. Nicht so wie früher.«

Emma sah mich von der Seite an. »Willst du damit sagen, dass es verschiedene Grade von Totsein gibt?«

»Ich will damit sagen, dass die Situation sich geändert hat«, erwiderte ich. »Es gab da etwas in Dimitys Vergangenheit, das noch unerledigt war, als sie uns das letzte Mal ... besuchte. Deshalb konnte sie nicht in Frieden ruhen. Aber das haben wir vor zwei Jahren in Ordnung gebracht. Es ist vorbei. Sie ist weg.«

»Vielleicht hat sie etwas Neues«, schlug Emma vor.

»Sei nicht albern«, sagte ich. »Dimity kann doch nicht einfach vom Diesseits ins Jenseits hin und her flitzen, wie es ihr passt.« Denn wenn sie es könnte, fügte ich in Gedanken hinzu, dann hätte ich schon längst einen sicheren Rat von ihr bekommen, wie ich meine Ehe retten kann. »Es muss auch dafür bestimmte Regeln geben, Emma.«

»Wenn es die gibt«, sagte Emma trocken, »dann gehe ich jede Wette ein, dass Tante Dimity neue aufstellt.«

Ich wollte gerade protestieren, blieb aber stumm. Emma hatte Recht. In meiner Beziehung zu Tante Dimity war bisher nichts auch nur annähernd konventionell gewesen. Zunächst waren wir weder durch Blutsbande noch durch Heirat verbunden, sondern durch ein Freundschaftsband. Dimity Westwood war die engste Freundin meiner Mutter gewesen. Die beiden hatten sich während des Krieges in London kennengelernt und hatten einen lebhaften Briefwechsel geführt, lange nachdem meine Mutter wieder in die Vereinigten Staaten zurückgekehrt war. Als ich auf die Welt kam, wurde Dimity meine Tante ehrenhalber, und als kurz darauf mein Vater starb, tat sie, was sie konnte, um meiner Mutter die doppelte Last eines gebrochenen Herzens und eines schreienden Babys erträglich zu machen.

Dimity half immer jemandem. Sie arbeitete mit Kriegerwitwen und Waisen und verwandelte geschickt ein kleines Erbe in ein beachtliches Vermögen, mit dem sie den Westwood Trust gründete, einen Wohltätigkeitsverein, den es immer noch gab. Dimity hatte sich zu einer Zeit auf dem Finanzmarkt einen Namen gemacht, als Frauen dort noch nicht vertreten waren, und obwohl sie genug Geld verdient hatte, um sich zurückzulehnen und mit anderen reichen Leuten Champagner zu trinken, hatte sie zurückgezogen gelebt und still ihre guten Werke getan.

Dimity Westwood war weder als Frau noch als Tante oder Millionärin konventionell gewesen, warum also sollte sie nach ihrem Tod ein konventionelles Dasein führen? Sie hatte bereits bewiesen, dass Spuken nichts Unheimliches sein musste. Von ihr kam kein schauriges Heulen im Schornstein, sie manifestierte sich nicht in grünem Nebel und rasselte nicht um Mitternacht mit irgendwelchen Ketten. Wenn Tante Dimity sich aus dem Jenseits mit mir in Verbindung setzen wollte, dann schrieb sie ihre Botschaften in ein blaues Tagebuch, ein unauffälliges kleines Buch mit dunkelblauem Ledereinband.

Jedes Mal, wenn ich im Haus ankam, nahm ich das blaue Tagebuch vom Regal in der Hoffnung, Tante Dimitys elegante Kursivschrift auf einer der Seiten zu finden, aber meine Hoffnungen waren langsam geschwunden. Ich sagte mir, dass es dumm sei, wenn ich erwartete, wieder von Tante Dimity zu hören, denn die Probleme, die ihren Geist an das Cottage gebunden hatten, waren gelöst – so dachte ich wenigstens.

Warum sollte sie jetzt zurückkehren? Welche neuen Geschäfte sollten sie veranlassen, sich mit Willis senior auf den Weg zu machen? War er etwa in Schwierigkeiten? Aber in welche Art von Schwierigkeiten konnte ein angesehener fünfundsechzigjähriger Rechtsanwalt geraten, während er ruhig im Sessel saß und ein Buch las?

Von all den Fragen wurde mir etwas schwindlig. Ich wusste nicht, was ich denken sollte. Aber das Erste, was mir auffiel, als wir in meine Einfahrt einbogen, war, dass das Auto von Willis senior weg war.

Kapitel 3

Ich hatte in England zwei Autos: einen gebrauchten schwarzen Morris Mini für mich und einen silbergrauen Mercedes für meine Gäste. Wenn ich nicht da war, standen beide Autos in der Garage von Mr Barlow, einem Kraftfahrzeugmechaniker im Ruhestand, der sich etwas dazuverdiente, indem er die Dellen und Kratzer, die ich auf meinen Fahrten durch England sammelte, wieder ausbeulte und überlackierte. Mr Barlow hatte an diesem Morgen beide Autos aus Finch in meine Einfahrt gebracht, aber jetzt stand nur der Mini da.

»Williams Auto ist weg«, bemerkte Emma, als sie neben dem Mini parkte und ihren Motor abstellte.

»Vielleicht ist er nach Bath zu dem Buchhändler gefahren, von dem Stan ihm erzählt hatte.« Mein Schwiegervater, der sich leidenschaftlich für Polarforschung interessierte, besaß eine beachtliche Sammlung von Büchern zu diesem Thema und war immer auf der Suche nach neuen Entdeckungen. Deshalb war es durchaus denkbar, dass er dem Rat meines früheren Chefs gefolgt war und den Händler in Bath aufgesucht hatte.

Emma verhielt sich abwartend, aber ich stieg aus dem Wagen und schritt die Einfahrt ab bis dorthin, wo sie auf die Straße bog, und sah mir die Reifenspuren auf dem Kies an. Alle Spuren führten in Richtung Finch, bis auf eine, die in die andere Richtung ging.

»Siehst du das?«, sagte ich triumphierend und zeigte auf den Kies. »William ist nach Süden gefahren, in Richtung Bath. Ich bin sicher, dass er dort ist.«

»Hm-hm«, machte Emma unverbindlich.

Bis auf das fehlende Auto sah das Haus noch genauso aus wie heute Morgen, als ich es verlassen hatte. Die Steinmauern hatten die Farbe von Honig, auf den die Sonne scheint, das Schieferdach war ein Flickenteppich aus Moos und Flechten, und die Eingangstür war von einem Wasserfall aus Rosen umgeben. Selbst im grauen Licht des Winters, wenn die Rosensträucher kahl waren und das Dach mit Schnee überzuckert war, wirkte das Haus warm und einladend. Jetzt im August, wo die Sommersonne das Moos goldgelb gebacken hatte und der Duft von frisch gemähtem Heu von einem benachbarten Feld herüberwehte, war Tante Dimitys Cottage für mich der schönste Ort auf der ganzen Welt.

Trotzdem sah ich es mir genau an, als ich Emma auf dem gepflasterten Weg zur Haustür folgte. Ich war überzeugt, dass das Haus glitzern oder leuchten müsste oder auf irgendeine andere Weise Tante Dimitys Rückkehr ankündigen würde, aber ich sah nichts. Die Schwalben flitzten hin und her aus ihren kleinen, runden Nestern unter dem Dach, und aus dem Schutz des Fliederstrauchs beäugte uns ein Kaninchen. Sollte Dimity tatsächlich zurückgekommen sein, so ließ das Haus sich nichts anmerken.

Nell wartete im Wohnzimmer auf uns, wo sie und Willis senior den grünlackierten Spieltisch für ihren Wettkampf aufgebaut hatten. Nell und Willis senior waren als Schachspieler ungefähr gleich stark – ihre Duelle dauerten Wochen, manchmal Monate, was davon abhing, wie oft Willis senior zu Besuch kam. Sie waren auch gute Freunde, und obwohl es mir immer einen Stich ins Herz gab, wenn Willis senior Nell seine adoptierte Enkelin nannte, konnte ich es ihm nicht verübeln. Nell Harris war ein außergewöhnliches Kind.

Mit ihren zwölf Jahren schien Nell das ungelenke Stadium der Vorpubertät übersprungen zu haben und war, statt sich erst einmal zu verpuppen, gleich ein Schmetterling geworden. Sie war groß, schlank und graziös, ein Botticelli-Engel mit einem makellosen ovalen Gesicht, einem Mund wie eine Rosenknospe und den dunkelblauen Augen ihres Vaters. Im Sonnenlicht, das durch die Erkerfenster fiel, leuchtete ihr Haar wie Gold. Sie bewegte sich mit einer natürlichen Würde, die ihr selbst dann etwas Königliches verlieh, wenn sie, wie jetzt, in Khakishorts, einem hellblauen T-Shirt und abgewetzten Wanderstiefeln steckte.

Bertie, Nells schokoladenbrauner Bär, saß auf einem Stoß Kissen auf dem Sessel, auf dem eigentlich Willis senior hätte sitzen sollen, und betrachtete das Schachbrett mit beharrlichem Interesse, während Ham, Nells schwarzer Labrador, offenbar überwältigt von der Aufregung des Spiels, halb schlafend auf der Bank lag, die unter dem Fenster entlanglief. Sein Schwanz klopfte zweimal kurz, um seiner Herrin unsere Ankunft mitzuteilen, aber deren Aufmerksamkeit war, genau wie Berties, auf das Brett geheftet. Als Hams Schwanz ein drittes Mal klopfte, schob sie einen weißen Läufer drei Felder weiter und lächelte zufrieden.

»So, das sollte genügen«, sagte sie mehr zu sich selbst, ehe sie sich umdrehte, um uns zu begrüßen. »Hallo, Lori. Hallo … Mama!«, rief sie aus. »Du hast ja noch deine Gummistiefel an. Ich dachte, du magst darin nicht Auto fahren.«

»Mag ich auch nicht«, erwiderte Emma, indem sie aus ihren schmutzigen Stiefeln schlüpfte, »aber wir hatten es eilig. Was soll das heißen, William ist verschwunden?«

»Er war nicht hier, als ich ankam«, sagte Nell. »Wir waren doch zu unserer Schachpartie verabredet. Und du kennst ja William – er vergisst *nie* eine Verabredung.«

Das war richtig. Was in Willis seniors Terminkalender stand, war in Stein gemeißelt, und er schrieb *alles* in dieses Buch. Eine Schachpartie mit Nell würde genauso gewissenhaft notiert sein wie eine Verabredung zum Essen mit einem Klienten, und beide würden mit dem gleichen Respekt behandelt werden.

»Ich habe geklingelt und geklopft«, erzählte Nell, »und als sich keiner rührte, sind Bertie und ich reingegangen.« Während die meisten Zwölfjährigen sich lieber den Kopf kahl rasieren lassen würden als zuzugeben, dass sie noch immer an ihrem Kuscheltier hängen, war es Nell keineswegs peinlich, dass sie ihren Teddybären immer noch liebte. Sie nahm Bertie überallhin mit, besprach alles mit ihm und erzählte ohne jede Verlegenheit von ihm, egal, ob sie zu Hause oder in Gesellschaft von Fremden war. Ich dachte an ein gewisses rosa Flanellhäschen, zu dem ich ein ähnlich inniges, wenn auch weniger öffentlich zur Schau gestelltes Verhältnis hatte, und bewunderte Nells Unverfrorenheit. »Wir haben uns ein bisschen umgesehen«, schloss sie, »dann fanden wir den Brief und haben euch angerufen.«

»Er hat einen Brief hinterlassen?«, fragte ich schnell.

Nell nickte. »Er liegt im Arbeitszimmer auf dem Schreibtisch. Er ist an dich adressiert, Lori. Bertie denkt …«

»Jetzt nicht, Nell«, unterbrach ich sie. Ich verließ das Wohnzimmer und lief ins Arbeitszimmer, wobei ich eine gewaltige Erleichterung verspürte. Willis senior hatte eine Nachricht hinterlassen. Nells Geschichte, dass er zusammen mit Tante Dimity verschwunden war, war nur ein Produkt ihrer lebhaften Fantasie gewesen. Ich hätte es mir denken können. Nell hatte einen Hang zum Dramatischen, und ich wusste besser als jeder andere, wie bereitwillig Fantasien in diesem Haus gediehen.

Das Arbeitszimmer war schummrig und still, der Kamin kalt, die Lampen ausgeschaltet. Die Sonne fiel durch den Efeu, der die Fenster umrahmte, auf den großen hölzernen Schreibtisch und warf Schatten auf die Bücherborde und die beiden Ledersessel, die vor dem Kamin standen.

Ich trat zum Schreibtisch, knipste die Lampe an und sah mitten auf der Schreibunterlage einen cremefarbenen Briefumschlag liegen. Ich griff danach, zögerte, dann drehte ich mich zum Kamin um, ich war leicht verunsichert. Der Sessel von Willis senior war leer; seine Tasse Tee stand unberührt auf dem kleinen Tisch, wo ich sie heute Morgen hingestellt hatte, und das Buch, in dem er gelesen hatte, lag offen mit dem Gesicht nach unten auf der Ottomane.

Es war das Buch, was mich beunruhigte. Diese Erstausgabe der Arktischen Memoiren von F. W. Beechey war ein Geburtstagsgeschenk von Stan gewesen und für Willis senior ein hochwillkommener Zuwachs für seine Sammlung. Er schätzte es sehr, und trotzdem war es hier so achtlos liegen gelassen worden wie ein billiges Taschenbuch vom Flughafen. Emma bemerkte es ebenfalls, als sie mir zusammen mit Nell, Ham und Bertie ins Arbeitszimmer folgte. Sie sah mich verwundert an, nahm das Buch, schloss es und legte es auf den Tisch neben die Tasse mit dem kalten Tee.

Ich drehte mich um, öffnete den cremefarbenen Briefumschlag und las schnell vor:

»Mein liebes Mädchen,
ich muss gleich abreisen, darum will ich es kurz machen. Ich bin unerwartet wegen einer dringenden Angelegenheit weggerufen worden. Es kann eine Weile dauern, und es kann sein, dass es etwas schwierig sein wird, dich über meinen Aufenthalt zu informieren, aber du brauchst dir keine Sorgen zu machen.

Bitte richte Eleanor mein aufrichtiges Bedauern aus und sage ihr, ich hoffe, dass sie Zeit haben wird, unsere Partie nach meiner Rückkehr fortzusetzen.
Dein liebender und gehorsamer Diener
William«

Ich spitzte die Lippen. »Ich glaube, wir sind das Opfer von zwei unverschämten Spaßvögeln geworden«, sagte ich und sah Emma an. »Dieser Brief ist eine Fälschung.«

Emma wandte sich an Nell, die Augenbrauen hochgezogen.

»Es sieht William tatsächlich nicht ähnlich, so wenige Informationen zu hinterlassen«, sagte Nell, indem sie Hams Ohren kraulte.

Ich sah sie eindringlich an, dann ließ meine Spannung nach. »Okay, Nell. Bis jetzt war es ein ganz netter Witz, aber ich habe euch durchschaut.«

»Witz?«, sagte Nell. »Was für ein Witz?«

»Dieser Witz.« Ich klopfte ungeduldig auf den Brief. »Diese Nachricht ist unwahrscheinlich. William würde in tausend Jahren so was nicht schreiben. Es steht nicht drin, wo er hinfährt, noch warum, noch für wie lange … und dann heißt es noch, ich soll mir keine Sorgen machen?« Ich schüttelte den Kopf. »Das glaube ich nicht. Und ich sehe auch nicht, was das alles mit Tante Dimity zu tun haben soll.«

Als Antwort zeigte Nell wortlos auf den Ledersessel gegenüber dem von Willis senior, auf dem halb im Schatten ein zusammengefaltetes Blatt Papier lag. Als Emma die Lampen über dem Kamin anknipste, sah ich, dass das Blatt weiß und unliniert war, der ungleichmäßige Rand deutete darauf hin, dass es irgendwo herausgerissen worden war, womöglich aus dem …

Mein Blick fiel auf den Platz auf dem Regal, wo Tante Dimitys blaues Tagebuch immer stand.

»Es ist nicht dort«, teilte Nell mir mit. »*Darum* dachte ich auch, dass Tante Dimity mit ihm gegangen ist.«

Ich nickte geistesabwesend und ließ meine Augen schnell von der schmalen Lücke in der Bücherreihe bis zum Ende des Bordes wandern. Ein Kribbeln kroch mir den Rücken entlang, als ich eine weitere, etwas größere Lücke entdeckte.

»Großer Gott«, sagte ich leise. »Er hat auch Reginald mitgenommen.«

Kapitel 4

»Willst du damit sagen, dass mein Schwiegervater mit Tante Dimity und meinem rosa Kuschelhasen durchgebrannt ist?«, fragte ich, indem ich mich zu Nell umdrehte.

Zum ersten Mal seit unserer Ankunft runzelte Nell leicht die Stirn, als sie zu der Stelle auf dem Bücherbord hochsah, wo mein rosa Flanellhase normalerweise saß.

»Ich weiß nicht«, antwortete sie. »Vielleicht kann Tante Dimity es dir sagen.«

»Richtig.« Ich ging zum Sessel und sah misstrauisch auf den Zettel. Es war eine Seite, die aus dem blauen Tagebuch herausgerissen, zusammengefaltet und sorgfältig mitten auf die Sitzfläche gelegt worden war. Ich hob sie auf, faltete sie auseinander und hielt überrascht die Luft an.

Kein Zweifel, es war Tante Dimitys Handschrift. In dieser schönen Schrift, kursiv und in königsblauer Tinte, hatte sie Worte des Trostes an meine Mutter gerichtet und Geschichten geschrieben, die mir meine Kindheit erhellten. Ich hatte stundenlang über dieser Handschrift gesessen. Jede Schleife, jedes Häkchen war mir vertraut, eine Fälschung hätte ich sofort erkannt.

»Es ist wirklich von Tante Dimity«, murmelte ich und setzte mich vorsichtig hin.

Nell nickte. »Das dachte Bertie auch.«

»Was schreibt sie?« Emma setzte sich mir gegenüber, während Nell auf der Ottomane Platz nahm, zu ihren Füßen hatte sich Ham zusammengerollt.

»Es geht um William«, antwortete ich. »Hört zu:

›Meine liebe Lori,
was um alles in der Welt ist denn nur seit meinem letzten Besuch passiert? Aber lassen wir das. Keine Zeit. William hat fast fertig gepackt.
Also um es kurz zu machen: William hat es sich in den Kopf gesetzt, einige Familienangelegenheiten aus Gegenwart und Vergangenheit zu untersuchen. Er muss daran gehindert werden. Es ist gar nicht auszudenken, was da alles zutage kommen könnte. Die Menschen sind oft sehr unnachgiebig, wenn es um große Geldsummen geht.
Er ist nach Haslemere gefahren, um mit seinem englischen Vetter Gerald Willis zu sprechen. Du musst hinterherfahren und den alten Dummkopf davon überzeugen, dass er seinen Geschäften auf etwas konventionellere Art und Weise nachgehen muss. Reginald und ich werden in Williams Aktenkoffer mitfahren. Wir werden uns nach Kräften um ihn kümmern, bis du ankommst.
Ich schreibe mehr, sobald ich mehr über die Angelegenheit weiß, aber jetzt muss ich weg. William hat es so eilig, dass ich‹«

Ich sah Emma an.

»Lies weiter«, sagte sie.

»Das ist alles«, sagte ich. »Mehr steht hier nicht. Es hört mitten im Satz auf.« Während ich das Blatt näher untersuchte und Emma ratlos auf den leeren Kamin sah, hob Nell das Buch auf, das Willis senior gelesen hatte, und blätterte es durch. Einen Augenblick lang hörte man nur das Rascheln der Seiten und das Ticken der Uhr auf dem Kamin.

Dann sprach Emma. »Ich frage mich, was Dimity meint mit ›was da alles zutage kommen könnte‹«, sagte sie nachdenklich.

»Ich frage mich, was sie mit ›Familienangelegenheiten aus Gegenwart und Vergangenheit‹ meint.« Nell sah grüblerisch das Buch an, das Willis senior gelesen hatte, ehe sie es wieder hinlegte. »Und Bertie möchte wissen, was es mit den großen Geldsummen auf sich hat.«

»Trotzdem sind wir jetzt besser dran als vorher«, bemerkte Emma. »Wenigstens wissen wir, wohin er gefahren ist.«

»Er besucht seinen Vetter Gerald«, sagte Nell. »Also weißt du jetzt, wo du ihn suchen musst, Lori.« Sie wartete auf meine Antwort, sah verstohlen ihre Stiefmutter an und wiederholte dann lauter: »Lori?«

Ich tat einen kleinen ratlosen Seufzer.

Emma legte die Hand auf Nells Arm, beugte sich zu mir herüber und fragte: »Du *kennst* Vetter Gerald doch, oder?«

Langsam schüttelte ich den Kopf. »Ich habe noch nie von ihm gehört. Ich wusste nicht einmal, dass es einen englischen Zweig der Familie Willis gibt. Bill hat niemals …« Ich griff mir erschrocken an den Kopf. »O Emma, was soll ich *Bill* bloß sagen?«

»Ich glaube, du solltest ihm gar nichts sagen, wenigstens vorläufig«, riet Emma. »Nicht, bis wir ihm etwas Konkretes mitteilen können.« Sie griff nach der Tasse mit dem kalten Tee und stand auf. »Ich weiß nicht, wie du darüber denkst, aber ich könnte jetzt einen Tee gebrauchen. Ich gehe und stelle den Kessel auf. Nell, du und Bertie könnt Feuer machen.« Emma ging zur Tür und rieb sich die Arme. »Plötzlich ist es gar nicht mehr so warm.«

Ein Feuer wäre eigentlich nicht nötig gewesen – es war fast elf Uhr, und am blauen Himmel war kein Wölkchen –

aber ich verstand, dass es Emma kühl vorkam. Für mich war es ebenfalls ein Schock. Meine Hände waren eiskalt, mein Magen schien sich verknotet zu haben, und meine Gedanken rasten.

Was war an diesem Morgen passiert? Während der kurzen Zeitspanne – nicht mehr als einer halben Stunde – zwischen meinem Weggang und Nells Ankunft im Haus musste etwas passiert sein, das Willis senior veranlasst hatte, sein Buch hinzulegen, eine nichtssagende Nachricht zu schreiben und so schnell loszufahren, dass der Kies in der Einfahrt bis auf die andere Straßenseite gespritzt war. Was für eine Familienangelegenheit hatte ihn veranlasst, sich so panikartig nach Haslemere aufzumachen? Und was meinte Tante Dimity mit ›große Geldsummen‹? Und, was mich am meisten verwunderte, warum hatte Bill mir nie etwas über Vetter Gerald erzählt?

Auf keine dieser Fragen hatte ich eine Antwort, und ich hatte nicht die Absicht, Bill danach zu fragen. Wenn Vetter Gerald ein tiefes, dunkles Geheimnis war, dann würde Bill wissen wollen, wo ich von ihm gehört hatte, und das könnte zu Erklärungen führen, die ihn von seiner Arbeit ablenkten.

Und ich wollte nicht, dass er abgelenkt wurde. Auch wenn ich die Biddifords auf den Grund ihres verdammten Sees in Maine wünschte, ihr Fall war mir dennoch wichtig. Wenn Bill den Rechtsstreit beilegen konnte – was etwa dem Auffinden des Heiligen Grals gleichkam –, dann könnte er in Zukunft vielleicht aufhören, sich so zu schinden. Er würde vielleicht sogar Zeit für eine Familie haben. Wie konnte ich das alles aufs Spiel setzen für etwas, das sich womöglich als fruchtloses Unterfangen herausstellte?

Außerdem konnte ich andere Informationsquellen anzapfen. Im Moment fiel mir mindestens eine Person ein, die mir wahrscheinlich alles über Vetter Gerald erzählen konnte, was ich wissen musste.

»Wo liegt Haslemere?«, fragte ich Emma, als sie mit dem Teetablett wiederkam.

»Willst du etwa wirklich hinfahren?«, fragte sie zweifelnd.

»Das werde ich ganz bestimmt«, erwiderte ich. »Wie lange brauche ich dazu?«

»Drei bis vier Stunden, das hängt vom Verkehr ab. Haslemere liegt im südöstlichsten Zipfel von Surrey.« Emma war ein Genie im Orientierungslauf, und wenn sie nicht im Garten war, konnte man sie gewöhnlich mit einer topografischen Karte auf einem Berg finden. »Ich bin dort noch nie gewesen, aber Nell kennt es.«

»Papa hat dort einmal den Kirchenvorstand der Sankt-Bartholomäus-Kirche beraten, als es darum ging, wieder Glocken in dem restaurierten Turm aufzuhängen«, erklärte Nell und reichte mir eine Tasse Tee. »Bertie und ich sind mitgefahren.«

»Was für ein Ort ist es?«, wollte ich wissen.

»Viel größer als Finch«, erwiderte Nell. »Es hat sogar einen Bahnhof.«

»Ist es ein Ort, wo reiche Leute wohnen?«, hakte ich nach. »Gibt es dort Landhäuser und große Anwesen?«

»O ja. Papa zeigte Bertie und mir ein paar ganz tolle Häuser. Das von Tennyson und von Conan Doyle …« Nell hielt inne und sah mich aufmerksam an, dann schüttelte sie den Kopf. »Aber das sagt ja noch nichts über Vetter Gerald. In Haslemere wohnen alle möglichen Leute.«

»Gerald kann genauso gut in einer Sozialwohnung wie auf einem Landgut wohnen«, stimmte Emma zu. »Es ist zu dumm, dass Tante Dimity keine Zeit hatte, seine Adresse aufzuschreiben.«

»Darüber habe ich nachgedacht.« Ich rutschte in meinem Sessel herum, ich war mir bewusst, wie einfältig mein nächster Vorschlag klingen musste. Es hing ganz und gar davon ab, ob die englischen Willis genauso der Tradition verhaftet waren wie ihre amerikanischen Vettern. Es war ein Wagnis, aber wenn ich in meiner Ehe mit Bill etwas gelernt hatte, dann das, dass besonders in reichen Familien alte Gewohnheiten schwer aussterben. Söhne bekamen die Namen ihrer Väter, gingen in dieselben Schulen, saßen im selben Aufsichtsrat und übten denselben Beruf aus – Generation um Generation. Ich war mir jedoch nicht sicher, ob diese Art von Loyalität sich auch auf die Wahl ihrer Hotels erstreckte.

»Bitte lacht nicht«, sagte ich und stellte meine Teetasse auf den niedrigen Tisch, »aber mir fiel ein, dass, wenn Gerald tatsächlich ein Willis ist, und wenn er Geld hat – falls Haslemere wirklich ein Ort ist, wo reiche Leute wohnen – und wenn er jemals nach London kommt …«

Wieder schaltete Nell als Erste. »Das Flamborough! Gut gemacht, Lori. Wir rufen Miss Kingsley an.«

Miss Kingsley war die Hausdame des hochangesehenen Flamborough Hotels in London. Sie hielt es für die Pflicht einer Hausdame, über alle ihre Gäste detaillierte Aufzeichnungen zu machen, damit man sie jederzeit mit jenem persönlichen Service empfangen konnte, der dem Flamborough zu seinem diskreten Ruhm verholfen hatte. Mit anderen Worten, Miss Kingsley war im Vergleich zu anderen Hausdamen das, was die *Encyclopaedia Britannica* im Vergleich zu einem Notizbuch war. Sie wusste nicht nur, was ihre Gäste aßen und tranken, sondern auch, auf welcher Seite des Bettes sie schliefen und wer wahrscheinlich auf der anderen Seite schlief.

Manchmal dachte ich, dass sie mehr über Bill wusste als ich, denn sie hatte seit seinem ersten Besuch als Zwölfjähriger Notizen über ihn gesammelt. Für ihn und Willis senior war das Flamborough jahrelang eine Art zweites Zuhause gewesen, wenn sie nach London kamen. Wenn die englischen Willis dasselbe taten, so schloss ich, dann würde Miss Kingsley über Gerald Bescheid wissen.

Nell hatte mit ihrem Großvater väterlicherseits, einem spießigen alten Earl, ebenfalls mehrmals im Flamborough gewohnt, sodass sie Miss Kingsley gut kannte. Während sie Emma also meinen Einfall erklärte, kehrte ich zum Schreibtisch zurück und wählte Miss Kingsleys Nummer.

Sie antwortete sofort, und nach dem üblichen Austausch von Höflichkeiten fragte ich in einem möglichst unverfänglichen Ton: »Wussten Sie, dass Bill Verwandte in England hat? Englische Verwandte, meine ich.«

»Selbstverständlich«, sagte Miss Kingsley.

Ich hob stumm den Daumen in die Richtung von Nell und Emma. »Hat William Sie in letzter Zeit nach ihnen gefragt?«

»Nein, natürlich nicht«, sagte Miss Kingsley. »Diese beiden Familienzweige haben schon lange keinen Kontakt mehr miteinander.«

»Warum denn nicht?«

»Soweit ich es verstanden habe«, erwiderte Miss Kingsley, wobei sie ihre Worte vorsichtig wählte, »hat ein Streit zwischen zwei Brüdern dazu geführt, dass einer von ihnen 1714 in die Neue Welt ausgewandert ist. Seitdem sprechen die Willis auf den beiden Seiten des Atlantiks nicht mehr miteinander.«

Ich war beeindruckt. Die Willis konnten wirklich schmollen. Ob das die ›Familienangelegenheit aus der Vergangenheit‹ war, die Dimity erwähnt hatte? »Haben Sie eine Ahnung, worüber sie sich stritten?«

»Über diesem Teil der Geschichte liegt der Schleier des Schweigens«, antwortete Miss Kingsley bedauernd. »Ich habe nie herausbekommen können, was der Anlass für den Streit war.«

Sollte Willis senior sich vorgenommen haben, der Sache auf den Grund zu gehen? Das war nicht sehr wahrscheinlich. Willis senior lag zwar der Familienfrieden sehr am Herzen, aber ich konnte mir nicht vorstellen, dass er aus seinem Sessel aufspringen würde, um einen Bruderzwist beizulegen, der seit fast dreihundert Jahren schwelte. »Hat es in letzter Zeit Streitigkeiten gegeben?«

»Zwischen den beiden Zweigen der Familie nicht«, erwiderte Miss Kingsley. »Wie ich schon sagte, sie stehen nicht in Verbindung. Jedoch hat die englische Seite der Familie in den letzten Jahren große Schwierigkeiten gehabt.«

»War Gerald Willis darin verwickelt?«, fragte ich.

»In der Tat, so ist es.« Miss Kingsleys Stimme klang ernst. »Vor zwei Jahren verlor er seine Stellung in der Familienfirma, er verkaufte sein Haus in London und zog nach Haslemere in Surrey. Seine Familie war außerordentlich enttäuscht von ihm. Er ist nämlich der Älteste seiner Generation, müssen Sie wissen.«

»Wie viele gibt es denn insgesamt?« Ich nahm einen Bleistift aus der Schublade und notierte die Namen, die Miss Kingsley aufzählte.

»Eine Tante, Anthea, und dann zwei Onkel, Thomas und Williston, die alle im Ruhestand sind. Die Firma wird im Moment von Cousine und Vetter betrieben, Lucy und Arthur. Lucys jüngere Schwestern arbeiten ebenfalls in der Firma, aber die sind im Moment beide im Mutterschaftsurlaub.«

Haben die ein Glück, dachte ich. Dann sah ich mir die Liste mit erneutem Interesse an und fügte im Geiste hinzu: *Hab ich ein Glück.* Eine Tante, zwei Onkel und fünf Vettern und Cousinen, von denen zwei im Begriff waren, eine neue Generation von Willis' zu produzieren – für mich gab es eine ganze neue Verwandtschaft, die ich kennen lernen konnte. Ich sah es als eine weitere Chance, in Bills Familie hineinzuwachsen. »Warum ist Gerald denn aus der Firma ausgeschieden?«

»Das weiß man nicht so genau«, erwiderte Miss Kingsley. »Ich habe nur Gerüchte über finanzielle Unregelmäßigkeiten gehört und war selbst Zeuge weiterer … Unregelmäßigkeiten.«

»Wein, Weib, Gesang?«, fragte ich, amüsiert über Miss Kingsleys Zurückhaltung. »Oder ist es etwas Ernsteres?«

»Sagen wir einfach, dass Gerald seit seinem Ausscheiden aus der Firma angefangen hat, eine gewisse Dame ins Flamborough einzuladen, wie sie in unserem Restaurant eigentlich nicht willkommen ist«, entgegnete Miss Kingsley steif.

»Oho«, murmelte ich.

»Es war eigentlich zu erwarten«, versicherte Miss Kingsley mir. »Gerald ist Ende dreißig, sieht sehr gut aus und hat Geld. Aber warum er sich ausgerechnet mit einer ältlichen …« Miss Kingsley unterbrach sich. »Na ja, wie meine Tante Edwina immer sagte, über Geschmack kann man nicht streiten.«

»Haben Sie Geralds Adresse in Haslemere?«, fragte ich.

»Natürlich«, sagte Miss Kingsley. »Wenn Sie einen Augenblick warten …«

Ich hörte sie Schubladen öffnen und mit Karten rascheln. Miss Kingsley hatte dem Computerzeitalter den Rücken gekehrt und verließ sich lieber auf ihr altbewährtes System, das aus kleinen hölzernen Schubladen und vielen, vielen Karteikarten bestand. Kein Dieb konnte elektronisch in Miss Kingsleys Archiv eindringen, und der Einbrecher, der auf herkömmlichem Weg in ihr Büro einzudringen vermocht hätte, musste erst noch geboren werden. Diese Karten wurden ausschließlich von Miss Kingsleys versierten Fingern berührt, und es dauerte auch gar nicht lange, ehe sie sich mit der gewünschten Information zurückmeldete.

»Eine Frage noch, wenn es Ihnen nichts ausmacht«, sagte ich. »Was war das für ein Beruf, den Gerald in der Firma aufgegeben hat?«

»Habe ich Ihnen das nicht gesagt?«, fragte Miss Kingsley. »Gerald ist – *war* – Rechtsanwalt. Die Familie hat ihre Kanzlei in London. Möchten Sie die Adresse auch?«

Also werden Familientraditionen auch hier aufrechterhalten, dachte ich, als ich die Adresse einer weiteren Willis-Familienfirma notierte. Gerald war Rechtsanwalt, genau wie Bill, obwohl ich mir nicht vorstellen konnte, dass Bill von Willis & Willis Geld unterschlagen und sich, in Ungnade entlassen, damit in die Berkshires zurückziehen würde. Gerald musste ein sehr erfolgreicher Rechtsanwalt gewesen sein – oder ein sehr geschickter Betrüger, wenn man den Gerüchten glauben sollte –, um seinen Beruf an den Nagel hängen und trotzdem mit einer Dame von zweifelhaftem Ruf in einem noblen Hotel wie dem Flamborough dinieren zu können. Aber wo ein Willis war, da war gewöhnlich auch Geld.

Es gehörte nicht viel Fantasie dazu, um zu begreifen, warum Dimity nicht wollte, dass Willis senior nach Haslemere fuhr und Fragen stellte. Ein schwarzes Familienschaf wie Vetter Gerald könnte etwas dagegen haben und sich – notfalls mit Gewalt – dagegen wehren, dass man ihn einem Verhör unterzog.

»Und?«, fragte Emma, als ich den Hörer aufgelegt hatte.

»Ich habe Vetter Geralds Adresse und Telefonnummer«, erklärte ich, »und Miss Kingsley sagt …«

Ich unterbrach mich, weil ich das Geräusch von Autoreifen auf dem Kies vor dem Haus hörte. Ich schaute auf Ham, der die Ohren aufgerichtet hatte, und ging in den Flur, weil ich wider alle Vernunft hoffte, den leichten Schritt von Willis senior zu hören.

Stattdessen hörte ich den schweren Tritt von Arbeitsstiefeln, in denen Derek Harris durch die Haustür und den Flur entlang kam. Mit seinen eins dreiundneunzig musste er sich bücken, wenn er ins Arbeitszimmer trat, und selbst dann streiften seine grauen Locken den Türrahmen. Er kam offenbar direkt von der Kirche in Chipping Campden – seine gewohnten Bluejeans und das Arbeitshemd waren ziemlich schmutzig, genau wie sein Gesicht und die Hände.

»Papa!«, rief Nell begeistert. Nell liebte Emma, aber ihren Vater betete sie förmlich an, und sie begrüßte ihn immer mit besonderer Wärme.

»Hallo«, sagte er fröhlich und völlig nichtsahnend, sodass ein Schmutzstreifen sich über sein Kinn zog. »Ich sah dein Auto in der Einfahrt, Emma, deshalb wusste ich, dass du hier bist. Was gibt's?«

»Ach, nichts Besonderes«, sagte ich und setzte mich auf den Stuhl vor dem Schreibtisch. »Nur, dass ich noch keine Woche in England bin und es schon geschafft habe, dass mir Bills Vater abhandengekommen ist.«

Kapitel 5

Dereks Lächeln verschwand nicht von seinem Gesicht. Wenn überhaupt, dann schien er noch amüsierter. »Ja, dann wirst du ihn wohl wiederfinden müssen, ehe es Bill zu Ohren kommt«, sagte er schmunzelnd. »Das sollte man sich nicht zur Gewohnheit machen, dass einem der Schwiegervater verloren geht, weißt du. So was macht einen Mann unruhig. Allerdings, wenn es *mein* Vater wäre, sähe die Sache etwas anders …« Derek unterbrach sich, als er unsere betroffenen Gesichter sah. »Wollt ihr etwa sagen, dass William tatsächlich verschwunden ist?«, fragte er erschrocken.

»Er war nicht da, als Bertie und ich zu unserer Schachpartie kamen«, sagte Nell.

»Und er hat eine Nachricht hinterlassen, aus der aber nicht hervorgeht, wohin er gefahren ist«, fügte Emma hinzu.

»Und das blaue Tagebuch ist weg, und Reginald auch«, fuhr Nell fort.

»Ach ja, und dann haben wir noch eine Nachricht«, schloss ich. »Du wirst nie erraten, wer die geschrieben hat.«

Derek hob abwehrend die Hände hoch. »Langsam, langsam. Ich glaube, ich werd mich besser erst mal hinsetzen, ehe ich den Rest dieser Geschichte höre. Bitte, Nell, wie wär's mit einer Tasse Tee für deinen armen alten Vater?«

Während Nell eine neue Tasse holte, machte Derek es sich in dem Ledersessel bequem, den ich verlassen hatte, und streckte die Beine von sich.

»Wie geht's in Chipping Campden?«, fragte Emma.

»Sieht nicht gut aus«, erwiderte Derek. »Das Kirchendach ist im Eimer.«

»Ganz und gar?« Emma beugte sich vor, um mit einer Papierserviette den Schmutz von Dereks Kinn zu wischen.

»Nein«, sagte Derek. »Nur das komplizierte Stück, wo das Dach an den Turm anschließt. Aber es würde mich überraschen, wenn wir damit in zehn Tagen fertig wären. Der Bischof wird einfach seinen Regenschirm mitbringen müssen.«

»Du schaffst es nicht?« Emma lehnte sich überrascht zurück.

»Also, ich würde es schon schaffen – gib mir zehn Fünfundzwanzigstundentage und die Sache ist …« Er legte die Hand auf Emmas Knie. »Tut mir leid, Schatz, aber ich werde dir nicht viel im Garten helfen können.«

»Macht nichts«, sagte Emma und legte ihre Hand auf die seine. »Ich komme schon klar.«

Wehmütig betrachtete ich die beiden. Ich wünschte, ich könnte jetzt auch Bills Hand halten. Aber dann wandte ich den Blick ab und sah tapfer ins Feuer.

Als Nell aus der Küche kam und die Tasse ihres Vaters gefüllt war, setzte sie sich wieder zu Bertie auf die Ottomane. Derek trank seinen Tee ohne abzusetzen aus, dann sah er bedauernd die leere Tasse an und stellte sie hin. »Okay«, sagte er, »ich bin bereit. Schießt los.«

Er hörte zu, ohne zu unterbrechen, als wir drei erzählten, was passiert war. Als wir fertig waren, sah er von mir zu Emma, dann zu Nell und zurück zu mir. »Habe ich das richtig verstanden?«, fragte er.

»Dein Schwiegervater hat sich aus irgendeinem unerklärlichen Grund aufgemacht, um einen lang verlorenen und anscheinend ruchlosen Vetter zu besuchen, mit Tante Dimity und – äh – Reginald auf den Fersen.« Er schnalzte mit der Zunge. »Man kann euch aber auch keine Minute aus den Augen lassen, was? Und was wollt ihr jetzt machen?«

»Lori will *mit dem Auto* nach Haslemere fahren«, sagte Emma und sah ihren Mann vielsagend an.

»Wirklich?«, sagte Derek.

»Jawohl, wirklich«, erwiderte ich. »Sobald ich mich davon überzeugt habe, dass Gerald da ist.« Ohne weitere Diskussion wählte ich Geralds Nummer und hörte enttäuscht zu, wie eine Bandansage mich informierte, dass auf Grund einer Störung die Verbindung nicht zustande kommen könne. Seufzend ließ ich den Hörer an seinen Platz fallen und fuhr kurz darauf zusammen, genau wie die anderen, als das Telefon klingelte.

Ich riss den Hörer wieder hoch. »Hallo?«, sagte ich erwartungsvoll.

»Und hallo auch hier, Lori, mein Liebling.«

»Bill!«, rief ich überrascht. Es war fast zwölf Uhr in Finch, aber in Boston dämmerte kaum der Morgen. »Oh Bill, ich bin so froh, deine Stimme zu …«

»Hör zu, Lori, ich habe nicht viel Zeit«, unterbrach Bill, er klang atemlos und schien durch irgendetwas abgelenkt. »Es gibt eine Änderung im Ortstermin. Reeves Biddiford hat beschlossen, die Verhandlungen im Landhaus der Familie am Little Moose Lake zu führen. Er schickt gleich ein Auto, das mich zum Flughafen bringt. Wir fliegen so früh, damit wir noch ein bisschen angeln können, ehe wir mit den Gesprächen anfangen.«

»Angeln?«, sagte ich.

»Angeln?«, frage Derek im Hintergrund.

»Reeves denkt, es würde seine blutrünstigen Verwandten beruhigen«, erklärte Bill. »Sollte er Recht haben, dann stehen wir kurz vor dem Durchbruch, Lori.

Wenn ich meine Karten richtig spiele, kann ich wahrscheinlich nächste Woche die ganze Sache zum Abschluss bringen.«

»Aber Bill …«

»Tut mir leid, Liebes, das Auto ist schon da, und ich muss mich beeilen. Grüß Vater von mir. Ich hab dich lieb. Ich rufe wieder an. Tschüs.« Und ehe ich auch nur sagen konnte »Ich dich auch«, hatte mein Mann aufgelegt.

Ich legte behutsam den Hörer hin und wandte mich meinem aufmerksamen Publikum zu. »Das war Bill«, sagte ich unnötigerweise. »Er ist angeln gegangen.«

»Angeln?«, wiederholte Derek. »Bill?«

Mein Mann war bekannt als Stubenhocker. Er trug eine dicke, schwarzgeränderte Brille sowie zwanzig überflüssige Pfunde an seinem Bauch und hatte die blasse Gesichtsfarbe und die hängenden Schultern eines überzeugten Schreibtischmenschen. Die Harris wussten genauso gut wie ich, dass Bill, als er das letzte Mal angeln gegangen war, über seine eigenen Wasserstiefel gestolpert und kopfüber in einen eiskalten schottischen Gebirgsbach gefallen war.

»Diesmal wird er in einem Boot sitzen«, erklärte ich etwas lahm, »auf einem See in Maine. Es hat etwas mit dem Fall zu tun, an dem er im Moment arbeitet.« Plötzlich fiel mir ein, dass ich keine Ahnung hatte, wie ich Bill am Little Moose Lake erreichen konnte. »Na wunderbar«, stöhnte ich und ließ die Schultern hängen. »Jetzt ist nicht nur mein Schwiegervater, sondern auch mein Mann weg.«

»Und Reginald«, erinnerte Nell.

»Psst«, sagte ihr Vater und kam zu mir herüber.

»Aber Lori«, beruhigte mich Emma, »du hast sie doch nicht verloren, sie sind dir nur abhandengekommen. Vorübergehend. Ich bin sicher, Bills Sekretär weiß, wie du ihn erreichen kannst.«

»Und ich habe ein paar Vorschläge, wie man William finden kann«, fügte Derek hinzu. Ich sah ihn hoffnungsvoll an. »Zuerst rufen wir die Polizei in Haslemere an und bitten sie, nach dem Mercedes Ausschau zu halten. Vielleicht lassen sie sich sogar überreden, dass sie William anhalten und ihm eine Nachricht von uns überbringen.«

»Das ist eine gute Idee«, sagte Emma. »Und wenn du dann noch immer nach Haslemere willst, dann fahre ich dich.«

»Ein großartiger Plan«, gab Derek zu, »mit einer Ausnahme. *Ich* werde Lori nach Haslemere fahren.« Er drohte seiner Frau mit seinem schmutzigen Zeigefinger. »Nein, mein Schatz, du kannst doch im August nicht deine Dahlien verlassen.«

»Aber du musst doch am Kirchendach arbeiten«, gab Emma zu bedenken.

»Moment mal.« Die beiden hatten schon so viele Andeutungen fallen lassen, dass ich jetzt eingreifen musste, denn die Sache sah mir nach einem abgekarteten Spiel aus. Emma und Derek stritten sich nicht etwa um die Ehre, wer von beiden mich nach Haslemere fahren durfte, vielmehr wollten sie verhindern, dass ich mich ans Steuer setzte und selbst fuhr. Sie trauten einfach meinen Fahrkünsten nicht. Sie hatten Angst, dass ich mit dem Mini in einen Straßengraben oder gegen einen Laternenpfahl fahren würde, wenn nicht gar Schlimmeres. Und meiner Meinung nach übertrieben sie.

Ich war keine so schlechte Fahrerin. Es war zwar richtig, dass ich manchmal erschrocken reagierte, wenn ich auf der falschen Straßenseite fuhr und mir etwas entgegenkam. Es stimmte auch, dass ich vor lauter Unsicherheit ganz nahe am Straßenrand fuhr. Und ich kann auch nicht leugnen, dass ich an den Hecken der engen, gewundenen Straßen in der Gegend um Finch bereits vier Außenspiegel abgerissen hatte, und dass der Mini an der Beifahrerseite schon so viele Kratzer im Lack hatte, dass Mr Barlow wochenlang damit beschäftigt gewesen war. Aber ich war noch nie wirklich mit einem anderen Fahrzeug zusammengestoßen, und ich war nur einmal im Straßengraben gelandet, als nämlich die enge Kurve vor dem Hause der Schwestern Pym vereist gewesen war.

»Ich danke euch für eure Fürsorge«, fuhr ich fort, »aber weder werden wir die Polizei bemühen, noch wird mich einer von euch nach Haslemere fahren.« Ich hob die Hand, um Dereks Protest im Keim zu ersticken. »Wenn Tante Dimity geglaubt hätte, dass die Polizei helfen kann, dann hätte sie mir gesagt, dass ich mich an sie wenden solle, genau wie sie mir geraten hätte, einen Zug zu nehmen, wenn das besser gewesen wäre. Aber das hat sie nicht. Sie hat gesagt, ich soll nach Haslemere fahren, und deshalb werde ich es tun.«

»Die Eisenbahn wäre aber eine gute Idee«, murmelte Derek und verschränkte die Arme. »Warum in aller Welt sollte es denn so wichtig sein, dort ein Auto zu haben?«

»Wer weiß?«, sagte ich. »Vielleicht, um schnell die Flucht ergreifen zu können. Derek«, sagte ich sanfter, »hör mir mal zu. Glaubst du wirklich, dass Dimity nach zwei Jahren zurückgekommen wäre, wenn sie nicht annehmen müsste, dass William in ernsten Schwierigkeiten ist?«

Derek sah zu Boden und zuckte die Schultern.

Emma ließ nicht locker. »Aber das sollte dich nicht daran hindern, dich von einem von uns fahren zu lassen«, sagte sie.

»Du wirst einen Nervenzusammenbruch bekommen, wenn du dich in dieser Phase für länger als eine Stunde aus deinem Garten entfernst«, sagte ich energisch. »Und wie du bereits erwähntest, Derek muss das Kirchendach reparieren. Ich will nicht für einen durchnässten Bischof verantwortlich gemacht werden. Er ist wahrscheinlich sowieso nicht sehr widerstandsfähig, und wenn …«

»Wie auch immer«, sagte Derek und richtete sich zu seiner stattlichen Größe auf, »ich kann es unmöglich zulassen, dass du dort ganz allein hinfährst. Selbst wenn du keinen Unfall baust, verirrst du dich bestimmt. Du bist doch noch nie in Haslemere gewesen.«

»Aber Bertie und ich waren schon dort«, sagte Nell ruhig. Sie stand auf und stellte sich zwischen ihren Vater und ihre Stiefmutter. »Und wir sind auch schon mit Lori gefahren. Sie fährt ganz gut, solange sie jemanden neben sich hat, der mit aufpasst und die Karte liest. Und ich kann sehr gut Karten lesen. Das hast du selbst gesagt, Papa.«

Bot Nell sich ernstlich an, mit mir zu fahren? Überrascht und ein bisschen verlegen sah ich sie an. Ich war heute noch nicht sehr nett zu ihr gewesen, und ich hatte etwas gutzumachen. Wenn sie mitkommen wollte, würde ich sie unterstützen. Es wäre schön, Gesellschaft zu haben, und außerdem konnte sie wirklich gut Karten lesen.

Derek rieb sich das Kinn. »Ich weiß nicht, Nell … Dimity hat angedeutet, dass es nicht ganz ungefährlich sein könnte.«

»Ich werde schon auf Nell aufpassen«, versprach ich. »Ich achte darauf, dass sie sich anschnallt und dass ihr nichts passiert.«

»Und außerdem kann Nell auch ganz gut auf sich selbst aufpassen«, sagte Emma.

»Bitte, Papa«, bettelte Nell, und sogar Ham schnüffelte an Dereks Hand.

Was blieb dem armen Mann übrig? Er war drei zu eins überstimmt – nein, mit Ham sogar vier zu eins. Widerwillig nickte er, und Nell flog ihm um den Hals.

»Unter zwei Bedingungen«, fügte er hinzu. »Dass ihr nicht nach Einbruch der Dunkelheit fahrt und euch auf keinen Fall in den Londoner Verkehr stürzt.«

»Einverstanden.« Ich stand auf. »Und denkt daran, kein Wort davon zu Bill. Wenn er anruft, sagt ihm …«

»Sagt ihm, wir sind zur St.-Bartholomäus-Kirche gefahren, um uns die Glocken anzusehen«, schlug Nell vor.

»Wunderbar.« Zustimmend lächelte ich Nell an. »Und jetzt ein schnelles Mittagessen, denke ich, ehe wir abfahren.«

Ich hatte keine Lust zu frühstücken gehabt und wollte mich nicht mit leerem Magen in dieses Abenteuer stürzen. Nell lief nach Hause, um ein paar Sachen zu packen, und Emma, Derek und ich gingen in die Küche und bereiteten schnell einen Salat und ein paar Sandwiches zum Mittagessen vor; als Nachtisch gab es die Karamellbrownies, die ich am Abend zuvor nach einem alten Rezept meiner Mutter gebacken hatte. Ich hatte sie als Kind immer sehr gern gegessen. Während Nell und ich die Krümel zusammenfegten und die Küche aufräumten, fragte ich mich, wie lange es dauern würde, bis ich das nächste Mal zum Backen käme.

Nells Koffer war ungefähr fünf Mal größer als das, was man gewöhnlich übers Wochenende mitnimmt, also ahnte sie vielleicht, was auch ich ahnte. Eine innere Stimme sagte mir, dass unsere Suche nach Willis senior nicht mit einem kurzen Besuch bei Vetter Gerald beendet sein würde. Wenn Tante Dimity sich in eine Sache einschaltete, wurde es meist komplizierter als man vermutete.

Kapitel 6

Nell erwies sich als ideale Reisegefährtin. Sie dirigierte mich ohne Zwischenfall von Finch nach Oxford, und ich fand auch an der Route, die sie im Anschluss daran gewählt hatte, nichts auszusetzen. Die Autobahn M40 war nicht gerade der kürzeste Weg nach Haslemere, aber sie war breit, überwiegend gerade, und so langweilig wie ein Teller Haferschleim.

Nell war auch eine gute Beifahrerin. Sie klammerte sich nicht an die Armlehnen und hielt nicht dauernd vor Schreck die Luft an, wie Bill es tat, wenn ich in England fuhr, und ihre gelegentlichen Ermahnungen, dass ich mich mehr in der Mitte der Fahrspur halten sollte, wurden nicht jedes Mal von einem hysterischen »Um Gottes willen, Lori …« eingeleitet.

Sie machte sich auch nicht über mein Auto lustig. Zugegeben, der Mini war nicht viel größer als ein Skateboard, aber mir genügte er. Der einzige Nachteil war der winzige Kofferraum, aber das schien Nell nichts auszumachen. Sie hatte Bertie auf dem Schoß, und falls es ihr nicht passte, dass sie ihren großen Koffer auf dem Rücksitz auf den noch größeren legen musste, den sie für mich gepackt hatte, so behielt sie das für sich.

Ich war angenehm überrascht. Ich war noch nie lange mit Nell allein gewesen, teils weil es sich nicht ergeben hatte und teils weil ich vor Nell immer eine gewisse Scheu empfunden hatte. Sie schien so kühl und distanziert, so unabhängig, und mit ihren zwölf Jahren weitaus reifer, als ich es mit zwanzig gewesen war. Sie zog sich gut an, sprach fließend französisch und wusste sich stets korrekt zu benehmen: *Sie* hätte in guter Gesellschaft bestimmt nie einen Kuhstall erwähnt. Eigentlich sprach sie insgesamt nicht viel, und ich fragte mich manchmal, was in diesem blonden Lockenkopf vor sich ging. Schließlich würde ich, so Gott wollte, selbst einmal ein zwölfjähriges Kind haben.

Nell sah etwas nachdenklich aus, als wir auf die M40 kamen. Sie sah auf Bertie hinunter und nagte an der Unterlippe.

»Machst du dir Sorgen wegen William?«, fragte ich.

»Nein«, sagte sie geistesabwesend. »Ich mache mir Sorgen, dass Bertie schlecht werden könnte. Er sieht nicht gut aus, findest du nicht?«

Damit wäre also die Sache mit Nells Reife geplatzt wie eine Seifenblase, dachte ich und lachte in mich hinein. »Halt ihn höher, sodass er aus dem Fenster sehen kann. Vielleicht lenkt ihn das von seinem Bauch ab.«

Nell hob den schokoladenbraunen Teddybär höher und drehte ihn so, dass er hinaussehen konnte. Einen halben Kilometer weiter nickte sie. »Jetzt ist es besser. Vielen Dank, Lori. Wahrscheinlich hast du mit Reginald dieselben Schwierigkeiten gehabt.«

»Eigentlich nicht«, sagte ich. »Reg verträgt Autofahren gut, aber ich glaube, das Herumreisen in Williams Aktenkoffer wird ihm weniger gefallen.«

»Ihm wird's schon gut gehen«, sagte Nell beruhigend. »Und William auch, solange Tante Dimity sich um die beiden kümmert.«

»Ein körperloser Leibwächter?« Wieder musste ich lachen, und diesmal konnte ich es zeigen, nicht weil Nells Worte mich erheitert hatten, sondern weil die Vorstellung nicht abwegig war. In der Vergangenheit hatte Dimity sich gegenüber Menschen, die sie ablehnte, nicht gerade wie ein guter Geist benommen. Sie würde bei Vetter Gerald spuken, dass ihm Hören und Sehen verging, wenn er auf den Gedanken kommen sollte, Willis senior etwas anzutun. »Vermutlich hast du Recht«, gab ich zu, »aber trotzdem bin ich nicht sehr glücklich über die Art und Weise, wie William abgereist ist. Es ist einfach nicht seine Art, zu verschwinden, ohne jemandem etwas zu sagen.«

»O doch, Lori, es *ist* seine Art«, sagte Nell ernst. »Es sieht ihm sehr ähnlich. Denn wenn er es uns erzählt hätte, dann hätten wir ihn begleiten wollen, und das konnte er nicht zulassen.«

»Warum nicht?«, fragte ich verwundert.

»Weil es gefährlich sein könnte«, erwiderte Nell mit einem leisen, entzückten Seufzer. »Es macht ihm nichts aus, es allein in die Hand zu nehmen, aber es würde ihm sehr viel ausmachen, wenn du oder ich hineingezogen würden.«

»Dann denkst du also, er handelt aus Rücksicht so?«, sagte ich nachdenklich. In einer dunklen Ecke meiner Fantasie hatten sich schon Überlegungen über senile Demenz eingeschlichen, aber Nells nüchterne Einschätzung warf ein neues Licht auf die Sache. Mein Schwiegervater war ein vollkommener Gentleman – für ihn kam die Rücksichtnahme auf Frauen und Kinder immer zuerst. Wenn er das Haus in einer gefährlichen Mission verlassen wollte, dann war es die einzige Möglichkeit, zu warten, bis er allein war, und sich dann eilig und am besten spurlos davonzumachen. »Das muss ich dir zugestehen, Nell. Ich glaube, du hast wieder mal den Nagel auf den Kopf getroffen. Ich vermute allerdings, du hast dir noch keine Gedanken darüber gemacht, warum er Vetter Gerald besuchen will?«

»Das habe ich schon, aber …« Nell sah mich zögernd von der Seite an. »Ich glaube nicht, dass es dir gefallen würde.«

»Dann bringe es mir schonend bei«, bat ich.

»William hat ein paarmal erwähnt, dass er in Boston nicht genug zu tun hat.« Nell schwieg und sah mich wieder an.

»Hat er das?«, sagte ich beklommen.

»Ja. Er sagte, dass Bill alles allein macht und dass er sich … sozusagen … überflüssig fühlt«, erklärte Nell. »Ich glaube, er könnte Vetter Gerald besuchen, um mit ihm …«

»Eine neue Partnerschaft zu gründen? Meine Güte, Nell, das wäre ja …« Durchaus möglich, beendete ich den Satz für mich. Bill hatte seinen Vater nun seit Monaten in die Kulissen gedrängt. Was, wenn es ihm gelungen wäre, ihn völlig aus Boston zu verdrängen? Willis senior hatte kein Geheimnis aus seinem Wunsch gemacht, eine Zweigstelle von Willis & Willis in Europa zu gründen, aber Bill hatte das nicht ernst genommen.

Vielleicht nahm Vetter Gerald es jedoch ernst. Gerald war im Moment arbeitslos, und jeder vernünftige Rechtsanwalt – noch dazu einer, der gerade keinen Job hatte – würde zugreifen, wenn er die Chance bekäme, mit meinem erfahrenen Schwiegervater, der über erstklassige Verbindungen verfügte, zusammenzuarbeiten.

»Aber warum Gerald?«, fragte ich laut. »Warum nicht seine respektablen Vettern? Kannst du dir vorstellen, dass William sich mit einem Schürzenjäger und Betrüger einlässt?«

»Nein«, sagte Nell, »aber William weiß vielleicht nichts von Geralds schlechtem Ruf. Er hat Miss Kingsley nicht gefragt.«

»Also, dann ist es jedenfalls das Erste, was er von mir hören wird«, sagte ich und trat aufs Gaspedal.

Kein Wunder, dass Tante Dimity Alarm geschlagen hatte. Die Möglichkeit, dass Willis senior sich mit einem schwarzen Schaf wie Gerald in Geschäftsbeziehungen einlassen könnte, war schlimm genug, aber der Gedanke, dass wir dann durch den ganzen großen Atlantik getrennt wären, war noch weitaus schlimmer. Mein Vater war gestorben, ehe ich laufen konnte, und Willis senior war die einzige Vaterfigur, die ich je gehabt hatte. Ich würde alles tun, was in meiner Macht stand, um ihn nicht zu verlieren.

Ohne ihn wäre es im Haus der Familie Willis in Boston noch kälter und einsamer.

Das Einzige, was Finch an Übernachtungsmöglichkeiten zu bieten hatte, war das Hinterzimmer im oberen Stockwerk von Mr und Mrs Peacocks Pub. Im Laufe der Jahre hatte dort immer wieder einmal ein Tourist übernachtet, ohne jedoch wiederzukommen. Vielleicht waren die Gäste durch die Tatsache vertrieben worden, dass die Peacocks nichts mehr in dem Zimmer erneuert hatten – nicht einmal die Bettwäsche, wie böse Zungen behaupteten –, seit ihr Sohn Martin vor zwanzig Jahren zum Militär gegangen war. Haslemere hingegen, so hatte Derek mir versichert, verfügte über ein weit größeres Angebot an Unterkünften. Es war kein typisches Touristenziel – weit und breit war kein Name der üblichen Hotelketten zu sehen –, aber die bewaldeten Hügel und die offene Heide hatten seit 1859, als die Anbindung an das Eisenbahnnetz erfolgte, einen steten Strom von stadtmüden Londonern angezogen, für die mehrere kleine Hotels und Privatpensionen bereitstanden.

Meine Wahl wurde schließlich von reiner Panik diktiert. Nach vier Stunden auf der Autobahn waren wir endlich in Haslemere angekommen und fuhren die Hauptstraße entlang, an deren Ende fünf Straßen in einem, wie mir schien, lebensbedrohlichen Verkehrschaos aufeinandertrafen. Darum war ich blitzschnell entschlossen, als auf meiner rechten Seite das Georgian Hotel auftauchte, dessen Name in eleganten Goldbuchstaben auf einer cremefarbenen Queen-Anne-Fassade stand.

Diese fixe Reaktion indes hatte sich gelohnt. Das Georgian war ein gepflegtes Hotel nur einen Steinwurf vom Stadtzentrum entfernt. Vom Salon mit der Bar führte eine Tür in den malerischen Garten hinaus, der von einer Mauer umgeben war. Und die Angestellten waren sehr freundlich. Miss Coombs, die rothaarige, sommersprossige junge Dame an der Rezeption, hieß uns an der Eingangstür willkommen und geleitete uns in ihr sonnendurchflutetes Büro, wo wir uns für eine Übernachtung eintrugen.

Statt den Namen meines Mannes zu gebrauchen, trug ich mich mit meinem Mädchennamen ein – Lori Shepherd –, weil ich nicht wollte, dass man zwischen mir und Gerald Willis eine Verbindung herstellen könnte, und außerdem war es immer noch mein offizieller Name.

Nell trug sich als Nicolette Gascon ein. Ich hatte keine Ahnung, warum, oder was es damit auf sich hatte, jedoch trug sie ihre neue Identität mit einer solchen Selbstverständlichkeit, dass es sich von selbst verbot, im Beisein der netten, aber zweifellos aufmerksamen Miss Coombs zu fragen. Nachdem wir den Papierkram erledigt hatten, ging Nell mit dem schwer beladenen Gepäckträger nach oben in unser Zimmer, um ihre Eltern anzurufen und ihnen die beruhigende Mitteilung zu machen, dass wir es ohne Zwischenfälle hierher geschafft hatten.

Ich blieb zurück, um Miss Coombs nach dem Weg zu Gerald Willis' Haus zu fragen. Wie so oft in England, war die Adresse, die Miss Kingsley mir gegeben hatte, nur für jemanden verständlich, der die Gegend kannte.

»Die Lärchen, Midhurst Road« hatten wir in Nells Straßenatlas nicht gefunden, aber ich hoffte, dass es der Empfangsdame eines Hotels am Ort etwas sagen würde.

Und so war es.

Kapitel 7

»Die – die Lärchen?« Das sommersprossige Gesicht von Miss Coombs wurde so rot wie Emmas preisgekrönte Pfingstrosen. »Sie wollen zu Ger… Mr Willis?«

»So ist es«, erwiderte ich. »Kennen Sie ihn?«

Miss Coombs nickte, und ihre Wangen röteten sich noch mehr. »Er kommt ein bis zwei Mal die Woche auf einen Drink vorbei. Er war gerade gestern wieder da, um unser Telefon zu benutzen« – sie nahm die Hand von unseren Anmeldeformularen und legte sie auf das Telefon auf ihrem Schreibtisch –, »denn das seine funktionierte nicht.«

»Das habe ich bemerkt.« Ich lächelte sie an, konnte es mir aber nicht verkneifen, auf ihre Finger zu sehen, die auf dem Hörer lagen.

Miss Coombs hatte meinen Blick bemerkt und zog die Hand schnell zurück. »Mr Willis hat oft die eine oder andere kleine Schwierigkeit«, fuhr sie in gewandtem Plauderton fort. »Letzten Monat war es ein undichtes Dach und davor musste er das WC völlig erneuern lassen. Ich fürchte, sein Haus ist in keinem guten Zustand. Jedenfalls habe ich das gehört.« Ihr Blick wanderte zurück zum Telefon, und sie tat einen Seufzer, den man nicht anders als sehnsüchtig nennen konnte. »Ich selbst bin noch nie dort gewesen.«

Aha, dachte ich. Was haben wir denn hier? Könnte es sein, dass Gerald Willis sich nicht scheute, in Haslemere Herzen zu brechen, während er sich gleichzeitig den Luxus einer Freundin in London leistete? Aus Miss Coombs' Bemerkungen gewann ich den Eindruck, dass er im Georgian nicht nur des Biers wegen vorbeischaute. Die unbestimmte Verachtung, die ich Vetter Gerald gegenüber empfunden hatte, nahm weiter Gestalt an. Es war eine Sache, eine »gewisse Dame« in London auszuführen, aber es war etwas ganz anderes, einer Unschuld vom Lande, wie Miss Coombs es war, nachzustellen. Alles in mir sträubte sich bei dem Gedanken, dass mein ritterlicher Schwiegervater mit einem solchen Schwerenöter etwas zu tun haben könnte.

»Können Sie mir sagen, wie ich zum Haus von Mr Willis komme?«, fragte ich wieder, obwohl ich inzwischen überzeugt war, dass sie mir sogar die Farbe seiner Fensterläden beschreiben konnte. »Ich muss ihn dringend sprechen.«

Die junge Frau zögerte. Vielleicht beunruhigte sie der Gedanke, dass ein amerikanischer Eindringling hier Rechte anmelden könne, die ihr bisher verwehrt geblieben waren. Vermutlich war sie nicht geistesgegenwärtig genug gewesen, um auf meinen Ringfinger zu achten, und, einem plötzlichen Impuls folgend, streifte ich meinen Ring ab. Wenn Vetter Gerald mich für ledig hielt, würde er vielleicht eher einen Annäherungsversuch machen, und ich freute mich schon darauf, ihn abblitzen zu lassen.

Miss Coombs besann sich schließlich auf ihre Pflichten und nahm eine fotokopierte Straßenkarte aus dem Hängeschrank hinter dem Schreibtisch. Nachdem sie die Route markiert hatte, hielt sie mir die Karte hin, aber ich bedeutete ihr, sie noch zu behalten, und fragte nach dem Weg zur St.-Bartholomäus-Kirche. Ich hatte es Nell noch nicht beigebracht, aber ich war entschlossen, mir diese verdammten Glocken anzusehen, ehe ich wieder mit Bill sprach. Er würde bestimmt fragen, warum wir nach

Haslemere gefahren waren, und ich hatte es noch nie fertig gebracht, ihn überzeugend anzulügen. Ich musste ihm etwas sagen können, das der Wahrheit entsprach, selbst wenn es nur die halbe Wahrheit war.

Miss Coombs beugte sich wieder über die Karte, dann gab sie sie mir. »Kann ich sonst noch etwas für Sie tun, Miss« – sie sah auf die Anmeldung hinunter und wiederholte kühl – »Miss Shepherd?«

»Danke vielmals, aber ich glaube, im Moment nicht.« Ich verließ das Büro ohne den geringsten Zweifel, dass die Ärmste bis über beide Ohren in Vetter Gerald verknallt war. Ich blieb im Flur stehen, um meinen Trauring an die Kette mit dem herzförmigen Medaillon zu hängen, das Bill mir geschenkt hatte, als er mir den Heiratsantrag machte, dann lief ich die Treppe hinauf. Ich war äußerst zufrieden mit mir. In weniger als zwanzig Minuten hatte ich erfahren, wo Gerald Willis zu finden war, hatte eine seiner Verehrerinnen kennengelernt und herausgefunden, dass er ein heruntergekommenes Haus renovierte – zweifellos war er dabei, es in ein Liebesnest für seine ländlichen Eroberungen zu verwandeln. Ich konnte es nicht erwarten, Nell mit meiner Spürnase zu beeindrucken, deshalb riss ich stürmisch die Tür zu unserem Zimmer auf – und blieb wie angewurzelt stehen. Eine Fremde beugte sich über das Bett bei der Tür, und es sah aus, als wühlte sie in meinem Koffer.

»Entschuldigung«, sagte ich energisch, worauf sie sich umdrehte, aber ich musste sie lange und genau ansehen, ehe ich merkte, dass diese Fremde, die keinen Meter entfernt vor mir stand, Nell war. Selbst ihr eigener Vater hätte zwei Mal hinsehen müssen.

Nell Harris zog sich immer gut an. Sie hatte einen guten Geschmack, und ihr Kleiderschrank wurde von keiner Geringeren bestückt als der berühmten Nanny Cole, einer alten Freundin der Familie Harris und Londons begehrtester Modeschöpferin. Ich war in meinem liebsten leichten Sommerpulli, Jeans und Turnschuhen nach Haslemere gekommen, aber Nell hatte eine schicke Bundfaltenhose aus Gabardine getragen, dazu eine brave weiße Leinenbluse mit zarter Stickerei an Kragen und Manschetten.

Das trug sie jetzt aber nicht mehr.

Nell hatte ihre Bundfaltenhose gegen eine hauchdünne schwarze Strumpfhose und einen äußerst knappen schwarzen Lederrock eingetauscht, hatte ihre kindliche Bluse mit einem hautengen schwarzen Rollkragenpullover vertauscht und sich außerdem in einen viel zu großen schwarzen Blazer gehüllt, den sie an der Taille mit einem breiten schwarzen Ledergürtel eng zusammengezogen hatte. Dazu hatte sie sich einen schwarzen Glockenhut über ihre Locken gestülpt. Bertie, der das Geschehen mit gleichgültiger Miene vom Sekretär aus beobachtete, trug einen blauweiß gestreiften bretonischen Fischerpullover und eine winzige schwarze Baskenmütze. Beide sahen aus wie Figuren aus einem Shirley-Temple-Film mit Drehbuch von Jean-Paul Sartre.

Ich schloss die Tür hinter mir und sah Nell misstrauisch an. »Nicolette Gascon, vermute ich.«

»*Mais oui*«, erwiderte Nell, wobei sie ihren Hut berührte. »Wie findest du meine Verkleidung? Für dich habe ich auch eine mitgebracht.« Sie deutete mit dem Kopf auf mein Bett, wo sie einen streng geschnittenen dunkelgrauen Tweedrock und Blazer ausgebreitet hatte, die ich vor Jahren in die hinterste Ecke meines Schrankes verbannt hatte, dazu eine perlgraue Seidenbluse, flache schwarze Pumps und einen plumpen schwarzen Aktenkoffer von Derek.

»Und was stelle ich dar? Mitarbeiterin eines Bestattungsinstituts?«, fragte ich, indem ich den Stoff des Tweedrockes zwischen den Fingern befühlte.

»Nein«, erwiderte Nell. »Du bist Williams persönliche Assistentin.«

Nell wandte sich wieder dem Auspacken zu, während ich mich in dem pfirsichfarbenen Sessel neben dem Sekretär niederließ und die Arme verschränkte. Das Zimmer war reizend – zimtfarbene Wände und hübsche Bettüberwürfe mit Blumendekor, vor einem breiten Erkerfenster ein Schreibtisch mit Marmorplatte, auf dem in einer Porzellanvase frische Blumen standen, und auf dem Sekretär neben Bertie ein zierliches Schälchen mit duftendem Potpourri. Ich war besonders dankbar, dass wir ein eigenes Bad hatten. Das Georgian mochte über zweihundert Jahre alt sein, aber seine Einrichtung war erfreulich modern.

»Und wer ist Nicolette Gascon?«, erkundigte ich mich geduldig.

»Williams Mündel«, erklärte Nell. »Wir sind mit wichtigen Papieren für ihn aus London gekommen.« Sie sah mich besorgt an. »Findest du, dass ich überheblich bin? Papa sagt, ich bin es manchmal. Und dass es nicht gut ist, weil es andere Leute irritiert.«

Ich musste lachen. »Ach, zum Teufel, warum sollten wir Gerald nicht etwas vorspielen? Vermutlich macht er es ja mit William genauso.«

Nell nickte zufrieden. »Das dachte Bertrand auch.«

Ich stand auf und langte nach meinem Tweedrock. Ich fand den Gedanken, meine bequemen Jeans und den Pulli gegen diese Kostümierung zu vertauschen, nicht gerade verlockend, aber ich wollte Nell den Spaß nicht verderben. »Also war das Berties Einfall?«

»Bertrand«, korrigierte sie. »Er wird hier bleiben und mit den Zimmermädchen flirten.«

Während ich meine scheußlichen Klamotten anzog, berichtete ich Nell von meinem Gespräch mit Miss Coombs. »Es gibt gar keinen Zweifel«, schloss ich. »Miss Coombs ist in Vetter Gerald verliebt.«

»Wirklich?«, sagte Nell. »Denn Mandy, Karen, Jane, Denise und Alvira sind es ebenfalls. Und Mr Digby sagte, er wäre gar nicht überrascht, wenn der Barkeeper nicht auch ein bisschen verknallt in ihn wäre.«

Ich unterbrach meinen Kampf mit dem Reißverschluss. »Wer …?«, fragte ich.

»Mandy, Karen und Jane sind Zimmermädchen. Denise arbeitet im Garten, und Alvira ist die Küchenhilfe«, erklärte Nell. »Mr Digby ist der Portier. Er sagte, ich erinnere ihn an seine Enkelin, und wir haben uns wirklich nett unterhalten. Sein Schwiegersohn ist der Manager der Midlands Bank hier in der Stadt. Vetter Gerald hat sein Konto dort. Ein ziemlich dickes. Er hebt zwei Mal im Monat eine größere Summe ab.«

Meine detektivischen Fähigkeiten schienen mir plötzlich nicht mehr ganz so beeindruckend. Nell hatte die ›Lärchen‹ noch nicht erwähnt, aber ich rechnete jeden Moment mit der Mitteilung, dass Mr Digbys Urgroßneffe der Klempner war, der das neue WC dort installiert hatte.

»Also verfügt Gerald über große Geldsummen«, überlegte ich, und mir fielen Tante Dimitys Worte ein. »Ich frage mich, wie er das schafft, ohne zu arbeiten.« Ich zerrte an dem Tweedblazer und schnitt meinem Spiegelbild eine Grimasse. Ich sah aus wie eine Persönliche Assistentin vom Flohmarkt.

»Mr Digby hat mir erzählt, dass Gerald zwei Mal im Monat mit dem Zug nach London fährt, ganz pünktlich und immer, wenn er Geld abgehoben hat«, sagte Nell. »Mr Digbys Tochter arbeitet am Fahrkartenschalter«, fügte sie hinzu.

Mein Gesicht im Spiegel wurde missbilligend. Zwei Mal im Monat die geheimnisvolle Frau, dazu ein bis zwei Mal in der Woche sämtliche weiblichen Angestellten – und möglicherweise der Barkeeper – des Georgian Hotels, und wer weiß, wer sonst noch alles? Kein Wunder, dass der arme Junge versuchte, an das Geld von Willis senior zu kommen. Ein derartiger Lebenswandel musste ziemlich kostspielig sein.

»Je mehr ich über Vetter Gerald höre, desto unsympathischer wird er mir«, sagte ich laut. Ich gab Nell den Stadtplan, sagte Bertrand Adieu und nahm meine Aktentasche. »So, und nun wollen wir mal sehen, was sein Liebesleben mit meinem Schwiegervater zu tun hat.«

Zwar machte ich nicht die Augen zu, als wir die Kreuzung am Ende der Hauptstraße nahmen, an der die fünf Straßen zusammenliefen, aber ich war versucht, es zu tun. Derek hatte mir erzählt, dass die Bautätigkeit an der Südküste Englands die gesamte Infrastruktur sehr belastete, und jetzt sah ich, was er meinte. Es war halb fünf, und der Berufsverkehr hatte eingesetzt – neben endlosen Reihen von Lastwagen, die sich auf Straßen dahinquälten, die ursprünglich für Ochsenkarren bestimmt waren, verstopften zusätzlich die Autos der Pendler sämtliche Zufahrtsstraßen. Als wir jedoch die Kreuzung hinter uns hatten, wurde es besser, und ich konnte mich entspannen.

Es war eine herrliche Fahrt. Die Wälder Englands hatten in dem schweren Sturm von 1987 sehr gelitten, aber in der Umgebung von Haslemere gab es noch immer viele hohe Bäume, und die Straße nach Midhurst war wie ein sonnengeflecktes Band, das sich zwischen ihnen dahinzog.

»Dort ist es.« Nell hatte das Schild vor mir entdeckt. Es war klein und weiß und hing an einem eisernen Pfosten, der am Anfang einer grasbewachsenen Einfahrt stand, die in den Wald hineinführte. ›Die Lärchen‹ stand in grünen Buchstaben darauf.

»Vetter Gerald ist seine Privatsphäre offenbar sehr wichtig«, bemerkte ich, als ich vorsichtig in die Einfahrt bog. Es waren keine weiteren Häuser zu sehen, und wir fuhren gut fünfzig Meter, ehe wir die ›Lärchen‹ erspähten.

Es war nicht das, was ich erwartet hatte. Vetter Geralds Waldversteck war ein nüchternes einstöckiges Gebäude aus grauem Stuck, an dessen unscheinbarer Haustür zu beiden Seiten ein paar dürre Sträucher dahinvegetierten. Wofür Gerald auch immer sein Geld ausgeben mochte, für sein Haus sicherlich nicht.

»Was für ein hässlicher Kasten«, rief Nell aus.

»Schrecklich«, stimmte ich zu. »Aber keine Spur von Williams Auto«, bemerkte ich, als ich den Motor abstellte.

»Vielleicht steht es hinten«, schlug Nell vor. »Soll ich mal nachsehen?«

»Zu spät«, sagte ich.

Unsere Ankunft war bereits bemerkt worden. Die Haustür hatte sich geöffnet, und eine große, grobknochige Frau in einem baumwollenen Hauskleid stand auf der Schwelle und wischte sich die Hände an der Schürze ab, wobei sie uns aufmerksam ansah.

»Überlass mir das Reden«, sagte ich leise zu Nell, als wir ausstiegen. Dank meiner Streifzüge auf der Suche nach seltenen Büchern hatte ich reichlich Erfahrung mit Hausdrachen gesammelt, und auch dieser hier würde mich nicht verjagen. Ich ergriff meine Aktentasche und, gefolgt von Nell, die ein paar Schritte hinter mir blieb, ging ich entschlossen zur Haustür. »Mein Name ist Lori Shepherd«, sagte ich, »und ich hätte gern Mr Gerald Willis gesprochen.«

»Natürlich«, sagte die Frau mit einem entwaffnenden Lächeln. Sie fasste nach dem grauen Knoten an ihrem Hinterkopf. »Ich hole ihn. Möchten Sie nicht eintreten …«

»Ist schon in Ordnung, Mrs Burweed«, rief eine tiefe Männerstimme aus dem Haus. »Ich kümmere mich um unsere Besucher, gehen Sie ruhig zu Ihren Sahnebaisers zurück.« Mrs Burweed nickte freundlich und verschwand wieder im Haus, und einen Moment später erschien ein Mann an der Tür.

»Hallo«, sagte er. »Ich bin Gerald Willis.«

Kapitel 8

Wenn ein Engel eins neunzig groß sein kann, mit sanft gewelltem kastanienbraunem Haar, einem vollen Mund und einem fein geschnittenen Kinn, das so glatt ist wie das eines Chorknaben – dann war Gerald Willis ein Engel. Seine blaugrünen Augen leuchteten wie Gletschereis und wurden von langen dunklen Wimpern und hübsch geschwungenen Brauen überschattet. Er trug eine Brille mit kleinen, runden Gläsern, und als er sie abnahm und lächelte, erschien ein Grübchen in seiner linken Wange.

Mir war, als hörte ich Engelschöre singen.

»Was kann ich für Sie tun?«, fragte er mit Nachdruck, als ob er es schon einmal gesagt hätte.

Er war ungefähr so alt wie Bill, aber fit, sein Bauch war so flach wie ein Kornfeld in Nebraska. Er trug ein altes dunkelbraunes Baumwollhemd, das er in seine Jeans gesteckt hatte, die vom vielen Waschen schon ganz ausgebleicht war. Der schwarze Ledergürtel, den er um die Hüfte trug, erinnerte mich an den, den Nell um ihren riesigen Blazer geschlungen hatte. Er war genauso überflüssig – Geralds gut sitzende Jeans brauchten durch nichts gehalten zu werden.

»Kommen Sie wegen des Telefons?«, fragte er.

Ich versuchte zu sprechen. Ich fühlte, wie meine Lippen sich bewegten, aber es kamen keine Worte, und so stand ich da und sah vermutlich aus wie ein Fisch auf dem Trockenen.

»Nein, wir sind nicht wegen des Telefons gekommen.« Nells Stimme schien von einem entfernten Planeten zu kommen. »Ich bin gekommen, um meinen Großvater zu sprechen. Ich weiß, dass er mich nicht sehen will, aber ich lasse mich nicht abweisen.« Und in perfektem Bühnenflüstern an mich gewandt, fügte sie hinzu: »Es tut mir leid, dass ich Sie angelogen habe, Miss Shepherd, aber ich muss Ihren Chef persönlich sprechen. *Pardonnez-moi* …« Worauf Nell schnurstracks an dem sprachlosen Vetter Gerald vorbei ins Haus marschierte und rief: »Großpapa! Ich weiß, dass du hier bist! Bitte komm heraus!«

Er ist ein Schürzenjäger, sagte ich mir eindringlich. Er ist eine Bedrohung für Willis senior. Er ist – *Großpapa?* Nells Worte waren endlich in mein umnebeltes Hirn durchgedrungen, und ich sah Vetter Gerald verwirrt an. *Großpapa?* Nach welchem Drehbuch spielten wir denn jetzt?

»Ach herrje«, sagte Gerald und verzog mitfühlend das Gesicht. »Müssen Sie für Ihren Chef Babysitter spielen?«

Ich nickte, dankbarer als Gerald es ahnen konnte, dafür, dass er die Situation so prompt erkannt hatte. Der doppelte Schock, ihn in seiner nur allzu attraktiven Leibhaftigkeit zu sehen und Nell schon wieder in einer anderen Rolle zu erleben, hatte mich zu einem stotternden Nervenbündel gemacht. Bestimmt wirkte ich genau wie eine unglückliche Angestellte, der man die verwöhnte Göre des Chefs aufgehalst hatte.

»Ich vermute, der gesuchte Großpapa ist William Willis?«, fragte Gerald.

»Äh …«, sagte ich.

»Na, schon gut«, sagte Gerald gutmütig. »Es wird sich bestimmt alles aufklären. Inzwischen macht meine Haushälterin uns Tee. Darf ich Sie einladen, Miss …?«

»Shepherd«, brachte ich heraus.

Gerald führte mich in einen kleinen Eingangsbereich am Fuße einer schmalen Treppe. Sanft nahm er mir die Aktentasche ab und stellte sie auf den Boden neben ein wackeliges Telefontischchen. Als er sich wieder aufrichtete, klingelte das Telefon, und er fuhr leicht zusammen.

»Du lieber Gott«, sagte er. »Funktioniert es wieder?« Er hob den Hörer ab und bedeckte die Muschel mit der Hand, ehe er mit dem Kopf in Richtung Flur deutete. »Hinteres Zimmer, dritte Tür rechts«, sagte er. »Gehen Sie nur hinein, ich komme sofort nach.«

Ich stolperte einen oder zwei Schritte zurück, drehte mich um und floh blindlings den Flur entlang, wobei ich nach meinem Ehering unter der Seidenbluse tastete und ihn wie einen Talisman festhielt, während Fetzen von Geralds Telefongespräch vom Eingangsbereich her klangen.

»Ja, ich weiß, Herr Doktor ... Es ist gerade erst repariert worden ... Ja, es war auch für mich ärgerlich ... Nein, es tut mir leid, aber – könnten Sie bitte etwas lauter sprechen?«

Seine Stimme war weich wie Samt, sie klang dunkel wie alter Wein und verführerisch wie Sirenengesang, und, verzweifelt bemüht, außer Hörweite zu kommen, fummelte ich am Türgriff zu meiner Rechten, schlüpfte eilig in das Zimmer und schloss die Tür hinter mir. Atemlos lehnte ich mich von innen dagegen, so erleichtert durch die plötzliche Stille, dass es einen Moment dauerte, ehe ich merkte, dass ich die falsche Tür geöffnet hatte.

Ich stand in einem Zimmer, das wie ein Lagerraum aussah. Die Vorhänge waren zugezogen, und entlang der einen Wand waren Holzkisten gestapelt. Ihnen gegenüber standen ein schlichter Holztisch, ein einfacher grauer Bürostuhl auf Rädern und ein Bücherregal, das mit Katalogen von Auktionen und bunten Bildbänden und Büchern über Kunstgeschichte gefüllt war. Unter dem Tisch befand sich eine offene Kiste, die von zusammengeknülltem Zeitungspapier umgeben war, das offenbar als Packmaterial gedient hatte.

Auf dem Holztisch stand eine Leselampe aus Messing mit grünem Schirm, die einzige Lichtquelle, außerdem ein Karteikasten, daneben ein Füller. Aber alle diese Dinge nahm ich auf den ersten Blick gar nicht wahr. Meine Aufmerksamkeit war vollkommen von einem einzigen Gegenstand in Anspruch genommen, einem golden glänzenden Gegenstand, den ich nie außerhalb eines Museums erwartet hätte.

Es war ein Kreuz, etwa dreißig Zentimeter hoch, am Fuß ziemlich breit, sodass es von allein stand. Die Oberfläche war mit einem komplizierten Muster verschlungener Linien bedeckt – keltischen Ursprungs, vermutete ich –, und in der Mitte, wo die beiden Balken sich trafen, war ein großer runder Bergkristall, der von einem juwelenbesetzten Strahlenkranz umgeben war. Dieser Strahlenkranz schien alles Licht der Lampe auf sich zu ziehen und es als funkelndes, strahlendes Lichtbündel in meine Richtung zu reflektieren. Verzaubert trat ich darauf zu.

Ich war sicher, dass es ein Reliquiar war, ein herrliches heiliges Behältnis, um etwas zu bergen, was mein alter Chef Stan Finderman respektlos »Kreuzfahrertrophäen« nannte. Ein Splitter vom Kreuz Christi, eine Locke vom Kopf eines Heiligen – in Irland hatte ich einst ein Reliquiar gesehen, in dem ein ganzer Arm des heiligen Lachtin aufbewahrt wurde. Manche Reliquiare waren aus Elfenbein, andere aus kunstvoll gemeißeltem Stein, aber das, was hier vor mir stand, war aus Gold.

Es war nicht makellos. Viele der Edelsteine aus dem Strahlenkranz fehlten, und der Querbalken hatte Kratzer, aber die Klarheit der Linien verlieh ihm einen Reiz, der weit über seinen zweifellos hohen Wert hinausging. Ich konnte dem Wunsch nicht widerstehen, es zu berühren. Ich wollte es in die Hand nehmen, um es im Licht der Lampe hin-und herzudrehen und zu sehen, wie das Licht auf der filigranen Oberfläche und in den glitzernden Edelsteinen spielte. Ich fragte mich, wer es angefertigt hatte und wie es hierher gekommen war, in dieses hässliche kastenförmige Haus im Südwesten von Surrey. Mit freudigem Schrecken fragte ich mich plötzlich, ob die anderen Kisten, die dort an der Wand gestapelt waren, mit ähnlichen Schätzen gefüllt waren. Wenn Gerald nur einen dieser Gegenstände im Jahr verkaufte, würde sein Bankkonto für alle Zeiten gut gefüllt sein.

Ich hielt das Reliquiar noch immer in der Hand und drehte es im Licht hin und her, als die Tür hinter mir geöffnet wurde und eine tiefe, wohltönende Stimme sagte: »Ah, hier sind Sie also.«

Unwillkürlich hielt ich das Reliquiar so fest, dass ich mir an dem kannelierten Strahlenkranz den kleinen Finger schnitt. Der scharfe Schmerz brachte mich wieder in die Gegenwart zurück, und ich stellte das Kreuz auf den Tisch zurück.

»Verzeihen Sie«, sagte ich und sah Gerald an. »Ich – ich wollte nicht herumschnüffeln, aber ich hatte die Türen verwechselt, und dann sah ich das Reliquiar, und irgendwie habe ich …«

»Natürlich.« Gerald zuckte die Schultern. »Das kann doch jedem passieren. Außerdem scheint heute mein Tag für neugierige Besucher zu sein. Ich fürchte, ich musste gerade Ihren jungen Schützling mit Gewalt davon abhalten, nach oben zu gehen und die Schlafzimmer zu durchsuchen.«

»O Gott …«, stöhnte ich. Ich senkte den Kopf und griff mir peinlich berührt an die Stirn.

»Macht nichts«, sagte Gerald und trat zu mir. »Jetzt ist sie im Wohnzimmer unter dem wachsamen Blick meiner Haushälterin. Wollen wir …« Er unterbrach sich. »Du liebe Zeit, Miss Shepherd, Sie haben sich verletzt.« Und ehe ich protestieren oder ihn abwehren konnte, nahm er mein Handgelenk und zog meine Hand sanft an sich.

»Geschieht mir recht«, sagte ich mit unsicherem Lachen. »Ich hätte eben nicht …«

»Pst«, sagte Gerald. Mit einer geschickten Bewegung hatte er die Brille aus der Brusttasche gezogen und aufgesetzt, dann sah er mich über den Rand hinweg an. »Wie könnte jemand beim Anblick eines so schönen Gegenstands auch überlegt reagieren?«

Ich merkte, wie meine Knie zitterten, und zwang mich, auf das Reliquiar hinunterzusehen statt in Geralds Augen, die an das Meer erinnerten. »Sind Sie ein Sammler, Mr Willis?«

»Nein, ich katalogisiere nur«, erwiderte er. »Und bitte, nennen Sie mich Gerald. Mit einer Frau, die ein Reliquiar als solches erkennt, würde ich mir unbedingt einen formlosen Umgang wünschen.« Er beugte sich über meine Hand, und für einen verrückten Augenblick dachte ich, er würde das Blut wegküssen. »Eine ernste Wunde, jedoch nicht tödlich, denke ich«, murmelte er, indem er meinen kleinen Finger betrachtete. »Ein kleines Pflaster, und Sie werden im Nu wieder auf den Beinen sein.« Er ließ meine Hand los, und ich tat einen kleinen Seufzer, dann räusperte ich mich und versuchte, etwas Vernünftiges zu sagen.

»Ich hoffe, Sie nehmen meine Entschuldigung wegen Nicolette an …«, brachte ich heraus.

»Keine Ursache«, unterbrach Gerald zwinkernd. »Mademoiselle Gascon versicherte mir, Sie wüssten nichts über den wirklichen Grund, warum sie herkommen wollte. Sie fing an, mir eine faszinierende Geschichte zu erzählen, aber ich bat sie, zu warten, bis Sie dabei sind.« Sein ironisches Lächeln verriet, dass er kein Wort von dem glaubte, was Nell ihm erzählt hatte. »Ich weiß gar nicht, womit ich so viele Besucher an einem Tag verdient habe. Der erste war natürlich Ihr Chef.«

»M-Mr Willis?«, fragte ich, und meine Gedanken rasten. »Er sagte mir, er wolle einen … einen entfernten Verwandten besuchen.«

»Ziemlich entfernt«, gab Gerald sofort zu. »Bis zum heutigen Tag hatte ich keine Ahnung von seiner Existenz.« Gerald deutete auf die Tür. »Wollen wir Mrs Burweed bei der Wache ablösen?«

Als wir den Lagerraum verließen, konnte ich nicht umhin, Gerald dafür zu bewundern, mit welcher Ruhe er darauf reagierte, dass zwei völlig fremde Menschen in seinem Haus herumliefen. Er hätte allen Grund gehabt, aufgebracht zu sein – entrüstet sogar –, aber stattdessen schien er über Nells unleidliches Benehmen eher verwundert zu sein, und seltsam angetan von meinem. Gerald Willis musste die Geduld eines …

Ich ertappte mich mitten im Satz und hätte beinahe laut aufgelacht. Innerhalb weniger Minuten war aus meinem verschwenderischen Schürzenjäger ein langmütiger Engel geworden, der sakrale Gegenstände katalogisierte – außerdem war ich völlig bereit, ihm den Schürzenjäger zu verzeihen. Wenn ein Mann so aussah wie er – welche Chancen hatte er denn? Zweifellos erlebte jemand wie er täglich aufs Neue, wie sich ihm Zimmermädchen, Empfangsdamen und Barkeeper zu Füßen warfen. Und wer konnte es ihnen verübeln? Selbst wenn

Vetter Gerald ein kreuzhässlicher Vogel gewesen wäre, allein sein Charme hätte ihn schon unwiderstehlich gemacht.

War das der Grund, warum er London mit seiner bescheidenen Einsiedelei vertauscht hatte? Zwar hatte ich keine persönliche Erfahrung auf dem Gebiet, aber ich hatte mir immer ausgemalt, dass einem fantastisches Aussehen und große Schönheit mehr Ärger einbringen würde als die ganze Sache wert war. Man wurde ständig von gierigen fremden Augen angestarrt und brach Herzen, von denen man nicht einmal ahnte, dass man sie berührt hatte. Vielleicht war Gerald die Mühe, so viele weibliche – und vielleicht auch ein paar männliche – Verehrer abzuwimmeln, zu groß geworden; vielleicht war das auch der Grund, warum die errötende Miss Coombs niemals in die ›Lärchen‹ eingeladen worden war.

»Hier hinein, bitte.« Gerald öffnete die nächste Tür im Flur und trat zur Seite, um mir den Vortritt zu lassen. Das hintere Wohnzimmer war als Raum wenig eindrucksvoll. Die Möbel sahen aus, als seien sie gebraucht gekauft worden – ein mitgenommener hölzerner Schreibtisch, ein Sammelsurium an Beistelltischen und Lampen, ein Sofa und zwei Sessel mit langweiligen Überzügen in Beige, die einmal bessere Zeiten gesehen haben mochten. An den Wänden eine geschmacklose Tapete mit einem Muster aus Rosen und Bänderschleifen, eine Stilrichtung, die mich an Zimmer in billigen Pensionen erinnerte. Der nüchterne Kamin aus hellen Ziegeln war mit einer schrecklichen Vorrichtung versehen, die ich schon in einigen Häusern in Finch gesehen hatte. Man nannte es ein »elektrisches Feuer«, und wenn es eingeschaltet war, imitierte es ein schwaches Glühen, aber natürlich hatte es nichts von dem Knistern und Lodern eines wirklichen Feuers.

Das Einzige, was den Raum vor vollkommener Trostlosigkeit bewahrte, war die fast völlig verglaste Rückwand. Eine breite Doppeltür, eingerahmt von zwei großen Fenstern, ging hinaus auf eine kleine, gepflasterte Terrasse mit einem ungepflegten Rasenstück dahinter, das sich der vordringende Wald schon fast zurückerobert hatte. Durch das Laub fiel Sonnenlicht ins Zimmer und zeichnete unruhige Schatten auf den dünnen grauen Teppich.

Nell saß zusammengesunken in einem Sessel, sie trommelte mit den Fingern und wippte mit dem Fuß und war jeder Zoll schlecht gelaunter Teenager, während Mrs Burweed im Zimmer umherging, Staub wischte und vor sich hin summte.

»Vielen Dank, Mrs Burweed«, sagte Gerald. »Wir werden den Tee hier nehmen, wenn Sie so weit sind. Ich suche jetzt ein Pflaster, Miss Shepherd. Bitte machen Sie es sich bequem.«

Ich wartete, bis Gerald und die Haushälterin hinausgegangen waren, dann schoss ich hinüber zu Nell und flüsterte eindringlich: *»Großpapa?«*

»Ich musste doch etwas sagen«, zischte Nell. »Du standst da wie ein Reh im Scheinwerferlicht.«

»Stimmt«, sagte ich. Der Hieb saß, und ich konnte ihm nichts entgegensetzen. »Tut mir leid.«

»Lass mich jetzt reden«, sagte Nell hastig. »Du brauchst nur die Ahnungslose zu mimen.«

»Die perfekte Rolle«, murmelte ich. Als ich auf das Sofa sank, fragte ich mich, was aus dem zurückhaltenden Mädchen geworden war, das mit mir hierhergefahren war.

Gerald kam mit einem Erste-Hilfe-Kasten zurück, und nachdem ich meinen kleinen Finger zu seiner Zufriedenheit desinfiziert und verpflastert hatte, stellte er den Kasten auf einen der kleinen Tische und setzte sich in den zweiten Sessel.

»Es tut mir leid, aber der Tee wird sich etwas verzögern«, verkündete er. »Mrs Burweed besteht darauf, neue Baisers zu machen. Die anderen waren wohl zu lange im Backofen.« Er nahm die Brille ab und steckte sie wieder in seine Brusttasche. »Während wir warten, könnten Sie vielleicht mit Ihrer Geschichte fortfahren, Mademoiselle Gascon. Ich bin sicher, dass Miss Shepherd sie äußerst interessant finden wird.« Er lehnte sich bequem zurück und bedachte Nell mit einem amüsierten, toleranten Lächeln, das jedoch sofort von seinem Gesicht verschwand, als sie in Tränen ausbrach.

»Verzeihen Sie mir«, schluchzte sie zaghaft. »Aber *Maman* ist so krank, und ich hatte gehofft, Großpapa hier zu finden und ihm zu sagen, dass sie ihn b-braucht …« Sie stöhnte leise, dann ließ sie den Kopf hängen und weinte, als ob ihr das Herz brechen wollte.

Gerald saß kerzengerade und war völlig verstört. Ratlos sah er mich an, dann zog er ein Taschentuch aus seiner Tasche und bot es Nell an, die es jedoch zurückwies und in einen französischen Wortschwall ausbrach, in dem die Begriffe »Tod« und »Verzweiflung« ziemlich oft vorkamen. Sie war fantastisch. Gerald klopfte ihr auf den Rücken und murmelte beruhigende Worte, und als er sie überredet hatte, sein Taschentuch doch anzunehmen, sah er aus, als ob er bereit sei, alles zu glauben, was Nell ihm erzählte.

Das war auch gut so, denn die Geschichte, die Nell jetzt zum Besten gab, hätte ein tolles Libretto für eine tragische Oper abgegeben.

Kapitel 9

Während der nächsten vierzig Minuten kam ich aus dem Staunen nicht heraus. Ich war überwältigt und beschämt von Nells Unverfrorenheit und ihrer Überzeugungskraft. Vetter Gerald hörte reglos zu, und als Nell die Geschichte zu ihrem tragischen Abschluss gebracht hatte, glaubte ich selbst fast, dass alles, was sie erzählte, wahr sei.

Nicolette Gascon war niemand Geringeres als die uneheliche Enkelin von Willis senior. Nicolettes Mutter war Regina, Willis seniors einzige Tochter, die nach Paris durchgebrannt war, um mit Howard Gascon, einem englischen Austauschstudenten und brotlosen Künstler, zusammenzuleben, den sie in Harvard kennengelernt hatte, wo sie Kunstgeschichte studierte.

Howard Gascon hatte Regina und Nicolette drei Jahre zuvor verlassen – »Weil ein Künstler *libre* sein muss«, wie Nell mit der leidenschaftlichen Überzeugung der liebenden Tochter erklärte –, aber trotzdem waren Mutter und Tochter ganz gut klargekommen, bis vor sechs Monaten, als Regina an etwas erkrankt war, das verdächtig nach Schwindsucht klang.

Wegen dieser Krankheit hatte Regina ihren Job in einem Café am Montmartre verloren und war immer tiefer in Armut geraten, konnte sich jedoch nicht an ihren Vater um Hilfe wenden – Willis senior hatte seine Tochter wegen ihres skandalösen Verhaltens enterbt und bis zum heutigen Tage seine einzige Enkelin weder gesehen noch anerkannt.

Nicolette hatte gehört, dass sich ihr Großvater in England aufhielt – »von einem der *gentils* Männer, die *Maman* ab und zu besuchen« – und hatte sich per Anhalter von Paris zum Ärmelkanal durchgeschlagen, wo sie ihren letzten Cent für eine Fahrkarte ausgegeben hatte, mit der sie nach London gekommen war. Hier hatte sie gehofft, mit Willis senior sprechen und ihn dazu bewegen zu können, sich um seine Tochter zu kümmern.

»Ich muss Großpapa zur Einsicht bringen«, schloss sie. »Ohne seine Hilfe landen wir auf der Straße.« Nells Augen suchten meine. »Es tut mir leid, dass ich Sie angelogen habe, Miss Shepherd, aber ich hatte Angst. Ich fürchtete, Sie würden mich nicht mitnehmen, wenn Sie wüssten, wer ich wirklich bin.«

»Und Sie arbeiten für William Willis?«, fragte Gerald, an mich gewandt.

»Ich bin seine persönliche Assistentin«, antwortete ich ohne zu zögern. Nells bravouröse Vorstellung hatte mich ermutigt. »Mr Willis und ich kommen oft geschäftlich nach London. Nicolette tauchte heute früh im Hotel auf, kurz nachdem sich mein Chef auf den Weg nach Haslemere gemacht hatte. Ich hatte noch nie von ihr gehört, aber da es in Boston noch Nacht war, konnte ich mich ja nicht erkundigen. Dann kamen diese Schriftstücke an, die Mr Willis sofort sehen musste, und da ich das Mädchen ja nicht allein in London lassen konnte … ich hatte versucht, Sie vorher anzurufen.«

»Aber Sie sind nicht durchgekommen.« Gerald nickte. »Das Telefon funktioniert immer noch nicht einwandfrei. Vorhin wurde der erste Anruf seit drei Tagen mitten im Satz wieder unterbrochen.«

»Es tut mir leid, dass ich Sie so überfalle«, sagte ich, was ich ehrlich meinte. Es schien mir unfair, diesen gutaussehenden Mann so hinters Licht zu führen.

»Keine Ursache. Aber ich fürchte, ich habe schlechte Nachricht für dich, *ma petite*«, fuhr er fort, wobei er die

Hand auf Nells Arm legte. »Dein Großvater war hier, aber er ist vor zwei Stunden wieder abgefahren.« Nell seufzte ausdrucksvoll, und Gerald drückte aufmunternd ihren Arm. »Aber ich kann dir sagen, wo er hingefahren ist.«

»*Vraiment?*«, fragte Nell, und ihr Gesicht hellte sich auf.

»Er ist nach London zurückgefahren.«

»Nach London?«, rief ich entsetzt.

»Ich glaube, er will morgen meinen Vetter und meine Cousine besuchen«, erklärte Gerald. »Ich kann Ihnen aber die Adresse geben.« Er stand auf und ging hinüber zu dem ramponierten Schreibtisch.

»*Vous êtes très gentil, Monsieur Willis, très généreux – un véritable ange*«, sagte Nell überschwänglich. Dann drehte sie sich zu mir um und sagte: »Großpapa wird bestimmt in sein Hotel zurückkehren. Ich glaube sicher, dass ich ihn morgen dort finden werde.«

Ich verstand genau, was sie meinte. Beruhige dich, sollte das heißen. Wenn William die Nacht in London verbringt, dann wohnt er im Flamborough, wo Miss Kingsley sich um ihn kümmern wird, bis wir eintreffen.

»Ich muss mich entschuldigen, dass ich so übertrieben reagiert habe«, sagte Nell, indem sie aufstand. »Ich sehe bestimmt schrecklich aus. Bitte, dürfte ich Ihr *salle de bain* benutzen?«

»*Bien sur*«, sagte Gerald. »Er ist oben gleich an der Treppe. Aber sei vorsichtig mit dem Geländer«, warnte er, »es sitzt nicht sehr fest.«

Nell sah nach ihrem Ausbruch eher noch hübscher aus als sonst, ihre Wangen waren gerötet, und in ihren langen Wimpern funkelten Tränen, aber mir war völlig klar, was sie in Wirklichkeit mit ihrem Besuch im Badezimmer bezweckte. Mit Sicherheit würde nun Vetter Geralds oberes Stockwerk durchsucht werden. Ich hielt Nell für übertrieben misstrauisch – Gerald hätte uns sicher nicht gesagt, wo Willis senior zu finden sei, wenn er seine Leiche oben in einer finsteren Kammer versteckt hätte –, aber ich spielte mit, schon um weitere Peinlichkeiten für Nell und mich zu vermeiden.

»Sie werden also nicht noch heute Abend nach London zurückkehren?« Gerald kam vom Schreibtisch zurück, einen Zettel in der Hand.

»Ich bin es nicht gewohnt, in England zu fahren, Mr – Gerald«, gab ich zu. »Ich möchte es im Dunkeln nicht riskieren.«

»Das kann ich Ihnen nicht verdenken«, sagte er und lächelte verständnisvoll. Er gab mir den Zettel, setzte sich neben mich und sagte wie nebenbei: »Wenn Sie möchten, können Sie hier übernachten.«

»Da-danke«, stotterte ich und merkte, wie ich rot wurde. »Aber wir haben uns schon im Georgian einquartiert.«

»Dort sind Sie bestens aufgehoben«, sagte Gerald, und obwohl ich sein Gesicht genau beobachtete – was leicht war, da unsere Knie sich fast berührten –, konnte ich keine Spur von Ironie oder Verlegenheit bei ihm feststellen. Er schien keine Ahnung zu haben, welche Wirkung er auf die Hotelangestellten ausübte.

Ich meinerseits hatte eine ziemlich klare Ahnung, was für eine Wirkung er auf mich ausübte. Ich musste sehr viel Selbstdisziplin aufbringen, um mich nicht an ihn zu lehnen, als ich den Zettel in die Tasche meines Blazers steckte, und obwohl ich wusste, dass es noch weitere Fragen gab, fielen sie mir beim besten Willen nicht ein.

»Arbeiten Sie schon lange für William?«, fragte Gerald.

»Gleich nach dem College habe ich bei ihm angefangen«, antwortete ich. Nell war nicht die Einzige, die improvisieren konnte.

»Und Sie haben nichts von seiner Tochter oder von Nicolette gewusst?« Gerald hielt den Kopf schief. »Wie merkwürdig.«

»Ich wusste, dass er private Probleme hatte«, versicherte ich ihm, »aber Mr Willis trennt sorgfältig Berufliches von Privatem.«

»Sehr vernünftig«, sagte Gerald.

»War es ein angenehmer Besuch für Sie?«, wagte ich mich vor. Ich fing an, mich sicherer zu fühlen, und es war leicht, sich mit Gerald zu unterhalten.

»Es war mir ein Vergnügen, Vetter William kennenzulernen«, sagte Gerald, »aber ich glaube, ihm hat es nicht viel geholfen. Er wollte etwas über eine Frau namens Julia Louise wissen, und über einen Familienzwist, der irgendwann im achtzehnten Jahrhundert stattgefunden hat. Aber ich fürchte, darüber weiß ich weniger als er. Ich habe ihn an meine Cousine Lucy in London verwiesen. Sie kennt sich aus in der Familienchronik.«

Also beschäftigt Willis senior sich tatsächlich mit früheren Familienangelegenheiten, dachte ich. Genau das, wovor Dimity uns gewarnt hatte. »Hat Mr Willis Gelegenheit gehabt, seine Vorschläge mit Ihnen zu diskutieren?«, fragte ich, da mir im Augenblick die Gegenwart wesentlich wichtiger erschien als die Vergangenheit. »Ich meine seine Pläne, in Europa eine Zweigstelle zu gründen?«

»Er hat sie erwähnt«, bestätigte Gerald. »Aber auch da habe ich ihn an Lucy verwiesen. Sie hat jetzt die Geschäftsleitung übernommen.«

Mein Herz sank geradewegs bis durch den schäbigen Teppich. Es stimmte also. Willis senior wollte nach England. Er wollte mich in dem großen Haus in Boston allein lassen, allein mit seinem unsichtbaren Sohn und in direkter Nachbarschaft mit seinen Schwestern, die wie

Stabheuschrecken aussahen. Meine Stimmung verdüsterte sich und ich brauchte einen Moment, ehe ich antworten konnte.

»Glauben Sie, dass Lucy diesen Vorschlag interessant finden wird?«, fragte ich.

»Das könnte ich mir vorstellen.« Ein Ausdruck des Bedauerns lag auf Geralds Gesicht, als er sich zur Seite drehte, um durch die großen Fenster in den Garten zu schauen. »Seit ich aus der Firma ausgeschieden bin, ist Lucy chronisch überlastet.«

»Ich hatte gehört, dass Sie nicht mehr dort arbeiten«, sagte ich zögernd. »Um ehrlich zu sein, ich habe so einige Gerüchte gehört …«

»Wir alle machen Fehler, Miss Shepherd.« Gerald sah mich an, dann stand er auf und ging langsam zur Terrassentür, wo er in den Wald hinaussah. Sein kastanienbraunes Haar glänzte in der tiefstehenden Nachmittagssonne, die jetzt hereinschien. »Wie ich Ihrem Chef schon erzählte, ich stand damals unter großem Druck – ich hatte anspruchsvolle Klienten und arbeitete jeden Abend bis spät …« Er sah über die Schulter. »Bestimmt kennen Sie auf Ihrer Seite des Atlantiks dieselben Schwierigkeiten.«

Ich nickte, und er wandte sich wieder zum Fenster.

»Ich machte mir auch Sorgen um meinen Vater, Thomas Willis. Er ist ein großartiger Mensch.« Gerald verschränkte die Arme und seufzte. »Er hatte die Geschäftsleitung inne, bis sein Herz nicht mehr mitmachte. Das war vor drei Jahren, und ein paar Monate lang dachte ich, ich würde ihn verlieren. Mit der Sorge um ihn und dem Versuch, normal weiterzuarbeiten, sind mir … sind dann Fehler passiert. Also bin ich gegangen.«

»Um … hierher zu kommen?«, fragte ich und blickte verstohlen zu dem scheußlichen elektrischen Feuer hinüber.

Geralds strahlendes Lächeln war zurückgekehrt, als er mich ansah. »Dieses Anwesen mag nicht jedem wie ein Paradies erscheinen, aber für mich ist es gerade richtig. Außerdem habe ich jetzt Zeit für meinen Vater, und das ist das Wichtigste.«

»Ja«, gab ich zu, »das ist das Wichtigste.« Ich sah auf seine breiten Schultern, die sich als dunkle Silhouette gegen den grüngoldenen Schatten des Waldes abzeichneten, und ich verspürte ein plötzliches Verlangen, mit Willis senior zu sprechen, ehe er zu Lucy fuhr. Ich wollte ihm sagen, dass ich Zeit für ihn haben würde, selbst wenn Bill keine hatte. Entschlossen stand ich auf. »Es tut mir leid, Gerald, aber ich muss ins Hotel zurück.«

»Sie bleiben nicht zum Tee?«, fragte er. Er schien ehrlich enttäuscht.

»Ich kann es nicht«, sagte ich, und mein Herz flatterte, als er auf mich zukam. »Es ist … es sind die Papiere, die Mr Willis unterschreiben muss. Ich hatte sie über der Sache mit Nicolette völlig vergessen und … und überhaupt. Ich muss versuchen, ihn zu erreichen und davon in Kenntnis zu setzen, dass die Dokumente da sind, und da Ihr Telefon immer noch nicht funktioniert …«

»Ich verstehe«, sagte Gerald, »aber es tut mir leid, dass Sie so schnell wieder wegmüssen. Es hat mich gefreut, mich mit Ihnen zu unterhalten.«

»Ich … äh … mich auch.« Ich sah in diese blaugrünen Augen und fragte mich, ob es wirklich so wichtig war, wieder ins Georgian zurückzukehren.

Nell erlöste mich von meinen Zweifeln, indem sie gerade in diesem Moment von ihren Untersuchungen im Obergeschoss zurückkam. Sie hatte nichts dagegen, sofort abzufahren, vielmehr schien sie irgendwie erleichtert.

Gerald begleitete uns zur Haustür und machte sie auf, dann bat er uns zu warten, und verschwand wieder im Flur. Sowie er uns den Rücken gekehrt hatte, schoss Nell aus der Tür und rief: *»Regardez le lapin!«*

Ein Kaninchen? Neugierig spähte ich hinter Nell her, als sie um die Hausecke verschwand. Dann musste ich lächeln. Sie hatte wieder einmal einen ihrer klugen Einfälle. Jemand, der sie durch das Fenster gesehen hätte, würde denken, dass die kleine Nicolette tatsächlich völlig entzückt einem englischen Kaninchen nachliefe, aber ich wusste es besser. Nell hatte kein Interesse an der Fauna des Gartens. Sie wollte nachsehen, ob das Auto von Willis senior hier irgendwo stand.

Nach fünf Minuten kam sie zurück und rief mir zu, dass sie im Mini auf mich warten würde. Ich winkte ihr zu, einzusteigen, dann hörte ich Geralds Schritte im Flur, und als ich mich umdrehte, stand er schon neben mir. Er strahlte mich an und überreichte mir eine runde Dose.

»Der Koch im Georgian ist schon gut«, erklärte er, »aber mit Mrs Burweed kommt er nicht mit.« Er klopfte auf die Dose. »Besonders wenn sie die geheimen Rezepte meines Vaters benutzt.«

»Danke«, sagte ich, gerührt über seine Fürsorglichkeit. »Danke für alles. Das ist wirklich sehr nett von Ihnen.«

»Das Vergnügen ist ganz auf meiner Seite«, versicherte er mir. »Und ich hoffe sehr, dass wir die Gelegenheit haben, uns wiederzusehen.« Von der Tür aus sah er zu, wie wir einstiegen, und winkte, als wir losfuhren.

»Wenn das ein Betrüger ist, dann esse ich niemals mehr einen Brownie«, verkündete ich.

»Denkst du, dass Miss Kingsley ihn falsch beurteilt?«, fragte Nell.

»Ich denke, dass alle ihn falsch beurteilen«, erwiderte ich. »Ich glaube, er ist böswillig verleumdet worden, und ich wette, dass die Frau, mit der Miss Kingsley ihn im Flamborough gesehen hat, seine Therapeutin ist. Weiß Gott, er könnte eine Analyse gebrauchen. Bei so viel übler Nachrede.«

»Lori, ich möchte dir etwas …«, fing Nell an.

»Ich meine, denk doch mal nach, Nell«, unterbrach ich sie. »Wir platzen in sein Haus wie zwei verrückte Hühner, und was macht er? Er lädt uns zum Tee ein. Versucht es jedenfalls.« Ich sah auf meinen verpflasterten Finger und errötete, als ich daran dachte, wie ich mich verletzt hatte. »Außerdem hat er Williams Vorschlag abgelehnt, also kann ihm an seinem Geld nichts gelegen sein. Das erinnert mich daran, William ist …«

»Lori!«, rief Nell.

Ich bremste abrupt und wandte mich Nell zu, um zu sehen, was los war. Aber die Frage erübrigte sich. Denn aus dem riesigen Blazer, den sie immer noch anhatte, schaute Reginald.

Nell zwinkerte mich unschuldig an. »Ich hatte dir doch gesagt, dass ich ein Kaninchen gesehen hatte.«

Kapitel 10

Ich konnte mich über gar nichts mehr wundern. Ich war nicht mehr fähig, Überraschung zu zeigen oder auch nur angemessen darauf zu reagieren. Ich sah auf Reginalds schwarze Knopfaugen und sagte mit dem mühsamen Lächeln eines Menschen, der aus einer Narkose aufwacht: »Hi, Reg, wie geht's?«

»Das war es, was ich dir erzählen wollte«, sagte Nell. »Er war im Wohnzimmer. Ich bin fast in Ohnmacht gefallen, als ich sein rosa Ohr unter dem Sofa hervorschauen sah, aber Mrs Burweed schien es gar nicht zu bemerken, also habe ich ihn schnell aufgehoben und in meinem Blazer versteckt. Dann ging ich nach oben, und so bald ich konnte, habe ich ihn aus dem Fenster geworfen. Mach dir keine Sorgen, er ist schön weich gelandet, unten war Farnkraut.«

Ich nahm die Hände vom Steuer, beugte mich zu ihr hinüber und umarmte sie. »Danke, Nell. Danke, dass du Reg gerettet hast, und mich auch, wie es scheint. Ich weiß nicht, wie William es finden wird, dass er eine uneheliche Enkelin hat, aber du warst heute Nachmittag großartig. Ich weiß nicht, was ich ohne dich gemacht hätte.«

Nell errötete. »Er sieht schon verdammt gut aus.«

»Das ist kein Grund für mich, den Kopf zu verlieren«, sagte ich.

»Er sieht Bill aber kein bisschen ähnlich«, stellte Nell fest. »Natürlich sieht Bill auf seine Art auch gut aus«, fügte sie schnell hinzu, »aber ich hatte erwartet, dass es irgendeine Familienähnlichkeit geben müsste.«

Ich stellte mir Bills dunkelbraune Augen vor, sein ergrauendes Haar, den grauen Bart und den Rettungsring um seinen Bauch und schüttelte den Kopf. »Nein, die beiden sind so verschieden wie Tag und Nacht.« Ich kniff Reginald ins Ohr. »Und was hast du dort unter dem Sofa gemacht, hm? Hast du nach Wollmäuschen gesucht?«

»Ich glaube, er wollte uns auf etwas aufmerksam machen … das hier.« Nell steckte die Hand in die Tasche ihres Blazers und holte eine weitere Seite heraus, die aus dem blauen Tagebuch gerissen war, in der Mitte gefaltet, wie beim ersten Mal, mit meinem Namen in Tante Dimitys altmodischer Handschrift auf der Außenseite.

»Dimity!«, rief ich und ergriff die Seite. »Super! Vielleicht hat sie herausgefunden, warum William sich plötzlich für eine dreihundert Jahre alte Familienfehde interessiert.« Ich faltete den Zettel auseinander und las laut.

»Meine liebe Lori,
William hat gemerkt, dass es hier nichts zu entdecken gibt, deshalb ist er nach London gefahren, um Lucy und Edmund Willis zu befragen. Natürlich hat Gerald ihn angelogen, aber vielleicht war das ganz gut so. Wenn William die Fährte verliert, bleiben uns allen viel Ärger und Unannehmlichkeiten erspart. William ist wirklich ziemlich unmöglich. Was für eine Veranlassung hat er bloß, in einem Familienstreit herumzuschnüffeln, der so lange zurückliegt? Ein Gentleman in seinem gesetzten Alter sollte wirklich wissen, dass es fast immer am besten ist, wenn man keine schlafenden Hunde weckt.
Ich vermute, Gerald wird euch über Williams neueste Pläne ebenfalls anlügen, aber ihr dürft nicht zu hart über ihn urteilen. William hat ihn in eine sehr schwierige

Lage gebracht. Eines jedoch möchte ich ganz klar machen: Ich werde kein Fotokopiergerät im Haus dulden. Es würde schrecklich deplatziert wirken, und außerdem bin ich sicher, dass das Geräusch die Kaninchen verjagen würde.

Ich muss jetzt los. Reginald wird dableiben und euch diese Nachricht überbringen. Seht zu, dass ihr William nicht aus den Augen verliert. Ihr müsst dafür sorgen, dass er die Sache fallen lässt, und ich verlasse mich dabei auf euch.«

Wortlos und nachdenklich kratzte ich mich am Kopf, dann gab ich Nell den Zettel zurück und ließ den Motor wieder an. »Schlafende Hunde und Fotokopiergeräte. Die liebe Dimity. Jetzt ist wieder mal alles so klar wie Kloßbrühe.«

Nell steckte den Zettel wieder ein und setzte Reginald auf die Handbremse zwischen den Sitzen. »Hast du gemerkt, dass Tante Dimity die Angewohnheit hat, einfach *anzunehmen*, dass man weiß, wovon sie spricht?«

»Es ist wie ein Zahlenbild, bei dem man die Punkte verbinden muss, allerdings ohne die Reihenfolge zu kennen«, stimmte ich zu. »Aber keine Angst, Nell, wir kommen schon dahinter.« Ich sprach ihr Mut zu, bis wir in die Midhurst Road einbogen und Reginald auf seinem Platz zwischen den Sitzen umfiel. Als ich seine schwarzen Knopfaugen auf mir spürte, wurde ich still.

Vielleicht kannst du Nell mit deiner munteren Fassade täuschen, schien er zu sagen, *aber mich täuschst du nicht.* Es war, als ob er das Warnlicht gesehen hätte, das durch den Nebel der Andeutungen in Dimitys Brief blinkte. Scheinbar wollte er sich überzeugen, dass ich es auch gesehen hatte.

Gerald Willis war ein Lügner. Wenn ich Dimitys Botschaft richtig verstanden hatte – und da war immer dieses

Wenn –, dann hatte er Willis senior nicht die Wahrheit gesagt, was die berühmte Familienfehde von 1714 anbetraf; und mich hatte er hinsichtlich Willis seniors neuesten Plänen angelogen. Ich konnte mir nicht vorstellen, warum Gerald über einen Streit, der vor dreihundert Jahren stattgefunden hatte, nicht die Wahrheit sagen wollte, aber ich hatte einen Verdacht, warum er mich angelogen hatte.

Willis senior musste sich mit ihm über die Gründung einer Filiale geeinigt haben und hatte ihn sicher gebeten, die Sache geheim zu halten, bis er den Plan mit Lucy besprochen hatte. Gerald hatte mich also aus geschäftlichen Gründen angelogen, und obwohl ein Teil von mir es vollkommen verstand, fühlte sich der andere Teil – der ungeduldige, unvernünftige Teil – schrecklich hintergangen.

Ich hatte Gerald vertraut. Ich hatte alles geglaubt, was er mir erzählt hatte. Ich hatte in seine ehrlichen Augen geschaut und einen Menschen gesehen, der geradlinig und anständig war und der seine Karriere den Bedürfnissen seines Vaters unterordnete. Es war schrecklich enttäuschend, festzustellen, dass auch er einfach nur ein Rechtsanwalt war, ein Schlitzohr wie alle anderen, der aus eigenem Interesse nur halbe Wahrheiten sagte. Ich hatte eigentlich kein Recht, enttäuscht zu sein, denn die kleine Nicolette und ich hatten auch nicht gerade ein ehrliches Spiel mit Gerald getrieben – aber ich war es dennoch.

Mein verletzter Finger pochte schmerzhaft, als ich die Hand nach Reginald ausstreckte und ihn wieder aufsetzte. »Wir werden es schon hinkriegen«, wiederholte ich.

»Natürlich«, sagte Nell, »aber ich glaube, wir sollten erst etwas essen.«

»Mais non, ma petite«, sagte ich und versuchte, um Nells willen so unbekümmert wie möglich zu klingen. »Das Essen ist zweitrangig. Erst die Anrufe.«

Im Georgian erwartete uns eine telefonische Nachricht von Emma, aber ehe ich ihren Anruf erwidern konnte, rief ich Miss Kingsley an, um zu fragen, ob Willis senior angekommen war. Sie sagte mir, sie habe ihn weder gesehen noch von ihm gehört, seit wir vor drei Tagen im Flamborough übernachtet hatten.

Miss Kingsley erklärte sich bereit, nachzuprüfen, ob er das Unvorstellbare getan hatte und in einem anderen Hotel abgestiegen war, und ich konnte mich darauf verlassen, dass ihre Suche gründlich sein würde – ihr standen mehr Augen und Ohren zur Verfügung als Scotland Yard. Einer plötzlichen Eingebung folgend, wählte ich die Nummer von Lucy Willis, falls Willis senior sich entschlossen haben sollte, sie aufzusuchen, ehe er ins Flamborough fuhr. Nachdem es zwölf Mal geläutet hatte, legte ich den Hörer auf. Ich war entmutigt und ein wenig deprimiert. Zum ersten Mal seit zwei Jahren hatte ich keine Ahnung, wo mein Schwiegervater die Nacht verbringen würde. Es war ein Vorgeschmack darauf, wie das Leben ohne seine tröstende Anwesenheit sein würde, und es gefiel mir überhaupt nicht.

Emma hatte auch nichts von Willis senior gehört, aber Bill hatte angerufen, nach mir gefragt und seine Telefonnummer hinterlassen. Emma hatte pflichtschuldigst Nells Geschichte zum Besten gegeben, dass wir nach Haslemere gefahren waren, um uns die Glocken anzusehen, aber sie hatte ihm unsere Telefonnummer im Georgian nicht gegeben.

»Ich habe gesagt, ihr seid noch unterwegs«, erklärte Emma. »Ich dachte, du möchtest vielleicht nicht mit ihm sprechen, bis du Vetter Gerald besucht hast. Übrigens«, fügte sie ziemlich verwundert hinzu, »hast du ein Fotokopiergerät bestellt?«

Fast hätte ich den Hörer fallen lassen.

»Es wurde hierher gebracht, weil bei euch niemand da war«, sagte Emma. »Es ist an dich adressiert, aber ich wusste nicht genau, was ich damit machen soll.«

»Nicht in mein Haus!« Ich ließ mich in den pfirsichfarbenen Sessel fallen, nahm Reginald als Verstärkung auf den Schoß und erzählte Emma ausführlich von Tante Dimitys neuestem Kryptogramm, von meinem Gespräch mit Gerald und von meiner Theorie darüber, was Willis senior im Schilde führte. »Das Fotokopiergerät ist nur die Spitze des Eisberges«, schloss ich düster. »Wenn es nach William geht, wird mein Cottage bald unter Kabeln statt unter Rosen verschwinden.«

»Das klingt, als ob er vorhat, in deinem Haus eine Filiale von Willis & Willis einzurichten«, bemerkte Emma.

»So ist es«, sagte ich, »aber ich werde es ihm nicht erlauben. Vielleicht ist es egoistisch von mir, aber ich brauche ihn in Boston. Er ist das einzige Familienmitglied, dem meine Anwesenheit keinen latenten Brechreiz verursacht.«

»Du hast doch noch Bill«, bemerkte Emma.

»Habe ich das?«, murmelte ich. Ich merkte, dass ich Reginald im Würgegriff hielt, und versuchte, mich zu entspannen. »Jedenfalls, würdest du bitte das Fotokopiergerät vorläufig in eine deiner Scheunen stellen? Ich erlöse dich davon, sobald ich zurück bin.«

»Kein Problem«, sagte Emma. »Kann ich sonst noch etwas für dich tun?«

»Ja«, sagte ich, indem ich gedankenverloren mit Reginalds Ohren spielte. »Du kannst dein gut geschultes Hirn mal in Gang setzen und dich ins Internet begeben. Sieh mal nach, ob du irgendetwas über diesen Familienstreit aus dem Jahre 1714 finden kannst, von dem Miss Kingsley uns erzählt hat. Es muss doch genealogische oder historische Verzeichnisse geben, die du anzapfen kannst.« Regs Augen flackerten, und ich fügte eilig hinzu: »Natürlich nur, wenn du Zeit hast.«

»Einer meiner Grundsätze ist es, niemals nach Einbruch der Dunkelheit im Garten zu arbeiten«, sagte Emma trocken. »Ich fange gleich heute Abend an. Wie kommst du denn mit Nell klar?«

Ich sah hinüber zu Nell, die gerade die Speisekarte für den Zimmerservice studierte. »Ich hätte nichts gegen eine Tochter wie sie«, sagte ich leise, »aber ich glaube, sie ist ziemlich einmalig. Nell«, rief ich. »Hier ist Emma. Willst du mit ihr reden?«

Ich gab Nell den Hörer, zog mein Tweedkostüm aus und ließ Badewasser einlaufen. Von der Aufregung des Vormittags und der Anstrengung der langen Autofahrt – ganz zu schweigen von den vielfältigen Schrecken des Nachmittags – fühlte ich mich seltsam ruhelos und niedergeschlagen. Ich hoffte, ein heißes Bad würde mich entspannen, aber danach war ich noch rastloser als vorher. Während ich meine Jeans und den Baumwollpulli anzog, überlegte ich, ob ich Bill anrufen sollte, aber dann fiel mir ein, dass ich ja noch immer nicht in der St.-Bartholomäus-Kirche gewesen war. Ich würde jetzt gehen, entschied ich, nicht nur, um sie meinem Mann beschreiben zu können, sondern auch, weil ich mir von dem Spaziergang mehr Appetit aufs Abendessen erhoffte.

»Möchtest du, dass ich mitkomme?«, fragte Nell, als ich ihr von meinen Plänen erzählte.

»Danke, Nell«, sagte ich, »aber ich glaube, ich würde gern ein bisschen allein sein.«

»Aber du hast noch nichts gegessen«, protestierte sie und langte nach der runden Büchse, die Gerald mir gegeben hatte. »Und du hast Bill auch noch nicht angerufen.«

Ich sah auf die Uhr. »In Maine ist es jetzt erst früher Nachmittag. Ich habe noch reichlich Zeit, ihn später anzurufen. Du kannst ja schon mal unser Abendessen bestellen, ich bleibe nicht lange.«

»Du solltest jetzt eine Kleinigkeit essen«, sagte Nell hartnäckig. Sie nahm den Deckel von der Keksdose. »Lass uns doch mal sehen, was Mrs Burweed …« Nell sprach nicht weiter, sondern blickte sprachlos in die offene Dose.

»Was ist denn los?«, fragte ich. »Es sind Baisers, nicht wahr?«

Langsam schüttelte Nell den Kopf, in ihren blauen Augen war ein fast komischer Ausdruck der Verwirrung. »Geralds Vater muss deine Mutter gekannt haben, Lori. Ich glaube, das hier sind Karamellbrownies.«

»Mach keinen Quatsch«, sagte ich. »Das kann doch auf keinen Fall …«

»Probier mal«, sagte Nell und hielt mir die Dose hin.

Ich nahm einen und biss hinein. Er war feucht und von weicher Zähigkeit, jedoch gleichzeitig etwas körnig, mit einem Hauch von Vanille und einer guten Portion Rohrzucker – zu meiner grenzenlosen Verwirrung waren Thomas Willis' Brownies identisch mit denen, die ich heute Morgen gebacken hatte.

»Vielleicht war Thomas Willis im Krieg in London«, vermutete ich.

»Das müssen wir Gerald fragen, wenn wir ihn das nächste Mal sehen«, sagte Nell.

Was nicht so bald geschehen wird, wenn es nach mir geht, dachte ich. Ich legte den angebissenen Brownie auf den Tisch und verließ das Zimmer.

Es ist seltsam, eine unbekannte Stadt in der Abenddämmerung zu sehen. Man kann keine Farben unterscheiden, alle Linien erscheinen weich, und scharfe Kanten werden undeutlich, wie in einer verwischten Bleistiftzeichnung. Der Verkehrslärm auf der Hauptstraße war bis auf ein gelegentliches Auto abgeklungen, und die wenigen Fußgänger, denen ich begegnete, sahen aus, als ob sie sich beeilten, zu ihrem Abendessen nach Hause zu kommen. Niemand blieb vor einem der schwach beleuchteten Schaufenster stehen.

Dank der Straßenlaternen gelang es mir ohne Probleme, den Weg zu finden, den Miss Coombs auf der Karte eingezeichnet hatte. Als ich aus dem Hotel getreten war, wandte ich mich nach links, bis ich zu einem schmalen Fußweg kam, einer gepflasterten Gasse zwischen zwei hohen Mauern, die hinter einer Reihe von Gärten entlangführte. Außer mir ging kein Mensch hier, und mich überkam ein merkwürdiges Gefühl der Vertrautheit und Einsamkeit. Ganz in der Nähe hörte ich Stimmen – die Unterhaltung von Familien, die in der kühlen Abendluft noch draußen zusammensaßen, aber ich sah niemanden.

Sowie ich das Hotel verlassen hatte, war mir ein weiteres Geräusch aufgefallen, das den Stadtplan fast überflüssig gemacht hätte. Es war das Läuten von Kirchenglocken, und je mehr ich mich St. Bartholomäus näherte, desto lauter wurde es. Als die Dämmerung in völlige Dunkelheit überging, fing das Läuten erneut an, es ging etwas durcheinander und wurde unterbrochen, um gleich darauf weitaus harmonischer wieder einzusetzen. Es klang, als ob die Glöckner von St. Bartholomäus ihre Übungsstunde hätten. Als ich auf dem Fußweg schließlich das Friedhofstor erreicht hatte, waren die Glocken jedoch verstummt. Die Probe war für heute beendet.

Ich trat durch das Tor des Friedhofs, stand dann an der Längsseite der Kirche und sah nach oben. Die Außenwände waren ein Mischmasch aus rauen Steinmauern und Rundbögen, am hinteren Ende war ein gedrungener, viereckiger Glockenturm und an der einen Seite führte ein ziegelgedeckter Vorbau aus Holz zum Kirchenportal. Auf dem Friedhof waren überwiegend sehr alte Gräber, und als ich mich bückte, um mir einen der flechtenbewachsenen Grabsteine näher anzusehen, wurde die Seitentür geöffnet, und im Licht, das aus dem Inneren der Kirche strömte, sah ich die Glöckner schwatzend und lachend in den Vorbau hinaustreten. Ich blieb im Dunkeln stehen und beneidete sie um ihre Kameradschaft. Schließlich ging das Licht in der Kirche aus, und ein untersetzter Mann mittleren Alters, den ich an seinem steifen weißen Kragen als Pfarrer erkannte, kam heraus und rasselte mit einem großen Schlüsselbund.

»Entschuldigung«, sagte ich und trat aus der Dunkelheit. Der Schlüsselbund landete laut klirrend auf dem Boden.

»Du lieber Himmel!«, rief der Pfarrer aus, indem er sich bückte, um es aufzuheben. »Haben Sie mich jetzt erschreckt.«

»Das tut mir leid«, sagte ich. »Ich wollte Sie nicht erschrecken, ich hatte nur gewartet, bis das Läuten aufhörte. Ich wollte die Probe nicht stören.«

»Das hätte gar nichts ausgemacht«, sagte der Pfarrer und richtete sich wieder auf. »Mein Name ist Steven Hawley, ich bin der Pfarrer von St. Bartholomäus. Ihrem Akzent entnehme ich, dass Sie Amerikanerin sind.«

Ich bejahte es, und um eine Diskussion über Dereks Arbeit an den Glocken zu vermeiden, sagte ich, dass Miss Coombs mir vorgeschlagen hatte, mir die Kirche anzusehen.

»Die gute Miss Coombs«, sagte der Pfarrer. »Was würden wir ohne sie machen?« Die Schlüssel klirrten, als er auf seine Uhr schaute. »Sie ist besser als ein Dutzend Werbefirmen. Ich vermute, Sie möchten die Fenster sehen?«

Ich nickte höflich. Ich hätte auch gern die Glocken gesehen, aber dazu würde es heute Abend wohl keine Gelegenheit mehr geben.

»In Ordnung«, sagte er und sprach schnell weiter, als er mich in die Kirche geleitete und das Licht wieder anknipste. »Aber ich fürchte, ich muss Sie dann allein lassen. Ich habe gleich eine Sitzung mit dem Finanzausschuss der Gemeinde, und weiß Gott, wir haben viel zu besprechen.« Er deutete auf einen schmalen hölzernen Tisch, der neben der Tür an der Wand stand. »Nehmen Sie sich einen Prospekt. Ich schließe dann nach der Sitzung ab.« Er sah nochmals auf die Uhr, lächelte mich kurz, aber freundlich an und machte sich eilig auf den Weg.

Als seine Schritte verklungen waren, überfiel mich wieder dieses Gefühl der Einsamkeit. Zwar sehnte ich mich nicht nach der Gesellschaft fremder Menschen, aber ich hätte alles darum gegeben, wenn Bills bärtiges Gesicht jetzt im Türrahmen aufgetaucht wäre. Ich verspürte ein leises Bedauern, was aber sofort von einer Welle der Empörung überrollt wurde. Wenn Bill sein Versprechen gehalten hätte und wie geplant mit mir nach England gekommen wäre, dann würde Willis senior jetzt keine Pläne schmieden, um Boston zu verlassen, und ich würde hier nicht in dieser verlassenen Kirche stehen und mir *vorstellen* müssen, wie schön es wäre, wenn mein Mann auch hier wäre.

Es war wirklich nicht fair, und in meinem Hinterkopf meldete sich leise eine verräterische Stimme: *Er hat sich für die Biddifords und gegen dich entschieden. Das hätte er nicht tun dürfen.*

Ich sagte der Stimme, sie solle sich zum Teufel scheren, und raffte mich auf, um mich ein wenig umzusehen. St. Bartholomäus schien keine sehr alte Kirche zu sein – die verputzten Wände waren zu eben und gerade, die steinernen Säulen zu glatt und schmucklos, aber ich wusste aus jüngster Erfahrung auch, wie irreführend solche Eindrücke sein konnten. Unter meinen Füßen befand sich möglicherweise eine Krypta aus dem zwölften Jahrhundert.

Die Kammer, in der die Glocken geläutet wurden, war am Fuße des viereckigen Turmes, gegenüber dem Altar, und vom Rest des Kirchenraumes durch eine feste Holzwand mit einer kleinen Tür getrennt. Über der Wand jedoch war der Spitzbogen offen geblieben, und ich konnte die Glockenstränge sehen, die wie Sprossen eines umgedrehten Regenschirms nach unten zusammenliefen. Die Tür war jedoch, wie überall, aus Sicherheitsgründen verschlossen.

Ich folgte dem Rat des Pfarrers und blätterte einen der Prospekte durch, die auf dem Holztisch lagen. Er war liebevoll von »M. B.« zusammengestellt worden und ich warf eine Hand voll Münzen in den Holzkasten, als kleinen Unkostenbeitrag – und als Friedensangebot an den Finanzausschuss, der den Pfarrer zweifellos dafür rügen würde, dass er für eine einzige amerikanische Touristin so viel Strom verschwendete.

Laut Prospekt war St. Bartholomäus im Jahre 1871 an der Stelle einer älteren Kirche gebaut worden – der viereckige Turm an der Rückseite war ein Überbleibsel aus dem dreizehnten Jahrhundert. Unter den zahlreichen interessanten Einzelheiten waren zwei Fenster, das eine war dem Dichter Gerard Manley Hopkins gewidmet, dessen Eltern in Haslemere gelebt hatten, das andere ehrte den Königlichen Hofdichter, Alfred Lord Tennyson, dessen Heimatdorf, Aldworth, etwas südlich der Stadt auf Blackdown Hill lag. Außerdem, wie mich M. B. in dem Prospekt belehrte, war das Tennyson-Fenster von Sir Edward Burne-Jones entworfen worden.

Da ich schon immer eine Vorliebe für Tennyson hatte, legte ich den Prospekt zurück und ging auf die andere Seite, um mir das Fenster des Hofdichters zuerst anzusehen. Draußen war es bereits ganz dunkel, und daher konnte man das Bild aus Buntglas kaum erkennen, die Worte darunter waren jedoch gut lesbar. Sie waren aus dem Gedicht »The Holy Grail«:

»Ich, Galahad, sah den Gral,
Den Heiligen Gral auf den Altar sich senken,
Und so gestärkt ritt ich davon
Zu zerschmettern alles Böse auf der Welt ...«

Galahad, dessen Herz so rein war, dass ihm ein Blick auf den Heiligen Gral gewährt worden war, war mir schon immer ziemlich melancholisch vorgekommen. Tennyson hatte sein Möglichstes getan, um den Kampf des jungfräulichen Ritters gegen das Böse als fromme und freudige Pflichterfüllung darzustellen, aber für mich klang auch ein leises Bedauern aus Galahads Worten, wenn er über seinen Verzicht auf die Liebe einer Frau sprach: *»Ich spürte nie der Liebe Kuss, noch die Hand einer Jungfrau in meiner.«*

Vielleicht wollte er sich auch nur wichtig machen, dachte ich jetzt, als ich wieder zum Fenster hinaufsah. Der alte Galahad wird bestimmt kein Waisenknabe gewesen sein. Zudem war der Liebe Kuss auch nicht mehr so überwältigend, wenn man erst mal den Kummer durchmachen musste, der nur allzu oft danach kam. Mit einem wehmütigen Lächeln wollte ich mich dem Fenster von Hopkins zuwenden, als ich ein Geräusch hinter mir hörte. Überzeugt, dass der Finanzausschuss einstimmig beschlossen hatte, meinen Besuch abzukürzen, war ich bereits entschlossen zu gehen, blieb aber wie angewurzelt stehen.

Gerald Willis stand in der Tür.

Kapitel 11

Er war gekleidet wie am Nachmittag, er trug das braune Baumwollhemd und die verwaschenen Jeans, nur dass er jetzt, wo es kühler war, eine braune Wildlederjacke angezogen hatte. Er grüßte mich mit einem Lächeln, ehe er an der Rückwand der Kirche entlangging und dann durch den Seitengang zu mir kam. Er blieb stehen, um das Tennyson-Fenster zu betrachten, dann schloss er die Augen und rezitierte:

»Meine Klinge zerteilt die Helme der Männer,
Meine Lanze trifft sicher ihr Ziel,
Meine Stärke ist die Stärke von zehn,
Denn mein Herz ist rein.«

Geralds Augen öffneten sich wieder, und sein Grübchen erschien. »Das mag alles ziemlich eindrucksvoll sein, aber wenn sich in meiner Schule einer so aufgeplustert hätte, wäre er wahrscheinlich ein toter Mann gewesen.«

»Was machen Sie hier?«, fragte ich misstrauisch. Gerald sah vielleicht genauso gut aus wie Galahad, aber sein Herz war alles andere als rein.

»Ihr Aktenkoffer«, sagte er. »Sie haben ihn bei mir stehenlassen. Ich habe ihn ins Hotel gebracht und Nicolette gefragt, wo ich Sie finden könnte. Ich wollte nicht, dass Sie sich wegen der Papiere für Vetter William Sorgen machen.«

»Oh, danke.« Ich hoffte, dass er in der indirekten Deckenbeleuchtung mein Erröten nicht bemerken würde. »Ich wäre deswegen schon zurückgekommen, aber ich …«

»Sie brauchen nichts zu erklären«, sagte Gerald. »Selbst die gewissenhafteste Assistentin verdient gelegentlich einen freien Abend.« Seine Augen schweiften über den Altar, die Bankreihen und die Buntglasfenster. »Darf ich Ihnen meine Dienste anbieten? Ich bin ein sehr guter Führer. Als ich vor zwei Jahren hierherzog, habe ich mich sehr intensiv mit meiner neuen Umgebung befasst.« In der stillen Kirche klang seine tiefe Stimme wie eine Orgel.

»Das ist sehr nett von Ihnen«, sagte ich, indem ich ein paar Schritte zurücktrat, »aber ich wollte eigentlich ein bisschen allein sein.«

Geralds Grübchen verschwand. »In Ordnung«, sagte er. Er wandte sich zur Tür, zögerte, dann drehte er sich um und sah mich wieder an. »Miss Shepherd, wenn ich Sie in irgendeiner Weise beleidigt habe …«

»Warum denken Sie, dass ich beleidigt bin?«, fragte ich.

Gerald öffnete die Hände. »Erst nehmen Sie die Einladung zum Tee an, im nächsten Moment brechen Sie auf. Ich kann daraus nur den Schluss ziehen, dass ich etwas Falsches gesagt oder getan haben muss.«

»Ich habe Ihnen doch erklärt …«

»Dass Sie wegen dieser Papiere schnell zu Ihrem Chef zurückmüssten«, unterbrach Gerald. »Papiere, die so wichtig sind, dass Sie es sich leisten können, sie bei mir liegen zu lassen, bis Sie von Ihrem Spaziergang zurück sind. Ich bin nicht dumm, Miss Shepherd.« Er ließ den Kopf hängen und biss sich auf die Unterlippe. »Aber ich bin unhöflich. Bitte verzeihen Sie mir.« Er drehte den Kopf, um mich nicht ansehen zu müssen, und schob sich seitwärts durch die nächste Bankreihe, um auf dem schnellsten Weg zur Tür zu kommen.

»Warum sollte es Sie interessieren, was ich fühle?«, rief ich ohne nachzudenken.

Gerald blieb in der Bankreihe stehen und stützte sich mit den Armen auf die Rückenlehnen vor ihm, seine Schultern waren herabgesunken, als ob ihn jemand gegen die Brust geboxt hätte. Er holte tief Luft, die er langsam wieder ausatmete. »Ich habe in letzter Zeit viele Menschen verletzt, Miss Shepherd, und ich hatte keine Möglichkeit, mich bei ihnen zu entschuldigen. Der Gedanke, dass es wieder passieren könnte …« Seine blaugrünen Augen sahen mich bittend an. »War es das, was ich über meinen Vater gesagt habe? Als ich über seine Krankheit sprach, sahen Sie so betroffen aus, dass ich dachte, auch Ihr Vater sei vielleicht …«

»Nein.« Ich suchte in seinem Gesicht nach Unehrlichkeit, sah aber nur Schmerz und Verwirrung. Ich konnte ihn ohne eine Erklärung nicht gehen lassen. Widerwillig setzte ich mich neben ihn auf die Kirchenbank, auf die er sich hatte fallen lassen, halb mir zugewandt, den Arm auf der Lehne vor ihm.

»Mein Vater starb, als ich drei Monate alt war«, sagte ich leise. »Ich habe keinerlei Erinnerung an ihn, aber ich habe mich immer gefragt, wie es wohl sein mag, einen Vater zu haben. Als ich … anfing, für Mr Willis zu arbeiten, kam es mir vor, als ob ich einen gefunden hätte.« Ich seufzte. »Und nun sieht es aus, als sollte ich ihn wieder verlieren.«

»Er ist doch hoffentlich nicht krank«, sagte Gerald und beugte sich herüber zu mir.

»Man kann Menschen auch auf andere Art verlieren«, sagte ich. »Zum Beispiel dieser Vorschlag von ihm. Ich weiß, Sie dürfen nicht mit mir darüber sprechen, ich weiß auch, dass es zu Ihrem Vorteil wäre, und dass ich kein Recht habe, von Ihnen ein solches Opfer zu verlangen, aber wenn er es wieder zur Sprache bringt, wäre ich … wäre ich Ihnen sehr dankbar, wenn Sie es ihm ausreden würden.«

Gerald lehnte sich in der Bank zurück und sah nachdenklich auf den Altar. »Es stimmt schon, dass Vetter William mich gebeten hat, unser Gespräch vertraulich zu behandeln«, gab er zu. »Er möchte nicht, dass sein Sohn oder seine Schwiegertochter davon erfahren, ehe er alles unter Dach und Fach hat.« Mir entfuhr unwillkürlich ein leises Stöhnen, und Gerald sah mich besorgt an. »Es tut mir leid, Miss Shepherd, aber es liegt nicht in meiner Macht, Ihren Chef auf die eine oder andere Weise zu beeinflussen. Wie ich Ihnen schon sagte, ich habe mit der Juristerei abgeschlossen. Ich habe nicht die Absicht, wieder zu praktizieren, weder mit Vetter William noch mit jemand anderem.« Er beugte sich vor, die Ellenbogen auf die Knie gestützt, die langen Finger ineinander verknotet. »Dieser Teil meines Lebens ist vorbei.«

Das klang so niedergeschlagen, dass ich meine Hand auf seinen Arm legte. »Es ist schon in Ordnung, Gerald. Dann muss ich es eben bei Ihrer Cousine Lucy versuchen.« Ich merkte, wie ein fast unmerkliches Zittern ihn durchfuhr, und fragte mich, ob Lucy diejenige war, die ihn zum Aufgeben gezwungen hatte.

Gerald wandte sich zu mir, und wieder fiel mir auf, wie breit seine Schultern waren. Sie schienen die gesamte Breite der Kirchenbank zu füllen. »Warum sind Sie so vehement gegen Vetter Williams Pläne?«

»Weil ich ihn dann verliere«, erwiderte ich und hoffte, dass meine Stimme nicht zitterte. »Verstehen Sie denn nicht? Dann läge ein ganzer Ozean zwischen uns.«

»Könnten Sie nicht mitkommen?«, schlug Gerald vor.

Ich schüttelte den Kopf. Eigentlich sollte ich mit Bill über seinen Vater sprechen und nicht mit einem Vetter, mit dem er so weitläufig verwandt war, dass man ihn kaum noch zur Familie zählen konnte. »Sie verstehen nicht«, sagte ich und schlug die Augen nieder. »Ich habe auch Bindungen, Verpflichtungen. Außerdem würde der Sohn von Mr Willis sicher erwarten, dass ich … für ihn arbeite.«

»Ach so«, sagte Gerald. Er schwieg, und ich merkte, dass er mich ansah. »Sie mögen ihn, nicht wahr?«

»Den Sohn?« Ärger stieg in mir hoch. »Ich kenne ihn kaum.«

»Ich meinte den Vater«, sagte Gerald.

Plötzlich war ich schrecklich müde und den Tränen nahe. Ich rieb mir die Stirn und versuchte, meine Gefühle in den Griff zu kriegen. »Vielen Dank, Gerald, dass Sie mir hierher nachgekommen sind, ich … ich …«

»Pst«, sagte Gerald. »Sie brauchen gar nichts zu sagen.« Er stand auf und reichte mir die Hand, um mich ebenfalls hochzuziehen. »Kommen Sie, ich begleite Sie jetzt ins Hotel zurück. Wenn Sie morgen früh aufbrechen wollen, sollte es heute sicher nicht zu spät werden.«

Verzweifelt stand ich in dem Vorbau und wartete auf Gerald, der das Licht ausknipste. Es war ein schrecklich langer Tag gewesen, und der Augenblick der Ruhe, den ich gehofft hatte, in St. Bartholomäus zu finden, war durch Geralds Auftauchen zunichtegemacht worden.

Du hättest Willis senior besser im Auge behalten sollen, flüsterte die leise Stimme in meinem Hinterkopf, und ich zuckte zusammen, denn sie hatte Recht. Wenn ich seine Unzufriedenheit eher bemerkt hätte, wenn ich mich stärker bemüht hätte, Bill darauf aufmerksam zu machen, dann hätte ich diese ganze traurige Geschichte hier verhindern können.

Gerald kam zurück, und wortlos machten wir uns auf den Weg durch den dunklen Kirchhof und zu der Gasse zwischen den Mauern. Der noch nicht ganz volle Mond warf silbernes Licht auf den Asphaltweg, und die Luft war voller Nachtgeräusche, Grillen zirpten, Frösche quakten und Fledermäuse flatterten an den Straßenlaternen vorbei, aber hinter den Mauern waren keine Stimmen mehr zu hören – die Bewohner hatten sich aus der kühlen Abendluft in ihre warmen Häuser zurückgezogen. Ich schlang die Arme um mich und fröstelte.

»Hier, ziehen Sie das an.« Gerald hatte seine Wildlederjacke ausgezogen und hängte sie mir um. »Es ist nicht viel, aber …«

Ich blieb stehen und sah ihn an. Sein Gesicht lag im Schatten, aber das Licht der Laterne ließ sein Haar rotgolden aufleuchten. »Ich weiß, dass Sie mir helfen würden, wenn Sie könnten, Gerald. Und dafür bin ich Ihnen dankbar.«

»Vielleicht, wenn Sie mit seinem Sohn sprächen …«

»Sein Sohn«, erwiderte ich bitter. »Sein Sohn sollte eigentlich mit mir hier sein statt …« Mein Hals war wie zusammengeschnürt, und ich sah weg, weil ich versuchte, meine Tränen zu unterdrücken.

»Miss Shepherd«, murmelte Gerald. Er nahm mich beim Kinn und hob mein Gesicht hoch. »Dieser verheiratete Sohn von Willis ist ein Dummkopf. Aber ich beneide ihn um Ihre Tränen und Ihre Treue.« Er legte seinen Arm um mich, beugte sich zu mir herab und küsste mich, und obwohl meine Handflächen gegen seine Brust drückten, bot ich keinerlei Widerstand.

Als er die Umarmung löste, umgab mich ein rotgoldener Nebel, in dem ich zum Hotel zurückschwebte. Ich ging eng an ihn gelehnt, meine Tränen waren vergessen, und ich hörte kein Geräusch außer dem leisen, aber nachdrücklichen Klopfen meines Herzens. Als wir den Eingang des Hotels erreicht hatten, hob er kurz meine Finger an seine Lippen, dann verschwand er ohne ein weiteres Wort in der Nacht.

Ich sah ihm nach, bis die Dunkelheit ihn geschluckt hatte, dann glitt ich die Treppe hinauf, und als eine leise Stimme mich an den Preis für derlei Kopflosigkeiten erinnern wollte, ignorierte ich sie. Zum ersten Mal seit langer Zeit fühlte ich mich geliebt und umsorgt, und das Einzige, was mich jetzt beschäftigte, war die Erinnerung an Geralds Lippen auf meinen.

Als ich ins Zimmer kam, schlief Nell schon, sie hatte sich in dem Bett am Fenster zusammengerollt, Bertie neben sich. Aber Reg war noch wach, er saß auf dem Kopfkissen des anderen Bettes und sah ganz aus wie ein Vater, der in den letzten drei Stunden dauernd ungeduldig auf seine Armbanduhr gesehen hatte.

»Das geht dich gar nichts an«, murmelte ich, und als ich mein Nachthemd aufhob, das Nell für mich ausgepackt hatte, merkte ich, dass ich vergessen hatte, Gerald seine Jacke zurückzugeben. Ich strich über die Ärmel und ließ sie von meinen Schultern gleiten, dann kehrte ich Reginald den Rücken zu, vergrub mein Gesicht in dem weichen Wildleder und atmete seinen Duft ein.

Kapitel 12

Am nächsten Morgen wachte ich mit einem so gewaltigen seelischen Kater auf, dass mir davon übel wurde. Ich konnte Bills Nummer am Little Moose Lake gar nicht schnell genug wählen.

Ich nahm das Telefon mit ins Badezimmer, um Reginalds immer wachen Augen zu entkommen, und setzte mich auf den Rand der Badewanne, während es am anderen Ende klingelte und klingelte.

Was hatte ich *getan?*, jammerte mein Gewissen. Warum hatte ich Gerald erlaubt, mich zu *küssen?* Was war ich für eine Ehefrau?

Zugegeben, ich war erschöpft und deprimiert gewesen, außerdem besorgt um Willis senior, und ich hatte einfach einen starken Arm gebraucht, aber das alles war doch keine Entschuldigung dafür, dass man im Mondschein einen fremden Mann küsste! Selbst wenn Bill mir verzieh, wie konnte ich mir selbst jemals verzeihen?

Ich hatte mich in eine solche Orgie der Selbstanklage hineingesteigert, dass ich vor Schreck beinahe aufschrie, als eine kühle Stimme an mein Ohr drang: »Biddiford Lodge. Wer spricht da bitte?«

Ich merkte, dass es ein Bediensteter war, ein Butler oder ein Sekretär, der offenbar nichts von Anrufen um – ich rechnete schnell nach und zuckte zusammen – um zwei Uhr morgens *seiner* Zeit hielt. Ich entschuldigte mich umständlich, verlangte Bill und zitterte, als ich die verschlafene Stimme meines Mannes hörte.

»Lori, bist du das?« Bill klang, als ob er halb bewusstlos war. »Hast du eigentlich eine Ahnung, wie spät es hier ist?«

»Bill …«, fing ich eilig an, unterbrach mich aber beim nur allzu vertrauten Klang eines herzhaften Gähnens.

»Warum rufst du nicht ein bisschen später an, Liebes?«, brummte er verschlafen. »Ich war seit Tagesanbruch auf den Beinen und muss in – oh Gott – in *vier Stunden* wieder aufstehen.«

»Aber Bill …«

»Lori, ich bin total erledigt. Ich habe einen Sonnenbrand und bin von Mücken zerstochen und habe mir einen Angelhaken in den Daumen gerammt, und ich muss jetzt einfach schlafen, sonst bin ich morgen zu nichts zu gebrauchen.«

Ich schwieg einen Moment. »Ganz durch den Daumen durch?«, fragte ich dann entsetzt.

»Es ist nur eine Fleischwunde, aber es tat wahnsinnig weh, und von der Spritze, die der Arzt mir gab, bin ich sofort eingeschlafen.« Bill unterbrach sich, um abermals zu gähnen, ehe er fortfuhr: »Bitte, lass mich weiterschlafen. Ich hatte einen wahnsinnig schweren Tag.«

»Aber … aber, Bill …« Ich starrte auf den makellosen Fliesenboden, ohne etwas zu sehen, dann hob ich den Blick zum Fenster, durch das die Morgensonne fiel. Bill hatte überhaupt nicht gefragt, wie mein Tag gewesen war oder warum ich zu so einer unmöglichen Zeit anrief, noch wollte er meine Telefonnummer wissen, um zurückzurufen. Sein Vater könnte einen zweiten Herzinfarkt gehabt haben, ich könnte den Mini zu Schrott gefahren haben, Nell könnte kopfüber vom Turm von St. Bartholomäus gefallen sein – aber Bill konnte nur an *seinen* Sonnenbrand, *seine* Mückenstiche und an *seinen* Daumen denken.

»Okay«, sagte ich langsam. »Ich verstehe schon.«

»Danke, Liebes«, murmelte Bill. »Gute Nacht.«

Ich legte den Hörer auf und mir war, als sei mir der Boden unter den Füßen weggezogen worden. Erwartete ich zu viel, wenn ich gehofft hatte, mein Mann würde die Panik in meiner Stimme bemerken?

Ich berührte den goldenen Ring, der immer noch an der Kette an meinem Hals hing. Es war nicht das erste Mal, dass Bill mich ausgeblendet hatte, oder dass ich vergeblich versucht hatte, seine Aufmerksamkeit zu erlangen. Dieser Kampf hatte sofort nach Ende unserer Hochzeitsreise angefangen. Ich dachte an mein gestriges Gespräch mit Emma und horchte plötzlich sehr aufmerksam auf die leise Stimme in meinem Hinterkopf.

Bill *wollte* gar kein Kind. Denn das würde den Fehler, mich zu heiraten, ja nur noch schlimmer machen. Und darum hielt er mich auf Distanz, darum vergrub er sich in Arbeit und vermied jegliches Gespräch über unsere Zukunft. Ich hatte gedacht, dass ein Erfolg mit den Biddifords mir meinen Mann zurückbringen würde, aber ich war grenzenlos dumm gewesen, daran zu glauben. Die Biddifords waren lediglich ein weiteres Glied in einer langen Kette von Ausflüchten, die Bill gefunden hatte, um sich so weit wie möglich von mir zu entfernen. Mein Märchenprinz hatte die ganze Zeit gewusst, wie diese Romanze enden würde. Er hatte nur darauf gewartet, dass ich es auch merkte.

Ich saß zusammengesunken auf der Badewanne und hielt das Telefon umklammert. Mir schwindelte, und mir war übel. Die Grundfesten meines Lebens waren erschüttert worden. Was würde ich jetzt machen? Wohin sollte ich gehen? Wie konnte ich es ertragen, noch mal von vorn anzufangen? Zitternd stellte ich den Apparat auf den Boden und wankte zum Waschbecken, um mir das Gesicht mit kaltem Wasser zu waschen. Ich konnte es mir nicht leisten, zu weinen, denn ich wusste, würde ich einmal damit anfangen, könnte ich nicht so schnell wieder aufhören. Also lehnte ich mich gegen das Waschbecken und atmete tief, bis das Schwindelgefühl vergangen war. Dann sah ich mich im Spiegel an.

»Willis senior bist du nicht egal«, flüsterte ich. Dessen konnte ich mir sicher sein. Aber von meinem Mann konnte ich das nicht mehr sagen.

Als ich aus dem Badezimmer kam, war Nell schon am Packen. Sie sah mich aufmerksam an, dann fragte sie: »Was ist denn gestern Abend passiert?«

»Das erzähle ich dir in der Bahn«, sagte ich kurz.

»In der Bahn?«

»In der Bahn.«

Mir war nicht nach einem Wettstreit im Erröten mit Miss Coombs zumute – mein illegales Tête-à-Tête mit Gerald nagte noch immer an meinem Gewissen, deshalb verließen wir das Georgian durch den Garten, ohne Gepäck, bis auf den Aktenkoffer. Ich würde die Rechnung mit meiner Kreditkarte begleichen und Miss Kingsley bitten, unsere Koffer nachschicken zu lassen.

Ich würde sie auch bitten, dafür zu sorgen, dass jemand das Auto abholte. Ich dachte an mein Versprechen, das ich Derek gegeben hatte, in London nicht selbst zu fahren, also ließen wir den Mini auf dem Bahnhofsparkplatz in Haslemere und stiegen in den Zug um neun Uhr fünfundzwanzig nach Waterloo. Die Abteile waren voll von Pendlern, aber Nell hatte mit Mr Digbys Tochter am Fahrkartenschalter gesprochen und uns ein Einzelabteil gesichert, außerdem zwei Styroporbecher Tee mit viel Milch und Zucker.

Nell hatte ihr schwarzes Nicolette-Kostüm gegen ein ärmelloses hellblaues Kleid vertauscht, zu dem sie eine weiße

Leinenjacke und weiße Schuhe trug, dazu eine weiche weiße Umhängetasche aus Leder. Sie hatte Bertie einen blauweißen Matrosenanzug angezogen und auch für mich eine ähnlich sommerliche Kleidung ausgesucht, ich jedoch hatte mich wieder für die hässlichen Tweedsachen entschieden. Von allem, was sie gepackt hatte, kam das einer Trauerkleidung am nächsten.

In ihrem hübschen blauen Kleid, Bertie im Arm und mit Reginalds rosa Flanellohren, die aus ihrer Umhängetasche lugten, bot Nell ein Bild goldlockiger Unschuld, als wir unser Abteil aufsuchten. Sobald ich aber die Tür zugemacht hatte, verwandelte sich ihr Gesichtsausdruck in den eines Löwenbändigers.

»Iss«, befahl sie, indem sie in ihre Tasche griff und mir die runde Keksdose von Gerald reichte. Ich sah die Dose an und fühlte, wie mein Hals sich zuschnürte.

»Du hast gestern Abend nichts gegessen und heute Morgen nicht gefrühstückt, du hast kein Wort gesprochen, seit wir das Georgian verlassen haben, und du bist blass wie ein Grießpudding«, predigte sie energisch. Sie nahm Reginald aus ihrer Tasche und setzte ihn neben Bertie auf den kleinen Tisch unter dem Fenster, damit sie hinaussehen konnten. »Wenn du jetzt nicht sofort etwas isst, Lori, rufe ich Papa an, sobald wir in London sind, und sage ihm, dass du nicht imstande bist, die Reise fortzusetzen. Reginald besteht darauf. Er macht sich große Sorgen um dich.«

Ich konnte Reginalds Gesicht nicht sehen, aber ich sah daran, wie seine Ohren hochstanden, dass er durch mein Verhalten verstört war. Widerwillig brach ich ein kleines Stück von einem der Brownies ab, steckte es in den Mund und spülte es mit Tee hinunter. Nell sah mit verschränkten Armen zu, bis ich das ganze Brownie und noch zwei weitere gegessen hatte, dann befahl sie mir, außer meinem Tee auch den ihren zu trinken. Als ich auch das geschafft hatte, nahm sie die Arme auseinander, angelte sich Bertie und aus der knallharten Erpresserin wurde wieder ein zwölfjähriges Kind.

»Geht's dir jetzt besser?«, fragte sie.

Erst jetzt wurde mir schockartig klar, wie sehr ich Nell geängstigt haben musste. Ich hatte keinen Augenblick daran gedacht, dass meine emotionale Achterbahnfahrt jemanden, der so in sich ruhte wie Lady Eleanor Harris, völlig verwirren und zutiefst beunruhigen musste. Ihre Vergissmeinnichtaugen waren noch größer als sonst, und sie hielt Bertie so fest umklammert, dass seine Füllung sich unter der Matrosenbluse wölbte. Beschämt streckte ich die Hand aus, um die ihre zu streicheln. »Ich habe letzte Nacht nicht gut geschlafen«, log ich. Eigentlich hatte ich besser geschlafen als die ganzen letzten Monate, trotz einiger lebhafter Träume, die eine verheiratete Frau eigentlich zum Erröten bringen müssten. »Ich bin immer schlecht gelaunt, wenn ich nicht genug geschlafen habe. Und vermutlich kriege ich dieses Herumrennen auch langsam satt.«

»Tut es dir leid, dass du Bertie und mich mitgenommen hast?«, fragte Nell ernst.

»Du lieber Himmel, nein, Nell, kein bisschen«, rief ich aus. »Ihr wart beide großartig. Es ist nur …« Ich seufzte. »So hatte ich mir meine zweite Hochzeitsreise nicht gerade vorgestellt.«

Nell lockerte ihren Griff, mit dem sie Bertie hielt, aber sie blieb ernst. »Es ist nicht leicht, verheiratet zu sein«, sagte sie altklug. »Ich bin die Einzige in meiner Klasse, deren Eltern noch im selben Haus zusammenleben. Außer Petra de Bernouilles, aber sie ist katholisch, und die dürfen sich nicht scheiden lassen. Lässt du dich von Bill scheiden?«

»Nell! Was für eine Idee!« Ich tat die Frage mit einem munteren Lachen ab, dachte aber insgeheim, dass es vielleicht besser wäre, wenn mein eigenes zwölfjähriges Kind, so ich denn einmal eines haben sollte, nicht *ganz* so scharfsinnig werden würde wie Nell. »Ich gebe ja zu, dass ich enttäuscht bin, dass Bill diese Reise nicht mit mir machen konnte, aber was ist schon eine Reise?«

»Wann ist er denn das letzte Mal mit dir gekommen?«, fragte sie.

»Das letzte Mal? Das war … Jetzt haben wir August, ja?« Ich legte den Kopf nonchalant auf die Seite und sah nachdenklich vor mich hin. »Vor einem Jahr«, sagte ich schließlich. »Bill war letzten August hier. Wir waren ein paar Tage in London und eine Woche in unserem Haus. Es war herrlich.«

»Ein Jahr«, sagte Nell.

»Das ist doch gar nichts«, sagte ich, und ehe Nell bemerken konnte, dass es eigentlich die Hälfte meiner Ehezeit bedeutete, hatte ich das Thema gewechselt. »Übrigens, ehe ich's vergesse – hat Bertrand noch ein paar deftige Klatschgeschichten von den Zimmermädchen gehört?«

»Nichts Neues.« Nell rückte Berties bebänderte Matrosenmütze gerade. »Sie sind alle völlig verrückt nach Gerald, aber das scheint auf die halbe Stadt zuzutreffen. Hast *du* etwas Neues erfahren?«

»Gerald hat versprochen, zu tun, was er kann, um William davon abzuhalten, aus Boston wegzugehen«, erzählte ich, »aber ich glaube nicht, dass er viel ausrichten kann. Er sagt, er hat die Juristerei an den Nagel gehängt.«

»Glaubst du ihm das?«

»Ich glaube ihm«, erwiderte ich. »Ich bin mir ziemlich sicher, und wenn du gestern Abend sein Gesicht gesehen hättest, Nell, dann würdest du es auch glauben. Ich weiß nicht, warum Tante Dimity erwartet hat, dass er mich anlügen würde.«

»Vielleicht, weil sie gehört hatte, wie er William wegen der anderen Sache angelogen hat«, meinte Nell. »Der ›Streit, der vor so langer Zeit passierte‹. Ich habe da übrigens eine Vermutung.«

»Auf die bin ich gespannt«, sagte ich. Ich war froh, Nell und mich selbst von allen Gedanken an Bill und eine Scheidung abzulenken.

Nell sah hinaus auf die neu gebauten Wohngebiete, die sich in der ländlichen Umgebung breit machten. »Gestern«, sagte sie, »als ich mich in den ›Lärchen‹ ein bisschen umsah, öffnete ich die Tür zu einer Art Lagerraum und sah etwas Fantastisches, ein Kreuz aus Gold, und ganz mit Edelsteinen besetzt.«

Ich nickte. »Man nennt das ein Reliquiar, ich habe es auch gesehen. Ich ging aus Versehen in den Raum, und da stand es und funkelte mich an.« Ich schwieg, die Erinnerung an Geralds Atem auf meiner Hand, als er sich über meinen verletzten Finger gebeugt hatte, lenkte mich ab. »Gerald sagte, dass das Reliquiar Teil einer Sammlung ist, die er für jemanden katalogisiert ...« Ich runzelte die Stirn, ich konnte mich an seine genauen Worte nicht mehr erinnern.

»Für wen?«, fragte Nell.

»Einen privaten Sammler oder vielleicht für ein Museum, denke ich.« Ich zuckte die Schultern. »Gerald hat keinen Namen erwähnt.«

»Hmmm«, machte Nell und sah weiterhin aus dem Fenster.

»Was denkst du, Nell?«

»Ich denke, dass das Reliquiar sehr viel wert sein muss.« Nell sah mich an. »Eine Riesensumme.«

Ich sah sie ebenfalls an, beklommen. Der schlechte Zustand des Hauses hatte mich Geralds Vermögen ganz vergessen lassen, und ich hatte seinen Besitz des Goldkreuzes nie angezweifelt. »Sprich weiter«, sagte ich.

»Was wäre, wenn das Reliquiar – und alles andere in diesem Raum – dem amerikanischen Zweig der Familie Willis gehörte? Wenn Gerald versuchen sollte, William um sein rechtmäßiges Eigentum zu bringen?«

Könnte das Reliquiar der schlafende Hund sein, vor dem Dimity uns gewarnt hatte? Mir fielen mehrere gute Gründe ein, warum es in Geralds Interesse sein könnte, die Existenz dieses wertvollen Erbstücks zu unterschlagen: Seine Familie könnte es als Sicherheit für ein Bankdarlehen benutzt haben, er könnte es verkaufen wollen oder hatte es sogar bereits verkauft. Auf jeden Fall wäre es nicht wünschenswert, dass der rechtmäßige Eigentümer plötzlich auftauchte und seine Ansprüche geltend machte.

»Es ist eine Möglichkeit«, gab ich zu. »Ich werde Emma bitten, im Internet noch weiter nach Spuren zu suchen, nach solchen, die auf einen Erbschaftsstreit hinweisen. Obwohl ich mir immer noch nicht vorstellen kann, warum es William ausgerechnet gestern Vormittag eingefallen sein sollte.«

Nell klopfte auf die runde Dose. »Hast du daran gedacht, Gerald wegen der Karamellbrownies zu fragen?«

Ich griff mir an die Stirn. »Total vergessen.«

»Macht nichts«, sagte Nell mit einem zufriedenen kleinen Lächeln. »Ich habe ihn gefragt, als er im Hotel vorbeikam.«

»Zehn Punkte für dich.« Ich machte eine Verbeugung und freute mich, dass sie wieder lachte. »Und was hat er gesagt?«

»Thomas Willis war im Krieg nicht in London«, erklärte Nell. »Er war zu jung. Er ist erst dreiundsechzig.«

»Also war er 1945« – ich sah an die Decke und rechnete – »zwölf. Ich kann mir nicht vorstellen, dass ein Junge in diesem Alter im kriegsgebeutelten London sich für Rezepte interessiert, oder?«

»Mein Bruder«, sagte Nell mit Bestimmtheit, »wäre viel zu sehr damit beschäftigt gewesen, die Bombenkrater zu untersuchen.«

Ich nickte zustimmend, aber meine Gedanken waren bereits woanders. Ich öffnete die Aktentasche und nahm die Liste mit den Namen heraus, die Miss Kingsley mir genannt hatte, die *dramatis personae* der Familie Willis. »Thomas Willis ist dreiundsechzig, und er ist der Älteste der älteren Generation hier in England. Das bedeutet, dass sie alle jünger als William sind. Thomas ging wegen eines Herzleidens in den Ruhestand, aber was ist mit den anderen beiden – Anthea und Williston? Gerald sagte mir, dass seine Cousine Lucy seit seinem Ausscheiden unter chronischer Überlastung leidet. Ich frage mich, warum Anthea und Williston nicht zurückgekommen sind, um ihr zu helfen?«

Nell steckte die Dose wieder in ihre Tasche und faltete die Hände auf dem Tisch, ihre Augen glänzten. »Ich freue mich schon darauf, mit Lucy Willis zu sprechen, du auch?«

»Ganz bestimmt.« Ich winkte triumphierend mit der Liste. »Dieser Zweig der Familie wird von Minute zu Minute interessanter.« Ich lachte, und Nell kicherte, aber als ich die Liste wieder in die Tasche steckte, konnte ich mich des verräterischen Gedankens nicht erwehren, ob Dimity mir meinen Mann nicht vielleicht auf der falschen Seite des Atlantiks ausgesucht hatte.

Kapitel 13

Eigentlich wollte ich ein Taxi vom Bahnhof Waterloo zu Lucy Willis' Kanzlei nehmen, aber das erwies sich als unnötig. Sowie Nell und ich aus dem Zug stiegen, winkte uns ein kleiner weißhaariger Mann hinter der Absperrung.

»Guten Morgen, Madam! Hatte gar nicht erwartet, Sie so schnell wiederzusehen. Und wenn das nicht Lady Eleanor ist! Sie sehen ja wieder bildschön aus, Mylady. Nanny Cole werden diese Kleider bestimmt aus der Hand gerissen werden, wenn man Sie erst mal darin gesehen hat. Master Bertram geht's gut, hoffe ich? Ach, und Sie haben Master Reginald auch mitgebracht, wie ich sehe.«

»Paul!«, rief ich aus. Paul, dessen Zunamen – falls er denn einen besaß – ich nie erfahren hatte, war der befreundete Chauffeur, der Willis senior und mich zu meinem Haus gebracht hatte, nachdem wir in London übernachtet hatten. Er arbeitete für Miss Kingsley, aber ich hatte keine Ahnung, wie er erfahren hatte, wann wir in Waterloo ankommen würden.

»Ein Vergnügen, auch Sie zu sehen, Madam.« Paul legte zwei Finger an seine dunkelblaue Mütze, dann winkte er einem Gepäckträger, der zu meinem Erstaunen meinen und Nells Koffer auf einem Gepäckwagen den Bahnsteig entlangschob.

Ich drehte mich um und sah Lady Eleanor an, die gerade Reg und Bertie in ihre Umhängetasche setzte. »Nell?«

Sie lachte. »Der liebe Mr Digby! Er hat unsere Koffer im Hotel abgeholt und zum Zug gebracht, genau wie ich ihn gebeten hatte. Und seine Tochter war auch so nett. Sie sagte, ich erinnere sie an ihre Nichte, und als ich sie bat, das Flamborough anzurufen und mit Paul zu sprechen …«

»Hat sie sich sofort darangemacht«, ergänzte Paul. »Miss Kingsley hat jemanden hingeschickt, der Ihr Auto nach Finch zurückfahren wird, und ich stehe Ihnen zur Verfügung, solange Sie mich brauchen, Madam.« Paul hatte die Frage, wie er eine verheiratete Frau nennen sollte, die nicht den Namen ihres Mannes angenommen hatte, für sich gelöst, indem er mich nur mit ›Madam‹ ansprach. Zu seinem Entzücken war Lady Eleanors Titel dank ihres Großvaters, des aufgeblasenen Earls, völlig legitim.

Nell sah mich mit weit aufgerissenen Augen an. »War ich wieder mal überheblich?«

»Ein bisschen«, sagte ich trocken, »aber es macht nichts. Ich hoffe nur, dass du mich in guter Erinnerung behältst, wenn du mal die Welt regierst.«

Paul hielt das für einen guten Witz und lachte. »Sie hat schon so eine eigene Art, mit Menschen umzugehen, unsere Lady Eleanor. Und jetzt, wenn Sie mir bitte folgen würden, Madam, und Sie auch, Mylady, der Gepäckträger wird sich um Ihre Koffer kümmern. Der Wagen steht gleich um die Ecke.«

Um die Wahrheit zu sagen, ich war hocherfreut, Paul und seine schwarze Limousine zur Verfügung zu haben. Ich schien die Müdigkeit, unter der ich gelitten hatte, seit wir in England angekommen waren, nicht loszuwerden, und mein Rücken war verspannt von der langen Fahrt. Es würde ein solches Vergnügen sein, die Beine in dem geräumigen Wagen auszustrecken und das Fahren einem ortskundigen Chauffeur zu überlassen.

Außerdem war die Limousine mit einem notwendigen Gegenstand ausgerüstet, über den mein Mini nicht verfügte: ein Telefon. Während Paul unser Gepäck im Kofferraum verstaute, rief ich schon einmal Miss Kingsley an.

»Mr Willis hat auch gestern Abend nicht mehr eingecheckt«, berichtete sie. »Er übernachtete in Anne Elizabeth Court Nummer drei. Das ist ganz in der Nähe des Gerichtsviertels.«

Die Adresse klang merkwürdig vertraut. Ich sah auf den Zettel mit der Wegbeschreibung zur Familienfirma und sagte: »Aber da fahren wir ja jetzt auch hin. Ich dachte, es sei eine Geschäftsadresse.«

»Lucy und Arthur Willis haben ihre Wohnungen über der Kanzlei«, erklärte Miss Kingsley. »Ich nehme an, Mr Willis hat bei einem von ihnen übernachtet. Er ist vor etwa einer Stunde abgereist.«

Ich stöhnte leise. »Haben Sie eine Ahnung, wohin er gefahren ist?«

»Es tut mir leid, Lori, aber Björn hat ihn im Verkehr verloren.«

»Björn?«, sagte ich. »Björn, der Barkeeper?«

»Richtig«, sagte Miss Kingsley. »Björn hatte den Abend frei, deshalb habe ich ihn gebeten, Lucys Wohnung zu beobachten, falls Mr Willis dort auftauchte.«

Ich würde daran denken müssen, Björn ein extra großes Trinkgeld zu geben, wenn ich das nächste Mal in der Bar des Flamborough einen Drink nahm. Ich war mir ziemlich sicher, dass Miss Kingsley ihn weniger gebeten als beauftragt hatte, seinen freien Abend damit zu verbringen, im Londoner Juristenviertel herumzuhängen. Ich dankte Miss Kingsley und bat sie, anzurufen, wenn es etwas Neues zu berichten gab. Dann rief ich Emma an.

»Lori!«, rief sie und klang außer Atem. »Wenn meine Paprika auf dem Beet verfaulen, dann weiß ich, wer schuld daran ist.«

»Moment«, sagte ich. »Jetzt mal langsam. Was ist denn los?«

»Also, diese Nachforschungen, um die du mich gebeten hast«, sagte sie. »Ich bin die halbe Nacht auf gewesen und habe in der schmutzigen Wäsche deiner Schwiegerfamilie gewühlt. Ich bin heute noch nicht einmal im Garten gewesen.«

Der Adrenalinstoß, der Emma jedes Jahr half, ihre Ernte zu bewältigen, wirkte sich offenbar ebenso günstig auf ihr unfreiwilliges Forschungsprojekt aus. Sie klang wie beschwipst. Ich sah durch die getönten Fenster der Limousine und merkte, dass wir kurz vor der Waterloo-Brücke im Stau standen. Ich schätzte, dass ich Zeit für einige Körbe dieser Schmutzwäsche hatte. »Erzähle.«

»Ich bin noch nicht mal bei der ganz alten Fehde, aber wenn die so ähnlich ist wie die neuere Familiengeschichte, dann handelt es sich dabei bestimmt um die Büchse der Pandora.«

»Schlafende Hunde«, sagte ich. »Aber egal. Erzähl weiter.« Im Geiste sah ich, wie Emma sich im Wohnzimmer ihres Landhauses auf das alte Rosshaarsofa kuschelte, den Arm auf die Lehne gestützt und die Beine hochgezogen, während Ham ausgestreckt auf dem Teppich vor dem Kamin lag und die Sonne ins Zimmer schien. Ich bekam ein solches Heimweh nach meinem Cottage, dass ich fast den Anfang ihrer Erzählung verpasst hätte.

»Es hat alles mit der älteren Generation zu tun«, fing Emma an. »Das sind zwei Brüder und eine Schwester: Thomas, der Älteste, Williston und Anthea. Bis vor drei

Jahren arbeiteten sie alle noch in der Familienfirma und dann – peng! - hörten sie alle drei gleichzeitig auf und überließen es den Kindern, die Scherben aufzusammeln.«

»Gerald erwähnte, dass sein Vater gesundheitliche Probleme hat«, bemerkte ich.

»Somit hätten wir eine Erklärung für Thomas«, sagte Emma, »aber ich wette, dass Gerald nicht erwähnt hat, dass sie seinen Onkel Williston in eine psychiatrische Klinik bringen mussten!«

Mit einem Ruck setzte ich mich auf. »Ist das dein Ernst?«

»Und das ist noch nicht alles«, fuhr Emma fort. »Denn rate mal, was der Grund für diesen ganzen Schlamassel war? Hörst du auch gut zu? *Die Frau von Williston ist mit Antheas Mann durchgebrannt*.«

»Ach du liebe Zeit …«, murmelte ich.

»Es kommt noch besser«, sagte Emma. »Es scheint so, als sei Antheas Mann – er heißt Douglas – ganz vernünftig gewesen, bis er beschloss, eine Midlifecrisis zu haben, und an einen Arzt geriet, der ihm ziemlich fragwürdige Medikamente verschrieb. Die müssen ihn zu einem anderen Menschen gemacht haben, denn plötzlich verschliss er Sekretärinnen, als ob sie auf Bäumen wuchsen. Und als Nächstes brannte er dann mit Willistons hübscher junger Frau nach Kanada durch. Ein Jahr später drehte Williston völlig durch und musste in die Psychiatrie. Er ist jetzt in einem Heim in Kent.«

»Und was ist mit Anthea?«, fragte ich. Ich hatte Mühe, nicht die Übersicht zu verlieren. »Was hat sie gemacht, nachdem Douglas sie verlassen hat?«

»Sie hat sich von ihm scheiden lassen, ihren Job hingeschmissen und ist auf den Landsitz der Familie in Yorkshire gezogen, sie nennt sich jetzt wieder Anthea Willis.«

Emma machte eine Pause, um wieder zu Atem zu kommen. »Sie hat Douglas' Nachnamen abgelegt, genau wie ihre Töchter, und wer kann es ihr verdenken? Welche Frau möchte noch mit einem solchen Halunken in Verbindung gebracht werden?«

»Also, lass mich nochmal zusammenfassen.« Emmas Eifer war fantastisch, aber mir war, als hätte ich gerade einen Hagelsturm überstanden. »Thomas ist krank, Williston ist verrückt, Anthea hat sich in die Abgeschiedenheit zurückgezogen, und Douglas ist ein … ein tablettensüchtiger, ausgewanderter Ehebrecher? Wow.« Ich wischte mir die Stirn ab. »Ist das alles an die Öffentlichkeit gedrungen?«

»Eigentlich nicht«, sagte Emma. »Ich habe eine ganze Menge dieser Einzelheiten von Dereks Rechtsanwalt. Wenn er nicht ein so guter alter Freund wäre, hätte er mir wahrscheinlich nicht so viel erzählt. In der Juristenwelt ist man normalerweise ziemlich diskret unter Kollegen.«

»Trotzdem«, sagte ich, »es kann nicht sehr gut für den Ruf der Firma gewesen sein.«

»Gerald hatte die Firma anfangs fest in der Hand«, erzählte Emma. »Dereks Rechtsanwalt sagte, die Klienten vertrauten ihm voll und ganz, und niemand könne auch nur ein schlechtes Wort über ihn sagen. Es heißt, er habe wohl gewisse Dinge falsch beurteilt, aber man hat es dem Druck zugeschrieben, unter dem er damals stand, und du kannst dir vorstellen, dass der gewaltig gewesen sein muss.«

»Und seit er weg ist, leitet seine Cousine Lucy die Firma«, überlegte ich.

»Und sie macht es sehr gut«, fügte Emma hinzu. »Ich konnte nicht viel über ihre Schwestern oder diesen anderen Vetter, Arthur, erfahren, aber sie scheinen sich alle sehr zu bemühen, denn die Firma steht trotz allem gut da.«

»Mensch«, sagte ich und sah nachdenklich auf die Themse hinaus, »schade, dass du nicht was *wirklich* Interessantes ausgegraben hast.«

In Emmas Gelächter mischte sich Hams Bellen im Hintergrund. Sie befahl dem Hund, ruhig zu sein, dann bat sie mich zu warten, da jemand gekommen sei. Ich hörte undeutlich, wie die Haustür geöffnet und etwas gesprochen wurde, ganz weit weg lief ein Motor. Einen Augenblick später war Emma zurück.

»Eine weitere Lieferung«, verkündete sie. »Ich nehme an, du möchtest, dass ich das Faxgerät erst mal zum Fotokopiergerät in die Scheune stelle.«

»Faxgerät?« Ich schüttelte den Kopf. »Tante Dimity hat Recht, Emma. Wir müssen William stoppen.«

»Immer noch keine Spur von ihm?«, fragte Emma.

»Seine Spur ist gesichert worden, aber bisher hat er es vermeiden können, ins Netz zu gehen.« Ich erzählte ihr, was Miss Kingsley berichtet hatte, und sagte, dass ich trotzdem Lucy Willis besuchen wollte, da sie vielleicht wusste, wohin Willis senior als Nächstes gefahren war.

»Pass auf, was du über Anthea und diesen Schleicher Douglas sagst«, warnte Emma. »Es sind Lucys Mama und ihr Dad. Und der verrückte alte Williston ist Arthurs Vater.«

»Ich werde mir Notizen aufs Handgelenk machen«, versprach ich. Nell erinnerte mich daran, dass Emma nach einem eventuellen Erbschaftsstreit Ausschau halten sollte, und Emma versprach, sich der älteren Geschichte zu widmen, sobald sie ihre Paprika geerntet hatte.

»Na?«, sagte Nell, nachdem ich das Gespräch beendet hatte.

Ich sah sie einen Moment geistesabwesend an, dann holte ich tief Luft. »Nell«, sagte ich, »erinnerst du dich, dass ich gestern sagte, dieser Zweig der Familie klingt interessant …?«

Anne Elizabeth Court war ein kleiner Platz, eigentlich nur ein taschentuchgroßes Rasenstück, das von eleganten Häusern aus rotem Backstein im georgianischen Stil umstanden war. Die Straße, die um das Rasenstück herumführte, war so schmal, dass ich Angst hatte, die Limousine würde nicht hindurchpassen, aber Paul war es gewohnt, sich durch die mittelalterlichen Gässchen seiner Heimatstadt zu schlängeln, und fuhr mit Aplomb bis vor die Haustür von Nummer drei.

Die Familie Willis bewohnte eines von fünf identischen vierstöckigen Häusern an der Westseite des Platzes. Alle waren durch leuchtend weiße Zäune vom Trottoir abgegrenzt, hatten dieselben halbrunden Fenster über den makellosen Haustüren, neben denen die Namen der Bewohner auf Messingschildern standen. Während jedoch die Schilder an den anderen Häusern die Namen von zwei oder mehr Bewohnern trugen, stand auf dem Schild von Nummer drei nur ein einziger Name: Willis & Willis.

»Déjà vu«, murmelte ich, als ich mich daran erinnerte, wie ich das erste Mal diesen Namen auf einem Messingschild gelesen hatte. Damals war ich vom Bostoner Winterwind halb erfroren gewesen, aber jetzt schwitzte ich unter der strahlenden Londoner Sonne und bereute, dass ich das dunkle Tweedkostüm angezogen hatte.

Ich winkte Paul, der es vorzog, draußen zu bleiben und die Limousine vor den Angriffen gestrenger Verkehrspolizisten zu verteidigen, und drehte den Griff für die Klingel, der in der Mitte der weißen Tür angebracht war. Ich hatte erst eine halbe Umdrehung zustande gebracht, als die Tür aufgerissen wurde. Auf der Schwelle stand ein großer, kräftig aussehender junger Mann in einem dunklen dreiteiligen Anzug.

Diese adrette Kleidung stand in scharfem Kontrast zu seinem braunen Bart, der lang und ungepflegt war, ebenso wie zu seinem dicken braunen Haar, das nach allen Seiten von seinem Kopf abstand. Für dieses unordentliche Aussehen gab es bald eine Erklärung, als er uns erblickte und sich, als sei es eine gewohnte Geste, mit der molligen Hand in die Haare griff.

»Du lieber Gott«, rief er aus, wobei ihm jetzt das Haar wirklich zu Berge stand. »Ist es schon Mittag? Verzeihen Sie, meine Damen. Ich habe wohl wieder mal die Zeit vergessen. Bitte, treten Sie doch ein.«

Ehe ich ihn beruhigen konnte, dass es erst gegen elf war, hatte Nells Hand, die ich in meinem Rücken spürte, mich bereits über die Schwelle und in eine kleine, aber geschmackvoll eingerichtete Eingangshalle geschoben. Vor uns war eine elfenbeinfarbene Tür, die von schlanken, neoklassizistischen Pfeilern flankiert war; zu unserer Linken führte eine schmale Treppe mit einem zierlichen schmiedeeisernen Geländer nach oben. Der Gesamteindruck war elegant und zeugte von einer alten, selbstverständlichen Wohlhabenheit – in scharfem Gegensatz zu den ›Lärchen‹.

Der korpulente Mann schien mein stolperndes Eintreten nicht zu bemerken. Er schien überhaupt nicht viel zu bemerken außer seiner goldenen Armbanduhr, die er wiederholt schüttelte, beklopfte und ans Ohr hielt, während er uns die Treppe hinauf in ein Büro im ersten Stock führte, dessen Fenster den Platz überblickten. Der Raum war hoch und wohlproportioniert, mit einer Stuckdecke und weißen Bücherregalen, die die gesamte Höhe der Wand einnahmen.

Die Harmonie des Raumes war jedoch gestört durch unzählige Bücher, die sich in der gleichen schrecklichen Unordnung befanden wie die Haare des Mannes. Sie lagen überall aufgeschichtet umher, manche lagen offen mit dem Rücken nach oben, und fast alle waren gespickt mit Papierstreifen und Zetteln. Der Tür gegenüber stand ein Schreibtisch, groß wie eine Landebahn, aber die hübschen Einlegearbeiten der Platte waren fast völlig von Papier, Aktenordnern und noch mehr Büchern zugemüllt.

Nell und ich nahmen in zierlichen Sesseln mit ovalen Rückenlehnen Platz, während der Mann sich auf die andere Seite seines Schreibtisches begab. Sein Sessel war ein robustes, breites Sitzmöbel, in dem man sich bequem zurücklehnen konnte; geschaffen für stattliche Manager, völlig unpassend zur restlichen Einrichtung, aber genau richtig für einen Mann seiner Statur. Nachdem er sich hingesetzt hatte, hörte er auf, mit seiner Uhr zu hantieren. Er zog einen Dokumentenkasten zu sich heran und fing an, den Inhalt zu durchwühlen, wobei er ununterbrochen redete.

»Sie werden sich sicher freuen, Lady Rutherford, dass die Sache mit dem angefochtenen Vermächtnis so viel schneller beigelegt werden konnte als erwartet. Ich habe jetzt die Ermächtigung, Ihnen und Ihrer Nichte vierteljährlich die festgelegten Summen auszuzahlen, wie wir es bereits besprochen hatten.« Er hielt inne, faltete die Hände über der Brust, und seine braunen Augen wurden sanft vor Mitgefühl. »Und darf ich Ihnen noch einmal, im Namen der gesamten Firma, mein tief empfundenes Beileid zu Ihrem schmerzlichen Verlust ausdrücken.«

Ich sah Nell hilflos an.

»Hier wäre es also«, sagte der große Mann endlich und nahm zwei Schriftstücke aus dem Kasten. Er stand auf und kam um den Schreibtisch herum, um vor mir auf der Platte ein paar Sachen wegzuräumen und Platz zu machen. Er lächelte unsicher, klopfte auf alle seine Taschen, ehe er noch einmal auf die andere Seite des Schreibtisches eilte und einen schwarzen Füllfederhalter aus der Schublade holte.

»Wie Sie sehen, Lady Rutherford«, sagte er leicht schnaufend, als er wieder neben mir stand, »ich habe die Dokumente hier unterzeichnet. Wenn Sie so gut sein würden, hier zu unterschreiben, dann …«

Er unterbrach sich, als die Tür geöffnet wurde und eine dunkelhaarige Frau den Kopf hereinsteckte. »Arthur?«, sagte sie. »Lady Rutherford und ihre Nichte sind etwas früher eingetroffen. Sie warten auf dich … im …« Sie verstummte und ihre Augen wanderten von mir zu Nell und zu dem Füllfederhalter, den der Mann in seinen Wurstfingern hielt. »Arthur«, sagte sie plötzlich mit einem gezwungenen Lächeln, »kann ich dich einen Augenblick sprechen? In meinem Büro? *Jetzt?*«

Sie verschwand, und Arthur mit ihr, wobei er verlegen an seinem unordentlichen Bart zupfte. In seinen dunkelbraunen Augen lag Furcht. Sowie er das Büro verlassen hatte, ging Nell zur Tür und legte ihr Ohr dagegen, ich zog die Papiere heran und starrte auf die Unterschrift des Mannes.

»William Arthur Willis«, las ich laut und empfand dabei dasselbe unwirkliche Gefühl wie vorhin, der Vorname William hatte sich über Generationen hinweg in den beiden Zweigen der Familie Willis zu beiden Seiten des Atlantiks gehalten.

»Du bist immer noch Miss Shepherd und ich Nicolette«, unterbrach Nell im Flüsterton meine Gedanken, während sie wieder an ihren Platz eilte.

»Hm?«, sagte ich verständnislos, aber Nell hatte keine Zeit, ihre Anweisungen zu wiederholen, denn die dunkelhaarige Frau war zurückgekommen und bedeutete uns von der Tür her, ihr zu folgen.

»Ich bin Lucy Willis«, sagte sie. »Ich fürchte, hier lag ein kleines Missverständnis vor. Würden Sie bitte mit mir kommen?«

Kapitel 14

Als Nell und ich Lucy Willis zu ihrem Büro im hinteren Teil des Gebäudes folgten, sah ich Edmund oben an der Treppe stehen und mit zwei Frauen sprechen, die man bei sehr schlechter Beleuchtung vielleicht mit Nell und mir hätte verwechseln können. Jedenfalls war die eine blond, die andere brünett, und die Brünette war von Kopf bis Fuß schwarz gekleidet. Aber da die Blonde wenigstens doppelt so alt war wie ich – die Brünette musste an die achtzig sein –, hätte Arthur eigentlich seinen Irrtum bemerken müssen.

»Es tut mir leid wegen der Verwechslung«, sagte Lucy leise. »Meine Schwestern sind beide im Mutterschaftsurlaub, deshalb sind wir im Moment etwas unter Druck. Mein Vetter hat meist einen sehr langen Arbeitstag. Manchmal macht er ...« Sie ließ den Satz unbeendet, zuckte bedauernd die Schultern und ging weiter den Flur entlang.

Lucy ist sehr nett, dachte ich. Jede Wette, dass das Chaos in Arthurs Büro eher die Regel als die Ausnahme war. Seine Bereitschaft, das Erbe einer Klientin auch zwei ähnlich aussehenden Fremden auszuhändigen, ließ darauf schließen, dass der Zustand seiner Bücherregale ein Abbild seines normalen Geschäftsgebarens war. Trotzdem bewunderte ich Lucys loyalen Versuch, ihn zu decken.

Lucy Willis schien ein oder zwei Jahre älter zu sein als ihr Vetter, ich schätzte sie auf Anfang dreißig. Sie war genauso groß wie Arthur, und ihr hellgelbes Kostüm brachte ihre schlanke Figur vorteilhaft zur Geltung.

Sie strahlte Kompetenz und ruhige Autorität aus, aber ihr Gesicht wirkte so blass und müde, als ob sie schon lange nicht mehr an die frische Luft gekommen sei. Ich hatte den Verdacht, dass sie und nicht der zerstreute Arthur die Last der Verantwortung für die Firma trug. Sie musste Geralds Fehler für gravierend gehalten haben, dass sie ihn gehen ließ, wohl wissend, welch unzuverlässige Truppen sie zur Verfügung hatte.

Lucys Büro war so ordentlich wie Arthurs chaotisch war. Die Wände waren hellblau, auf dem Boden lag ein Aubusson-Teppich, und hinter einem makellosen Schreibtisch aus Walnussholz zog sich ein peinlich aufgeräumter Bücherschrank mit Glastüren entlang. Nirgends war ein Stapel Papier oder auch nur ein verirrter Dokumentenkasten zu sehen. Die Stuckdecke war die gleiche wie in Arthurs Büro, hier jedoch glänzten die Arabesken in Gold, und die hohen Fenster an der Rückwand trugen lange Vorhänge aus einem leichten weißen Stoff. An der gegenüberliegenden Wand war ein wunderschöner neoklassizistischer Kamin, der von goldgeadertem Marmor umrahmt war. Über dem Sims hing ein Ölgemälde aus dem siebzehnten Jahrhundert, das Porträt einer Frau mit ovalem Gesicht und pummeligen Schultern, die ein blausilbernes Seidenkleid mit weiten Ärmeln trug. Vor dem Kamin standen einladend eine Sesselgruppe und eine Couch aus Satinholz, aber Lucy geleitete uns zu zwei Stühlen vor ihrem Schreibtisch, hinter dem sie Platz nahm.

»Womit kann ich Ihnen dienen?«, fragte sie, indem sie einen Füllfederhalter und ein in Leder gebundenes Notizbuch in die Hand nahm.

»*Alors, Mademoiselle Willis …*«, fing Nell an.

»Halt.« Ich schnitt Nell das Wort ab. Seit wir diesen Trick bei Gerald in Haslemere angewandt hatten, plagte mich ein schlechtes Gewissen. Ich schämte mich, und mir war plötzlich klar, dass ich nicht die Absicht hatte, auf unserer gesamten Reise jemanden zu verkörpern, der ich nicht war.

Lucy sah Nell ziemlich streng an, als wolle sie sie dafür rügen, dass sie wertvolle Zeit vertan hatte, aber sobald ich uns vorgestellt hatte, leuchteten ihre Augen freudig auf.

»Wie schön«, sagte sie. »Vetter William sagte mir, dass Sie in England sind, aber ich wusste nicht, dass Sie nach London kommen würden.«

»Wir sind erst heute früh angekommen«, erwiderte ich.

»Nachdem Sie Vetter William vorausgeschickt hatten, um zu sehen, wie die Lage ist?« Lucy schüttelte den Kopf. »Ich wollte diesen alten Streit schon lange begraben, aber« – sie rieb sich den Sattel ihrer Nase und seufzte müde – »ich komme nicht mehr viel zum Reisen. Ich muss gestehen, dass ich sehr froh bin, dass Vetter William die Initiative ergriffen hat. Man kann nie zu viel Familie haben.«

Warte, bis du Honoria und Charlotte kennenlernst, dachte ich. Laut sagte ich: »Da stimme ich völlig zu. Nell und ich haben zuerst Gerald besucht und …«

»Sie haben auch mit Gerald gesprochen?«, fragte Lucy und legte den Füllhalter hin.

Ich nickte. »Wir waren gestern bei ihm zu Haus.«

»Drei Besucher an einem Tag?«, sagte Lucy leicht süffisant. »Das ist ja ganz unglaublich. Das Letzte, was ich hörte, war, dass er ein echter Einsiedler geworden ist.« Sie sah eingehend auf ihre Fingerspitzen, ehe sie zögernd fragte: »Wie geht es ihm? Ich hoffe, gut?«

Für einen kurzen Moment war ich wieder auf dem schmalen Fußweg, atemlos von Geralds Umarmung, meine Hände an seine feste, breite und zweifellos gesunde Brust gedrückt. »Es schien ihm sehr gut zu gehen«, murmelte ich.

»Er katalogisiert eine Sammlung sakraler Gegenstände«, fügte Nell mit einem Blick auf mich hinzu. »Reliquiare – und solche Sachen. Wunderschöne Stücke. Auch ziemlich wertvoll, vermute ich.«

»Die Sammlung seines Vaters«, sagte Lucy und nickte. »Onkel Tom hat die meisten Stücke nach dem Krieg billig kaufen können, aber er hat nie Zeit gehabt, Ordnung in die Sammlung zu bringen. Deshalb macht Gerald es jetzt. Mein Onkel ist krank, wissen Sie, und Gerald hat in letzter Zeit die nötige Muße dafür.« Lucy schloss ihr Notizbuch und legte es in die Schublade. »Ich hoffe, Sie haben Zeit für eine Tasse Tee«, sagte sie. Ihr Lächeln war zurückgekehrt.

»Das hängt davon ab, ob Sie mir sagen können, wohin mein Schwiegervater fahren wollte, als er Sie verließ. Ich muss dringend mit ihm reden, aber ich weiß nicht, wo ich ihn suchen soll.«

»Es tut mir leid«, sagte Lucy, »aber er hat uns nicht gesagt, wo er hinfahren will. Hat er kein Telefon im Auto?«

»Noch nicht«, sagte ich und nahm mir im Stillen vor, eins installieren zu lassen, sowie ich Willis senior eingeholt hatte. »Nun, wenn das so ist, denke ich, haben wir noch etwas Zeit, Lucy.«

»Wunderbar.« Lucy deutete auf den Kamin. »Machen Sie es sich bequem, ich lasse gleich Tee bringen.«

Nell nahm ihre weiße Umhängetasche und ging zu einem der Sessel vor dem Kamin, während ich auf der Couch Platz nahm und mich fragte, was in aller Welt Gerald getan haben konnte, um Lucys Missfallen zu erwecken. Man merkte, dass sie seine Fehler weder vergessen noch verziehen hatte, und obwohl sie sich anstandshalber nach ihm erkundigt hatte, war es unwahrscheinlich, dass sie wegen seines Befindens schlaflose Nächte hatte.

»Lucy«, sagte ich, als sie sich Nell gegenüber in den Sessel gesetzt hatte, »mir wäre es lieber, ich könnte sagen, dies sei nur ein netter verwandtschaftlicher Besuch, aber eigentlich möchte ich Sie um einen Gefallen bitten.«

Lucy schlug die Beine übereinander und sah mich ruhig an. »Und was für ein Gefallen wäre das?«

»Es geht um diese Pläne, die mein Schwiegervater hat, hier in England eine Zweigstelle zu eröffnen«, sagte ich.

Lucy zog die Augenbrauen hoch. »Vetter William hat mir gegenüber nichts davon gesagt, dass er nach England kommen will.«

»Bestimmt nicht?«, sagte ich, und als Lucy entschieden den Kopf schüttelte, verließ mich meine Zuversicht. Ich hätte mir denken können, dass Willis senior Lucy bitten würde, seinen Vorschlag vertraulich zu behandeln, genau wie Gerald. »Okay«, sagte ich, »aber sollte er jemals davon anfangen, dann würde ich mich freuen, wenn Sie es ablehnen würden.«

»Warum?«, fragte Lucy verständnislos.

»Weil … er zu Hause gebraucht wird«, sagte ich. »Würden Sie ihm das sagen, wenn er jemals anfangen sollte, von einem Umzug nach England zu sprechen? Würden Sie ihn daran erinnern, dass er zu Hause gebraucht wird?«

»Das werde ich tun«, versprach Lucy. Sie schien verblüfft, aber voller Mitgefühl, als sie weitersprach. »Aber ich versichere Ihnen, dass wir nur über die Familiengeschichte gesprochen haben. Ist Ihnen die Sache mit dieser uralten Fehde bekannt?«

»Ich wusste, dass es da etwas gibt«, sagte ich, »aber ich habe keine Ahnung, was dahintersteckt.«

»Es gibt verschiedene Theorien darüber, was damals vorgefallen ist«, sagte Lucy. »William möchte herausfinden, welche die richtige ist.«

»Ist das wirklich wichtig?«, fragte ich. »Was könnte das nach so langer Zeit noch ändern?«

Lucy hob die Hand und machte eine ausholende Bewegung. »Alles, was Sie hier sehen«, erwiderte sie. »Wenn Williams Theorie richtig wäre, dann müsste man damit rechnen, dass dieses Haus Ihrem Zweig der Familie gehört.«

Ich ließ meine Augen über die vergoldeten Deckenornamente schweifen, über den exquisiten Teppich und den wunderbaren Kamin, und hörte in der Ferne das leise Gewinsel nicht mehr ganz so fest schlafender Hunde. Dies war ein Preis, um den zu kämpfen es sich lohnte. »Sie scheinen sich aber keine allzu großen Sorgen zu machen.«

»Stimmt«, sagte Lucy. »Denn ich bin überzeugt, dass unsere Version der Geschichte die richtige ist. Soll ich Ihnen erklären, warum?«

»Ich bin ganz Ohr«, sagte ich.

Lucy deutete auf das Porträt über dem Kamin. »Darf ich vorstellen: Julia Louise Willis. Sie ist das Glied, das unsere beiden Familien verbindet.«

Ich blickte zu dem eindrucksvollen Porträt hinauf. Mein Blick war schon bei unserem Eintritt in das Büro von dem herrlichen blausilbernen Kleid gefesselt gewesen, aber jetzt sah ich mir auch ihr Gesicht aufmerksam an, in dem ich eine Ähnlichkeit mit Lucy erkannte. Beide Frauen hatten volle Lippen, eine hohe Stirn, braune Augen und dunkelbraunes Haar. Das von Julia Louise war zu erstaunlicher Höhe aufgetürmt und von einem Spitzentüchlein gekrönt, während Lucy einen modernen Kurzhaarschnitt trug. Arthur hatte seine massige Statur wahrscheinlich von seiner pummeligen Ahnfrau geerbt und, wie mir plötzlich dämmerte, mein braunäugiger, dunkelhaariger Mann ebenfalls. Weitaus beunruhigender jedoch war der Gedanke, dass, wenn Arthur jemals sein Haar zähmen und seinen Bart ordentlich beschneiden würde, man ihn für Bills jüngeren, korpulenteren Bruder halten könnte. Anne Elizabeth Court Nummer drei fing an, sich in ein Spiegelkabinett der amerikanischen Familie Willis zu verwandeln.

»Gerald erwähnte Julia Louise«, sagte ich, »aber er machte den Eindruck, als wisse er nichts über sie.«

Lucys Lippen wurden schmal. »Mein Vetter hat es in letzter Zeit für notwendig befunden, sich von dem Rest der Familie zu distanzieren, aber ich versichere Ihnen, er ist über Julia Louise bestens informiert. Ich habe dafür gesorgt, dass alle Familienmitglieder wissen, welchen Beitrag zur Firma sie geleistet hat. William hat sich ganz besonders für sie interessiert«, fuhr sie in versöhnlicherem Ton fort. »Und wer sollte das nicht tun? Sie war eine außergewöhnliche, tüchtige Frau. Nach dem Tod ihres Mannes verlegte sie die Firma von Bath nach London in der Überzeugung, dass ihre Söhne alle anderen Londoner Rechtsanwälte in den Schatten stellen würden.«

»Und taten sie es?«, fragte Nell.

»Einem gelang es«, antwortete Lucy. »Der ältere Sohn, Sir Williston Willis …«

»Das ist auch der Name Ihres Onkels, nicht wahr?«, sagte ich und unterdrückte den idiotischen Impuls, hinzuzufügen: »Der Verrückte.«

Lucy zögerte, als ob sie verunsichert sei, dann nickte sie. »In unserer Familie gibt es viele Willistons, aber Sir Williston war der erste. Er war ein pflichtbewusster und loyaler junger Mann. Als Julia Louise dieses Haus kaufte, versprach er ihr, dass es im Besitz der Familie bleiben werde, solange diese existierte. Wie Sie sehen, hat er sein Versprechen gehalten. Wir sind jetzt seit fast dreihundert Jahren hier.«

Ehrfürchtig betrachtete ich Julias Bild und fragte mich, ob ich jemals Söhne haben würde, die ich auf ähnliche Weise inspirieren könnte. »Was geschah mit den anderen Söhnen?«

»Sie hatte nur ein weiteres Kind«, erwiderte Lucy. »Lord William, Sir Willistons Zwillingsbruder. Ich fürchte, er war eine herbe Enttäuschung für sie. Er spielte, trank und ließ sich mit allen möglichen Frauen ein. Schließlich blieb ihr nichts anderes übrig, als ihn in die Kolonien zu schicken.«

Ich sah sie an. »Sie meinen … er war der Stammvater des amerikanischen Zweiges der Familie?« Trotz meines Respekts vor Willis senior hätte ich beinahe laut losgelacht. Lord William, dessen Name über Generationen in der Familie weitergereicht worden war, dessen Porträt in Boston fast wie eine religiöse Ikone behandelt wurde, war nichts weiter als ein Verschwender gewesen, der von seiner Mutter in die Kolonien abgeschoben worden war, weil sie nicht länger gewillt war, sein schändliches Benehmen zu tolerieren. Die seriöse und respektable Familie Willis in Boston war von einem missratenen Zwilling gegründet worden. Ich konnte es gar nicht erwarten, Honoria und Charlotte diesen Leckerbissen zu servieren. »Und ist das der Grund, warum die beiden Familien so lange keinen Kontakt miteinander hatten?«, fragte ich fasziniert. »Weil Lord William in die Verbannung geschickt worden war?«

»Das ist nur einer der Gründe«, sagte Lucy. »Lord William hat seiner Mutter und seinem Bruder schreckliche Dinge nachgesagt. Er behauptete, dass dieses Haus und alles, was darin ist, eigentlich ihm gehöre, und dass …«

»Lucy?«, unterbrach Nell. »Sie haben gesagt, dass Sir Williston der ältere Sohn war. Wenn die Jungen Zwillinge waren, wie kann man dann …«

»Sir Williston kam sieben Minuten vor seinem Bruder auf die Welt«, erklärte Lucy, »und dank Julia Louise können wir das auch beweisen. Wir haben die eidesstattliche Erklärung der Hebamme und zweier weiterer Zeugen. Julia Louise wollte nicht, dass die Erbfolge in Zweifel gezogen wird.«

»Wenn man sich das vorstellt«, sagte ich und sah mich im Zimmer um, »wenn Lord William sieben Minuten früher auf die Welt gekommen wäre, dann würde das alles uns gehören.«

»Aber leider …« Lucy drehte sich um, als die Tür sich öffnete. »Ah, vielen Dank, George.«

Der Tee wurde gebracht. Ich sah zu, wie George den Teewagen zu Lucy schob, und stellte mit Erleichterung fest, dass außer dem silbernen Teegeschirr und den Wedgwood-Tassen auch Teller mit kleinen Törtchen und zierlichen Sandwiches darauf standen. Der Energieschub, für den mein süßes Frühstück gesorgt hatte, war am Abklingen.

»Ich verstehe nicht, wie es überhaupt in Frage gestellt werden kann, wem dieses Haus gehört«, sagte ich, als George den Raum wieder verlassen hatte. »Es muss doch eine Urkunde darüber geben.«

Lucy griff nach der Teekanne. »Gibt es auch. Leider ist sie bei den anderen Dokumenten, die ich meiner Mutter gerade letzte Woche für ihre Nachforschungen geschickt habe. Meine Mutter …« Lucys Hand zitterte ein wenig, und etwas Tee schwappte auf die Tischdecke. »Meine Mutter hat sich auf unserer Farm in Yorkshire zur Ruhe gesetzt«, beendete sie den Satz schnell. »Sie schreibt eine Biografie über Julia Louise.«

Ich nahm die Tasse, die sie mir reichte, und fragte: »Glauben Sie, dass William sie vielleicht besuchen wird?«

Lucy stellte die Teekanne hin und sah aus, als ob sie mit sich selbst die Geduld verlöre. »Natürlich tut er das. Warum ist mir das bloß nicht eher eingefallen? Ich weiß auch nicht, was momentan mit mir los ist.«

Ich wollte ihr gerade sagen, dass es schließlich nicht ihre Aufgabe sei, die Reiseroute meines Schwiegervaters zu verfolgen, als es leise an der Tür klopfte. In der offenen Tür stand Arthur, die Hände in den Hosentaschen und einen verletzten Ausdruck im Gesicht.

»Lucy«, sagte er heiser. »Tut mir leid, hier so hereinzuplatzen, aber könntest du vielleicht ein Wort mit Lady Rutherford sprechen?«

Lucys Augen wurden besorgt. »Ach Arthur, was ist denn nun schon wieder passiert?«

»Ich habe ihr unser Beileid ausgesprochen«, erwiderte Arthur böse. »Wie konnte ich denn wissen, dass sie diesen Esel von einem Mann gehasst hat? Ich dachte, Ehefrauen liebten ihre Männer wenigstens, sobald sie unter der Erde sind.«

»Das ist auch meist der Fall, Arthur, aber in diesem Falle nicht. Ich dachte, ich hätte es dir gesagt …« Lucy seufzte. »Macht nichts, mein Lieber. Bleib hier und kümmere dich um unsere Gäste, und ich gehe und glätte Lady Rutherford das Gefieder.« Lucy stellte uns kurz ihrem Vetter vor und ging hinaus.

Arthur blieb dort stehen, wo er gestanden hatte, er sah uns schüchtern an und fuhr sich immer wieder mit der Hand durch das Haar.

»Arthur …?«, sagte Nell leise. »Möchten Sie sich nicht zu uns setzen? Ich habe etwas ganz Besonderes zum Tee mitgebracht.«

»Was?«, sagte Arthur. Sein Interesse war geweckt. »Was meinen Sie?«

Nell nahm Geralds Keksdose aus der Umhängetasche. »Sehen Sie selbst.«

Kapitel 15

»Die habe ich schrecklich lange nicht mehr gegessen.« Arthur seufzte vor Behagen, als er den letzten Karamellbrownie verputzt hatte. »Der alte Onkel Tom hat sie jeden Sonntag gebacken, ehe er den Herzkasper kriegte. Er fehlt mir. Und die Brownies auch.« Er lehnte sich zurück und klopfte die Krümel aus seinem Bart, wobei sein zierlicher Sessel laut aufstöhnte. »Onkel Tom hätte sicher Spaß daran, Vetter William kennen zu lernen. Ist ein netter Kerl. Hoffe sehr, dass er Verstärkung schickt. Könnten sie gebrauchen.«

»Verstärkung?«, wiederholte ich, und plötzlich dämmerte es mir. »Arthur, hat mein Schwiegervater sich mit Ihnen darüber unterhalten, dass er nach England kommen will?«

»Was?« Arthur warf mir einen verstohlenen Blick zu, als ob ihm erst jetzt einfiele, wer ich war. »Eigentlich nicht. Nein. Wirklich nicht. Kein Wort.« Er hüstelte verlegen. Die Lehnen seines Sessels bogen sich alarmierend, als er sich aufstützte, um aufzustehen. Er ging zum Fenster und sah hinaus. »Hat Lucy aber total zugequasselt. Die Arme, sie tut mir wirklich leid.«

»Warum?« Ich machte eine halbe Drehung auf der Couch und sah Arthur an, der zwischen den Fenstern hin- und herging.

Er zuckte die Schultern. »Das *ancien régime* hörte hier ganz plötzlich auf, alle gleichzeitig. Tante Anthea ging vorzeitig in den Ruhestand, Tom wurde krank, und mein Vater drehte durch. Dann ging Gerald. War nicht leicht für sie. Ich selbst mag die Juristerei – arbeiten, wann es einem Spaß macht, gut essen gehen. Bin aber nicht sehr gut. Detaillierte Arbeit liegt mir nicht besonders. Große Enttäuschung für meinen Vater.«

»Und Lucys Schwestern?«, fragte Nell.

»Grünschnäbel«, erwiderte Arthur. Er schlenderte hinüber und sah sich Lucys Bücher an. »Beide grade erst aus der Uni raus.«

»Sie sind doch selbst noch nicht viel älter«, bemerkte Nell.

»Sicher, aber ich bin ein Mann. Andere Spielregeln. Alte Weiber ziehen einen dummen Mann immer einer klugen jungen Frau vor. Idiotisch, aber wahr.« Er deutete auf das Porträt über dem Kamin. »Darum hat Lucy auch so ein Getöse um die alte Julia Louise veranstaltet. Starke Frau, wurde schon zu ihrer Zeit respektiert. Sagt Lucy jedenfalls.«

Ich leerte meine erste Tasse Tee und schenkte mir eine zweite ein. Ich hatte so viele kleine Sandwiches gegessen, dass es mir peinlich war, aber ich tröstete mich mit dem Gedanken, dass Lucy sicher denken würde, Arthur habe die meisten vertilgt. Ich wandte mich zu ihm und sagte mitfühlend: »Ich verstehe gut, dass Sie sich alle geärgert haben, als Gerald aufhörte.«

Mit einem Ruck drehte Arthur sich um. »Hat sie es Ihnen gesagt?« Er schlug sich mit der Hand gegen die Stirn. »Unvorstellbar. Sieht Lucy gar nicht ähnlich, sich zu beklagen. Na ja, wenn meine große Liebe mit so einer bleichgesichtigen alten Kuh abhauen würde, dann würde ich auch ab und zu heulen. Nett, dass Sie ihr zugehört haben.«

Ich trank meinen Tee und wartete darauf, dass mein Gehirn Arthurs Stakkato-Geschwätz in normales Englisch übersetzte. Dann verschluckte ich mich. *Du lieber Gott,* dachte ich, während ich in meine Serviette hustete, *also ist Lucy auch in Gerald verliebt.*

Ich hätte es ahnen müssen. Lucy sandte zwar andere Signale aus als die arme errötende Miss Coombs, aber sie waren die ganze Zeit da gewesen, nur hatte ich sie nicht erkannt. Die Ironie ließ mich zusammenzucken. Lucy Willis, Fürsprecherin einer außergewöhnlich starken Frau, spielte selbst eine der ältesten Rollen überhaupt: die einer verschmähten Frau.

»Ger-Gerald erzählte uns, dass er sich um seinen Vater kümmert«, brachte ich mühsam heraus.

»Um Onkel Tom? Oben in Bedfordshire?« Arthurs Gelächter brach aus der Tiefe seiner mächtigen Brust hervor und machte sich in einer Reihe von lauten Lachsalven Luft. »Na ja, vermutlich musste er ja irgendwas erzählen, aber … Wie soll er das denn machen? Von Surrey pendeln? Der gute alte Gerald. Kümmert sich also um Onkel Tom …«

»Mr Digby sagte, er fährt zweimal die Woche mit dem Zug nach London«, sagte Nell.

»Wer ist Mr Digby?«, fragte Arthur und wischte sich die Lachtränen ab.

»Der Portier im Georgian Hotel in Haslemere«, erwiderte Nell. »Seine Tochter arbeitet am Bahnhof, und sie sagte …«

»Verdammte Unverschämtheit!«, rief Arthur aus. »Du kannst Mr Digby und seiner Tochter ausrichten, sie sollen sich um ihre eigenen Angelegenheiten kümmern und keinen Klatsch über Gerald verbreiten.« Er ging zu seinem Sessel zurück und ließ sich von Nell eine dritte Tasse Tee einschenken. »Aber vermutlich«, gestand er nach einigem Nachdenken, »hat Gerald selbst Schuld. Kann gar nicht verstehen, was er in dieser alten Wachtel sieht. Ein Kloß von einer Frau – dürre Beine, keinerlei Taille, gefärbte Haare. Und auch nicht mehr ganz jung. Tut so, als ob alles ganz wunderbar ist, aber wenn man diese Augen sieht …« Arthur erschauerte. »Ein hartgesottenes Weib. Und das Schlimmste ist, Gerald lädt sie ausgerechnet dorthin zum Essen ein, wo wir eigentlich immer mit unseren Klienten hingegangen sind. Jetzt natürlich nicht mehr. Schlimm für Lucy. Die Arme.«

Nell bot Arthur den Teller mit den Törtchen an, er nahm drei Stück und ließ sie nacheinander in seinem Mund verschwinden.

»Schadet es der Firma?«, fragte sie.

»Hilft nicht gerade«, erwiderte Arthur, nachdem er mühsam geschluckt hatte. »Es geht uns ganz gut, aber ohne Gerald ist es nicht mehr dasselbe. Die alten Weiber liebten ihn. Ältester Sohn des ältesten Sohnes der Familie Willis – Tradition und so. Die alte Lady Rutherford hätte ihm aus der Hand gefressen.« Er sah nach der Tür und in vertraulichem Flüstern fügte er hinzu: »Leicht erregbar, müssen Sie wissen. Ich hätte ihren Alten nicht einen wahren Prinzen nennen sollen. Fuhr mich an, das sei eine Beleidigung des Königshauses.«

»Warum ist Gerald ausgeschieden?«, fragte ich.

»*Le cœur a ses raisons,* wie man so sagt.« Arthur sah über den Rand seiner Teetasse. »So sagt man doch, oder?« Er lehnte sich im Sessel zurück, und als er die Beine übereinander schlug, blieb mir fast das Herz stehen.

»Arthur«, sagte ich mit gespielter Nonchalance, »was haben Sie denn da an Ihrer Schuhsohle?«

»Hmm?« Arthur sah hinunter auf das Stück Papier, das an seiner Sohle klebte. »Lucy würde einen Anfall kriegen, wenn sie das sähe. Sie ist immer hinter mir her, weil ich Sachen auf dem Boden liegen lasse.« Mit einem angestrengten Schnaufer nahm er das Stück Papier und warf es in Richtung Papierkorb, der neben Lucys Schreibtisch stand. Er warf daneben.

Entsetzt erkannte ich, dass es eine Seite aus dem Tagebuch war, die da durch die Luft segelte und mitten auf dem Teppich landete. Aus dem Augenwinkel sah ich, wie Nell zusammenzuckte, als die Tür geöffnet wurde und Lucy hereinkam.

»Arthur, ich habe dich schon so oft gebeten, doch wenigstens zu versuchen, deine Papiere in Ordnung zu halten«, sagte sie, indem sie auf den Zettel deutete.

»Gehört mir nicht«, protestierte Arthur. »Abfall. Hier, ich entsorge es schon.« Er schickte sich an, aus dem Sessel aufzustehen, aber Lucy winkte ihn zurück. Sie hob das Stück Papier auf, knüllte es zusammen und warf es in den Papierkorb.

»Haben Sie sich nett unterhalten?«, fragte sie.

Nell ergriff die Gelegenheit beim Schopf. »Das haben wir, aber könnten Sie mir eine Frage beantworten? Ist das dort drüben das Gebäude der Juristischen Fakultät oder ist es das Gerichtsgebäude? Und was ist das große graue Gebäude daneben?«

Während sie Cousine und Vetter auf die andere Seite des Raumes lockte, huschte ich schnell hinter den Schreibtisch und rettete die Tagebuchseite aus der Rundablage. Ich wagte einen vorsichtigen Blick in Richtung der Fenster, dann ging ich zum Kamin hinüber, wo ich das Stück Papier glättete und las:

William ist zu Onkel Williston gefahren. Frag mich nicht, warum. Ich glaube allmählich, er ist völlig übergeschnappt, also ist Cloverly House vielleicht der richtige Ort für ihn. Lucy ist ein Schatz, aber was diese Julia Louise anbelangt, bin ich mir nicht so sicher. Ich habe noch nie viel von Müttern gehalten, die ein Kind auf Kosten des anderen lieben. Ich versuche, von hier aus mehr über sie zu erfahren, und du musst das bei euch drüben tun.

Übrigens, Lori, wenn man dir jemals anbieten sollte, dich in einem Aktenkoffer mitzunehmen, dann rate ich dir, abzulehnen. In den letzten zwei Tagen habe ich mich so nach dem Cottage gesehnt. Ich wünschte, William würde diese fixe Idee aufgeben und uns alle zurückkehren lassen, zu den Rosen, den Zaunkönigen und den Kaninchen.
Bitte grüße Reginald von mir.

Ich steckte die Seite tief in die Tasche meines Tweedblazers und drückte sie flach, wobei ich versuchte, ein Kichern zu unterdrücken. Tante Dimitys Nachricht war so … so *Dimity eben.* Was in aller Welt meinte sie damit, wenn sie sagte, sie wolle »von hier aus« mehr über Julia Louise erfahren? Gab es dort, wo sie war, ein himmlisches Informationszentrum mit Anschlagtafeln und einem jenseitigen *Who's Who?* Oder hatten sie gar so was wie ein Internet? Ich nahm mir vor, Emma danach zu fragen.

Zunächst jedoch würde ich mich in Anne Elizabeth Court Nummer drei höflich, aber zügig verabschieden müssen, wenn ich noch rechtzeitig nach Cloverly House kommen wollte, ehe es seine Tore für heute schloss. Es tat mir leid, so eilig wieder wegzufahren. Ich mochte Lucy Willis. Sie hatte mir das Gefühl gegeben, willkommen zu sein, nicht nur als Gast, sondern auch als neues Familienmitglied. Ich wollte sie näher kennen lernen, und wenn möglich, ihr helfen. Als ich sie beobachtete, wie sie Arthurs Schlips gerade rückte, während sie Nell geduldig jedes Gebäude am Horizont erklärte, fand ich, dass Gerald ein genauso großer Dummkopf war wie Bill.

Kapitel 16

Big Ben schlug zwei, als wir endlich von Anne Elizabeth Court abfuhren, und mein Magen machte mich energisch darauf aufmerksam, dass die Mittagszeit vorüber war. Paul hatte erwähnt, dass Cloverly House – Onkel Willistons Sanatorium – etwas außerhalb der kleinen Stadt Goudhurst in Kent lag, und ich glaubte nicht, dass ich es mit ein paar winzigen Törtchen und Kressesandwiches bis dorthin schaffen würde. Ich war schrecklich hungrig.

»Gibt es hier hinten irgendetwas Essbares, Paul?«, fragte ich, während ich die verschiedenen Stauräume im Fond der Limousine durchstöberte.

»Nur die üblichen Kekse und Mineralwasser, Madam. Ich könnte bei Fortnums anhalten und einen Picknickkorb packen lassen, wenn Sie möchten«, bot er an.

»Du kannst nicht schon wieder Hunger haben«, protestierte Nell, die Reginald und Bertie auf den Klappsitzen gegenüber unserem Rücksitz festschnallte. »Du hast mehr gegessen als Arthur.«

»Sag das nicht mir«, sagte ich. »Sprich mit meinem Magen. Er schreit nach Futter.« Ich sagte Paul, er solle Fortnums vergessen und einfach bei der nächsten Imbissbude an der Straße zwei Würstchen kaufen. Zehn Minuten später, als ich mich heißhungrig über zwei Blutwürstchen und eine Tüte reichlich fettiger Pommes hermachte, bemerkte ich, dass Nell tatsächlich meinen Bauch anstarrte, als ob sie mit ihm sprechen wollte. »Das sollte ein Witz sein«, sagte ich streng.

»Lori«, sagte Nell nachdenklich, »Paul könnte uns nach Hause zurückfahren, wenn du möchtest. Vielleicht wäre es gut, einen Tag Pause zu machen. Du hast auch gesagt, dass du das Herumjagen satt hast.«

»Das ist doch nicht dein Ernst!«, rief ich aus. »Jetzt aufgeben, wo wir so ... wenig wissen? Kommt gar nicht in Frage.« Ich versuchte mit dem Finger, den Kragen meiner Bluse zu lockern. »Ist es wirklich so warm hier drinnen, oder kommt es mir nur so vor?«

Nell schaltete die Klimaanlage ein, damit etwas frische Luft hereindrang, aber auch, wie ich vermutete, um die Gerüche meines Mittagessens loszuwerden. Dann zog sie die Sitzgurte von Reg und Bertie fest und lehnte sich zurück. »Ich finde, wir haben schon sehr viel erfahren«, bemerkte sie.

Ich lächelte ratlos. »Mag sein, aber wir wissen immer noch nicht, was das alles zu bedeuten hat.«

»Stimmt.« Nell nickte. »Ich kann mir gar nicht vorstellen, warum William den armen, verrückten Onkel Williston besuchen will.« Sie legte den Kopf auf die Seite und wickelte sich eine ihrer goldenen Haarsträhnen um den Finger. »Es sei denn ...«

»Es sei denn, was?«

»Es sei denn, William denkt, dass Williston etwas über diese Papiere weiß«, erwiderte Nell. »Diese Papiere, die Lucy an Tante Anthea in Yorkshire geschickt hat.«

»Ja, das mit den Papieren ist schon merkwürdig ...« Ich biss wieder von meiner Blutwurst ab und nahm einen Schluck Mineralwasser. »Komisch, dass sie ausgerechnet jetzt aus London verschwunden sind, wo William auftaucht und Fragen stellt. Ich frage mich, ob der Kaufvertrag von Nummer drei so echt ist, wie Lucy behauptet.«

»Glaubst du etwa, dass Anne Elizabeth Court wirklich William gehören könnte?«, fragte Nell mit großen Augen.

»Es wäre nicht das erste Mal, dass jemand ein Dokument fälscht, um etwas zu bekommen, was er – oder sie – haben will«, sagte ich. »Mir ist auf meinen Bücherreisen für Stan Finderman schon so mancher Fall dieser Art untergekommen.« Ich war mit der ersten Blutwurst fertig und nahm die zweite in Angriff. »Aber warum sollte William Lucys Haus *wollen?* Ich weiß nicht, inwieweit dir das bekannt ist, Nell, aber mein Schwiegervater ist nicht gerade arm. Wenn er in London ein Geschäftshaus haben will, dann kann er sich eins kaufen, ohne mit der Wimper zu zucken.«

»Vielleicht will er nicht nur irgendein Geschäftshaus«, schlug Nell vor. »William hält sehr viel auf Tradition. Vielleicht möchte er Lucys Haus, weil es schon so lange in der Familie ist.«

»Damit er es an seinen Sohn vererben kann?« Ich schnaubte verächtlich. »Als ob Bill jemals sein Reich in Boston aufgeben würde …« Ich bedauerte meine Worte, sowie ich sie gesagt hatte, nicht weil ich es nicht ernst gemeint hätte, sondern weil Nell sie gehört hatte. Sie zog den Kopf ein und sah schnell zum Fenster hinaus, als ob ich sie verletzt hätte, und der anklagende Blick in Regs Augen reichte, um mich zum Telefon greifen zu lassen. »Da wir gerade von ihm sprechen«, sagte ich fröhlich, »ich habe ja Bill noch immer nicht zurückgerufen. Ich glaube, das mache ich jetzt.« Nell wusste schließlich nichts von meinem Anruf in Maine zu nachtschlafender Zeit.

Sie sah mich besorgt an. »Das ist eine gute Idee.«

Während ich Bills Nummer am Little Moose Lake wählte, bereitete ich mich innerlich darauf vor, die Rolle der geduldigen Frau zu spielen – mehr Nell zuliebe als wegen Bill –, aber die Vorstellung wurde abgeblasen, ehe sie beginnen konnte, denn am anderen Ende ging niemand an den Apparat. Nichts. Nicht einmal ein kühles »Guten Abend« von einem hochnäsigen Bediensteten.

Ratlos rief ich Bills Sekretär an, der in Boston geblieben war. Von ihm erfuhr ich, dass es an der Küste von Maine einen schweren Sturm gegeben hatte, der Stromleitungen heruntergerissen und viele ländliche Bezirke von der Außenwelt abgeschnitten hatte. Bill war im Moment nicht zu erreichen, und es war noch unklar, wann die Telefonverbindung wiederhergestellt sein würde. Es schien, als ob die Natur sich in diesem Tauziehen um meine Ehe mit dem Schicksal verbündet hätte.

Mein Frust wurde durch ein winziges Körnchen Schadenfreude gewürzt, als ich daran dachte, wie mein Mann, der Großstadtmensch, es jetzt in der Wildnis unter lauter Biddifords aushalten musste. Während ich Nell die Situation erklärte, weidete ich mich an der Vorstellung, wie Bill vielleicht gerade im Finstern saß und trostlos an einem Stück Trockenfleisch nagte. Vielleicht gab es doch so etwas wie eine höhere Gerechtigkeit.

Nell schien jedoch beruhigt, also war nicht alles umsonst gewesen. »Ich fand Lucy nett, du auch?«, fragte sie und kehrte damit zu einem weitaus erfreulicheren Thema zurück.

»Ja, sehr«, entgegnete ich. »Außerdem bewundere ich sie. Sie trauert diesem Schleimer Douglas nicht nach, wie es Anthea tut. Sie behält einfach den Kopf oben und macht weiter.« In meine Bewunderung für Lucy mischte sich echte Sorge. Jetzt, wo Gerald weg war, hatte sie niemanden, auf den sie sich verlassen konnte, nur zwei unerfahrene jüngere Schwestern und diesen netten Tollpatsch, Arthur. Man sah ihr die Erschöpfung an. Wie lange würde es noch dauern, ehe sie zusammenbrach?

»Ich glaube, Julia Louise wäre stolz auf sie«, fuhr Nell fort. Sie sah mich von der Seite an und fügte hinzu: »Außerdem glaube ich, dass Lucy Gerald liebt.«

Ich merkte, dass ich rot wurde, nickte jedoch zustimmend. »Ich glaube, du hast Recht. Ich möchte nur wissen, was er getan hat, dass sie so böse auf ihn ist.«

»Nun, da ist doch diese Frau, mit der er sich im Flamborough trifft«, erinnerte Nell mich.

»Ach, komm, Nell«, wandte ich ein. »Du hast doch Gerald gesehen. Glaubst du wirklich, er würde einen kleinen runden Kloß wählen, wo er doch praktisch die große Auswahl hat? Und wer würde ausgerechnet das *Flamborough* für so eine geschmacklose Affäre wählen? Arthur sagte doch selbst, es ist eher ein Hotel, in das Lucy mit ihren Klienten essen geht.«

»Essen ging«, verbesserte Nell.

»Wie auch immer. Jedenfalls glaube ich das nicht.« Ich lehnte mich zurück, schob mir die letzten fettigen Pommes in den Mund und dachte ernsthaft über die Sache nach. Sicher hatte Gerald etwas mit dem Kloß zu tun, aber musste es eine Affäre sein? Der Kloß war womöglich eine frühere Kollegin. Miss Kingsley und Arthur hatten vielleicht ein zufälliges Treffen zwischen alten Freunden falsch eingeschätzt – Miss Kingsley auf Grund ihrer natürlichen Prüderie, und Arthur, weil er seit der Geschichte mit dem Schürzenjäger Douglas alle männlichen Willis im selben Licht sah.

Vielleicht hatte Gerald selbst das Missverständnis noch geschürt. Vielleicht benutzte er den Kloß, um Lucy auf Distanz zu halten. Schließlich waren er und Lucy Vetter und Cousine ersten Grades, und obwohl es in England Ehen unter engen Verwandten gab, hatte Gerald vielleicht gute Gründe, warum er das in diesem Fall vermeiden wollte. Inzucht konnte zu ernsthaften Komplikationen führen – Onkel Williston war möglicherweise ein gutes Beispiel dafür.

Vielleicht war es auch möglich, dachte ich mit gemischten Gefühlen, dass Gerald Lucy nicht liebte. Der Druck, der auf einem lastete, wenn man mit jemandem zusammenarbeitete, dessen tiefe Gefühle man nicht erwidern kann, war vielleicht zu groß für ihn gewesen. Als sein Vater, Anthea und Williston plötzlich aus der Firma ausschieden, war es vielleicht zu eng für ihn geworden. Vielleicht war er nach Haslemere gegangen, um sich selbst und Lucy noch größeres Leid zu ersparen.

Ein warmes Gefühl der Zuneigung überkam mich, als ich an eine weitere Möglichkeit dachte: Hatte Gerald vielleicht sogar diese Fehler, die man ihm nachsagte, absichtlich gemacht? Wie, wenn er ins Exil gegangen wäre, um seine verliebte Cousine vor einer Demütigung zu bewahren? Es war nicht schwer für mich, mir das vorzustellen. Gerald hatte mich so rücksichtsvoll behandelt, dass ich ihn mir nicht anders als ausgesprochen ritterlich vorstellen konnte, wenn es um Lucy und die Firma ging.

Aber als ich Reginalds wissendes Gesicht sah, musste ich mir eingestehen, dass ich nicht gerade eine unparteiische Beobachterin war.

Beunruhigt lehnte ich mich zurück. Ich brauchte keinen Diplompsychologen, um zu erkennen, warum ich mich so intensiv mit Gerald beschäftigte, obwohl ich eigentlich an genug andere Dinge zu denken hatte.

Gerald hatte mir seine Aufmerksamkeit geschenkt. Er hatte gemerkt, dass mich etwas bedrückte, und hatte sich bemüht, herauszufinden, was es war und wie er mir helfen konnte. Vielleicht war das am Ende genau das, was Liebe ausmachte und sie am Leben erhielt: das einfache, alltägliche Bemühen um Aufmerksamkeit. Schade, dass es in unserem Ehegelübde nicht erwähnt worden war.

Warum sollte ich es Willis senior eigentlich ausreden, nach England zu ziehen?, fragte ich mich plötzlich. Ich könnte doch mitkommen. Ich wäre wohl in der Lage, mich mit einem Faxgerät im Haus abzufinden, sogar mit einem Kopiergerät. Aber ich war mir nicht sicher, ob ich mich noch weiter mit einem Mann abfinden konnte, der sich nicht um mich kümmerte.

Pauls Stimme kam über die Gegensprechanlage. »Die landschaftlich schöne Route, Madam, oder die direkte?«

Ich blickte durch die getönten Scheiben und stellte fest, dass wir die M25 erreicht hatten, die große Umgehungsstraße von London; ich musste mich jetzt entscheiden, welchen Weg wir nehmen sollten. »Die direkte«, antwortete ich. »Wie lange fahren wir etwa bis Cloverly House?«

»Etwa zwei Stunden, wenn bloß keine Straßenbauarbeiten dazwischenkommen«, erwiderte Paul.

Ich sah auf die Uhr. »Hoffentlich erreichen wir es noch, ehe es schließt.«

»Was macht das schon, solange wir nur William finden?«, erwiderte Nell.

»Ach, wir werden William sicher nicht finden«, sagte ich, indem ich mich in die weichen Lederpolster lehnte. »Du wirst schon sehen. Bis wir dort sind, ist er wieder weg, und wir dürfen der nächsten Tagebuchseite nachjagen. Ob sie uns überhaupt hereinlassen werden, um Onkel Williston zu besuchen?« Ich gähnte laut. Ich hatte erwartet, dass ich nach dem Essen munterer sein würde, aber es hatte den gegenteiligen Effekt. Vielleicht war es auch nur die Niedergeschlagenheit, die mich überkam, wenn ich an meine Ehe dachte. Was es auch war, ich konnte kaum die Augen offenhalten.

Nell zog eine Schottendecke unter dem Sitz hervor, schüttelte sie und breitete sie über meinem Schoß aus. »Mach dir keine Sorgen«, sagte sie beruhigend. »Mir wird schon etwas einfallen, wie wir Onkel Williston besuchen können.«

»Okay«, sagte ich müde, »solange es im legalen Bereich bleibt …«

Kapitel 17

Leider blieb Pauls frommer Wunsch unerfüllt – »wenn es bloß keine Straßenarbeiten gibt« vernimmt man jedes Jahr im August von den englischen Autofahrern, jedoch meist vergeblich – und wir mussten an kilometerlangen Straßenabsperrungen vorbeikriechen, ehe wir Cloverly House erreichten. Mit einem Weitblick, der bemerkenswert ist für ein Volk, das eine so lange Geschichte hat und es eigentlich besser wissen müsste, reißen die Engländer jedes Jahr ausgerechnet in dem Monat ihre Straßen auf, in dem die meisten von ihnen sich in die Ferien aufmachen, und dieser August war keine Ausnahme. Mein Nickerchen wurde immer wieder unterbrochen, und mit vielen Verzögerungen kamen wir genau eine Stunde nach Torschluss in Cloverly House an.

»Verdammter Mist«, schimpfte ich, als Paul den Wagen wendete und zur Straße zurückfuhr.

»Aber Madam«, mahnte Paul, »was würde Mr Willis sagen, wenn er Sie so reden hörte?«

»Wenn er hier wäre, *müsste* ich nicht so reden«, knurrte ich und schob die karierte Decke beiseite, um meine Tweedjacke auszuziehen. Obwohl die Klimaanlage für eine kühle Brise sorgte, war mir unerträglich warm. »Ich finde es sehr ärgerlich, dass wir jetzt praktisch einen ganzen Abend völlig ergebnislos verschwenden. Wissen Sie, ob es hier ein Hotel gibt?«

»Lady Eleanor hat sich darum gekümmert, Madam«, sagte Paul.

Nell deutete auf das Handy. »Ich habe ein paar Anrufe gemacht, während du geschlafen hast, und ein Nachtquartier für uns gefunden. Es ist nicht weit. Ich habe Mama von der Kaufurkunde und von Julia Louise und Sir Williston erzählt. Und sie lässt dir sagen, dass sie die Aktenschränke zu den anderen Sachen in den Schuppen gestellt hat.«

»Aktenschränke?«, fragte ich.

Nell nickte. »Zwei. In Schwarz. Abschließbar und mit jeweils vier Schubladen.«

Wenn Nell im Stande war, ein Hotelzimmer zu reservieren, die Fehde der Familie Willis zu diskutieren und sich eine detaillierte Beschreibung der neuesten Anschaffung von Willis senior geben zu lassen, dann hatte ich wohl fester geschlafen, als ich dachte. Das war seltsam, denn ich war noch immer müde und meine Beine taten etwas weh. Meinem Magen ging es auch nicht besonders. Ich hatte nie Schwierigkeiten mit langen Autofahrten gehabt, aber allmählich überkam mich das Gefühl, dass es vielleicht nicht klug gewesen war, Kressesandwiches, Törtchen, zwei Blutwürstchen und eine Tüte fettiger …

»Paul«, sagte ich dringlich, »halten Sie an.«

Ich hatte die grünen Hecken Englands immer bewundert, teils wegen ihrer Schönheit, aber auch, weil sie Schutz für kleine Vögel und wilde Tiere boten. Jetzt war ich selbst dankbar für ihren Schutz. Es war ein großer Fehler gewesen, die Blutwürstchen zu essen, und als ich dafür gebüßt hatte, war ich schlaff wie eine Stoffpuppe. Paul half mir ins Auto zurück, wo Nell ein mit Mineralwasser getränktes Taschentuch auf meine Stirn legte und nochmals versicherte, dass das Haus, in dem wir übernachten würden, nicht weit von Cloverly House war.

Genau genommen war es gleich nebenan. Mit trüben Augen sah ich hinaus, als wir die lange Zufahrtsstraße entlangfuhren, an einem See vorbei und durch einen kleinen Park bis zu einem hübschen, symmetrischen Haus aus rotem Backstein im georgianischen Stil, das entweder eine große Pension oder ein kleines Hotel war. Mir war es egal.

Die Haustür wurde geöffnet, noch ehe Paul den Wagen völlig zum Stehen gebracht hatte, und zwei schwarz gekleidete Männer kamen eilig herbei, um die Autotüren für Nell und mich zu öffnen und mit Paul über das Gepäck zu sprechen.

Ein dritter Mann war auf der Schwelle stehen geblieben. Er war groß, schlank und sah distinguiert aus, mit einer stattlichen weißen Haarmähne, die er über dem sympathischen, faltigen Gesicht nach hinten gekämmt hatte. Er trug ein elegantes marineblaues Sportjackett, dazu ein hellblaues Hemd, eine graue Hose und eine Ascotmütze. Ich hatte eigentlich nie geglaubt, dass es außer im Film Menschen gab, die tatsächlich so eine Kopfbedeckung trugen, aber dieser Mann sah aus, als sei er bereits damit auf die Welt gekommen. Na toll, dachte ich, indem ich mir eine Strähne aus der feuchten Stirn strich, wir wohnen bei einem Ex-Premierminister.

»Sir Poppet«, sagte Nell, indem sie den Mann an der Tür mit einem anmutigen Kopfnicken bedachte.

»Lady Nell, wie schön, Sie zu sehen.« Sir Poppet machte eine Verbeugung in Nells Richtung und begrüßte mich mit einem freundlichen Lächeln. »Und Sie müssen Miss Shepherd sein. Sehr erfreut. Kenmare Poulteney, zu Ihren Diensten.« Er streckte die Hand aus und wollte meine nehmen, doch dann sah er mich aufmerksam an. »Oh … kommen Sie, Miss Shepherd, nehmen Sie meinen Arm. Es geht Ihnen offenbar nicht gut.«

Es gibt Situationen, wo einem Mobiliar, Bilder, Teppiche und Tapeten völlig egal sind, und dieser Abend gehörte dazu. Ich hätte mich im Taj Mahal oder in einer Bretterhütte im australischen Busch befinden können, ich hätte es nicht gemerkt. Und wenn Bill plötzlich wie durch Zauberhand an meinem Bett aufgetaucht wäre, hätte ich ihm gesagt, er könne in den Little Moose Lake springen, dort wo er am tiefsten ist.

Sir Poppet übergab mich seiner Haushälterin Mrs Chumley, die mich nach oben brachte, ein Bad einlaufen ließ und mich mit trockenem Toast und Tee versorgte. Noch ehe die Sonne untergegangen war, lag ich im Bett. Ich schlief sofort ein und wachte erst am nächsten Morgen um sieben Uhr auf, als der trockene Toast und der Tee wieder ans Tageslicht kamen. Nahrungsmittelvergiftung, sagte ich mir und schwor, nie mehr etwas von einem Verkaufsstand an der Straße zu essen.

Als ich jedoch geduscht und meine Jeans und den Baumwollpulli angezogen hatte, fühlte ich mich etwas besser, und als Mrs Chumley wieder mit trockenem Toast erschien, mochte ich ihn wenigstens versuchen. Danach begleitete die Haushälterin mich auf eine Terrasse hinter dem Haus, wo Sir Poppet, Reginald und Bertie es sich auf Gartenliegen aus Bambusrohr bequem gemacht hatten und die Morgenluft genossen. Sir Poppet trug einen eleganten grauen Dreiteiler, der ausgezeichnet zu seinem silbrigen Haar passte. Bertie hatte einen Tweedblazer mit Fischgrätmuster an, wie geschaffen für ein Wochenende im Landhaus. Reginald trug sein gewohntes rosa Flanell.

Die Aussicht war herrlich, aber auf eine eher zurückhaltende Art, die typisch für die Landschaft Kents ist. Das Haus von Sir Poppet stand auf einer Anhöhe, von der man weite, goldene Hopfenfelder und sauber angelegte Obstplantagen überblickte. In der Ferne sah man eine Gruppe ockerfarbener Bauernhöfe, eine weiße

Windmühle und ein Oasthouse – ein Trockenhaus – mit seinem charakteristischen kegelförmigen Dach. In diesen Trockenhäusern wurde einst Hopfen getrocknet und gelagert, aber viele von ihnen waren jetzt zu schicken, teuer ausgestatteten Wohnhäusern für so einfache Landbewohner wie Sir Poppet geworden, die jedes Jahr ein paar hunderttausend Pfund verdienen mussten, um sich eine derartige Aussicht leisten zu können.

»Ah, Miss Shepherd«, sagte Sir Poppet und stand auf. »Sie sehen heute Morgen viel besser aus. Ich hoffe, Sie haben gut geschlafen?«

»Wie ein Murmeltier«, sagte ich. »Es tut mir leid wegen gestern Abend. Vermutlich eine kleine Fleischvergiftung.«

»Aber Lady Nell schien der Ansicht zu sein …« Sir Poppet unterbrach sich, dann schüttelte er den Kopf. »Na, egal. Auf jeden Fall freut es mich, dass Sie wieder so wohl aussehen. Lady Nell ist mit Ihrem Chauffeur die Schwäne füttern gegangen, die beiden müssen gleich zurück sein. Bitte, nehmen Sie doch Platz.« Er bot mir seine Liege an und zog eine zweite für sich heran.

»Es war sehr liebenswürdig von Ihnen, uns zu beherbergen«, sagte ich. »Ich nehme an, Sie sind mit Nells Familie befreundet?«

»Ich ging mit ihrem Großvater in die Schule«, erklärte Sir Poppet. »Er war es auch, dem ich diesen Spitznamen verdanke.« Sir Poppets Lippen wurden schmal, als ob er sich nicht besonders gern daran erinnerte. »Danach trennten sich unsere Wege. Er wurde … das, was er ist, und ich studierte Medizin, aber wir sind immer in Verbindung geblieben.«

»Dann sind Sie also Arzt?«, fragte ich.

»Hat Lady Nell Ihnen das nicht gesagt?«, fragte Sir Poppet. »Ich bin der Direktor von Cloverly House. Ich höre, Sie interessieren sich für einen unserer …« Er verstummte, als ich anfing zu lachen.

Ich konnte nicht anders. Als Nell sagte, sie würde sich etwas einfallen lassen, damit wir Onkel Williston sehen könnten, hatte ich erwartet, dass sie irgendeinen Plan aushecken würde, in dem falsche Schnurrbärte oder Strickleitern mit Enterhaken zum Einsatz kommen würden. Aber ich hatte ihre Kühnheit unterschätzt. »Verzeihen Sie«, sagte ich, »aber Nells Einfälle verschlagen mir manchmal die Sprache.«

Sir Poppet nickte verständnisvoll. »Sie ist ein bemerkenswertes Kind«, bestätigte er, dann überraschte er mich, indem er Bertie zurief: »Das bemerkenswerteste Kind, das uns wohl je begegnen wird, nicht wahr, Sir Bertram?«

Nell wird diesen Bär eines Tages der Königin vorstellen, dachte ich, und niemand wird mit der Wimper zucken.

»Lady Nell sagte mir, dass Sie aus dem gleichen Grund hergekommen sind wie Ihr Schwiegervater«, fuhr Sir Poppet fort. »Um mit Williston über gewisse Einzelheiten der Familiengeschichte zu sprechen.«

»Das ist richtig«, sagte ich und segnete im Stillen Nells Einfallsreichtum. »Ich hoffe, Sie haben nichts dagegen.«

»Ganz und gar nicht. Mir sind Besucher sehr recht, und ich bin froh, dass Williston eine ganze Reihe davon hat. Einmal im Monat kommt Lucy ihn besuchen, außerdem Gerald und Arth …«

»Gerald?«, sagte ich und setzte mich auf.

Sir Poppet wirkte etwas unbehaglich. »Hmmm. Das hätte ich vielleicht nicht erwähnen sollen, und ich wäre Ihnen dankbar, wenn Sie es für sich behielten. Gerald Willis ist *persona non grata* in seiner Familie, aber ich finde, dass gerade seine Besuche eine Wohltat für Williston sind. Er ist der Einzige, auf den Williston reagiert. Gerald kommt jeden Monat her, den weiten Weg von Surrey – und dann auch noch mit der Bahn. Ein netter Mann. Kennen Sie ihn?«

»Ich habe ihn kennengelernt.« Ich tat so, als ob ich aufmerksam zuhörte, aber innerlich jubilierte ich. Ich hatte Recht gehabt, und Miss Kingsley und Arthur hatten sich getäuscht. Gerald fuhr nicht von Haslemere nach London, um sich mit dem Kloß zu amüsieren. Er fuhr nach London, um mit dem Zug zu Onkel Williston in Cloverly House weiterzufahren. Vielleicht traf er sich mit dem Kloß zu einem schnellen Imbiss und ein wenig Fachsimpelei im Flamborough, ehe er den Anschlusszug nahm.

Und wenn Gerald so weit fuhr, um seinen Onkel in Kent zu besuchen, war es dann wirklich so abwegig, zu vermuten, dass er eine zweite monatliche Reise machte, um seinen Vater in Bedfordshire zu besuchen? Arthur konnte lachen, so viel er wollte, aber mir fiel es nicht schwer, das zu glauben. Ich griff nach Reginalds Kissen, um sie aufzuschütteln, dann lehnte ich mich zurück und versuchte, den rotgoldenen Nebel aus meinem Kopf zu vertreiben.

»Ich bin überzeugt, dass Gerald einen positiven Einfluss auf Williston hat«, sagte Sir Poppet gerade, »denn Gerald respektiert seine Wahnvorstellungen. Er bringt immer ein passendes Geschenk für seinen Onkel mit – ein silbernes Kartenetui, eine emaillierte Schnupftabaksdose, eine goldene Uhrkette, solche Sachen.«

Ich fragte mich, welche Art von Wahnvorstellungen man haben musste, die solch teure Angebinde notwendig machten, aber ich wollte das Thema jetzt nicht vertiefen. Ich würde es selbst bald herausfinden. »Wann können wir Onkel Williston besuchen?«

»Heute Vormittag wäre es am besten«, sagte Sir Poppet. »Meine Sekretärin hat Sie angemeldet, und er scheint sich auf Ihren Besuch zu freuen. Ich könnte mir vorstellen, dass diese historischen Diskussionen ihn günstig beeinflussen. Ist Ihnen sein Zustand bekannt?«

»Ich weiß, wie es dazu kam«, erwiderte ich. »Seine Frau und sein Schwager Douglas …« Ich wollte die geschmacklosen Einzelheiten nicht weiter ausbreiten.

Sir Poppet nickte, um anzudeuten, dass er verstand, dann schwang er seine Beine über die Seite seiner Liege. »Hätten Sie Lust auf einen kleinen Spaziergang, Miss Shepherd?«

Wir rückten einen grünweißen Sonnenschirm heran, damit Reg und Bertie in der Sonne nicht zu sehr ausbleichten, dann gingen wir einen schattigen Weg entlang, der erst am Haus vorbeiführte und dann allmählich zu einem kleinen See abfiel. Nell und Paul waren auf der anderen Seite und warfen Brotkrusten ins Wasser, um die sich eine Schar begeisterter Schwäne balgte. Sie schienen unsere Ankunft nicht zu bemerken. Sir Poppet ging langsam und sah zu Boden.

»Der Verlust seiner Frau hat Williston schwer traumatisiert«, sagte er. »Er wird damit fertig, indem er sich völlig aus der Welt zurückzieht. Er ist praktisch ein anderer Mensch geworden.« Sir Poppet verschränkte die Hände hinter seinem Rücken. »Ich will Sie nicht lange mit technischem Jargon langweilen, Miss Shepherd. Aber Sie haben sicher schon von Patienten gehört, die behaupten, Sherlock Holmes oder Mutter Teresa oder der Papst zu sein. Williston suchte sich jemanden aus, der ihm ein wenig näher stand. Genauer gesagt, einen seiner eigenen Vorfahren.« Sir Poppet blieb stehen und wandte sich zu mir. »Unser Williston ist fest davon überzeugt, dass er der Zwillingsbruder ist, der im achtzehnten Jahrhundert die Familienfirma übernahm.«

»Onkel Williston denkt, dass er … Sir Williston ist?«, sagte ich ungläubig.

»Der fleißige, gewissenhafte Sir Williston«, bestätigte Sir Poppet, »der einen tiefen Groll gegen den nichtsnutzigen Zwillingsbruder hegte, der in die Kolonien auswanderte.«

»Ähnlich dem Groll, den Onkel Williston gegen einen nichtsnutzigen Schwager hegt, der nach Kanada ging«, sagte ich. Ich fing an zu verstehen.

»Genau.« Sir Poppet nickte. »Die Parallele ist klar. Es ist nicht schwer zu verstehen, warum Williston sich so stark mit diesem Vorfahren identifiziert.«

»Und Sie denken, dass unser Besuch helfen könnte?«, fragte ich.

Sir Poppet sah nachdenklich zu Nell hinüber, die sich ein kleines Stück von Paul entfernt hatte, um eine andere Gruppe von Schwänen zu füttern. »Wie ich schon sagte, Miss Shepherd – wer weiß? Ich bemühe mich schon zwei Jahre lang, zu ihm durchzudringen – ohne Erfolg. Ich bin bereit, einen neuen Weg zu versuchen.«

Cloverly House war ein roter Backsteinbau, ähnlich dem Haus von Sir Poppet. Die Fenster waren nicht vergittert, Eichen und Ahornbäume standen auf dem Rasen vor dem Haus, der von Beeten mit fröhlichen roten Geranien gesäumt war, und überall saßen gut gekleidete Patienten in der Sonne oder schlenderten mit Pflegern in weißer Tracht durch die Gegend. Am Himmel, der vom Staub der Hopfenernte diesig war, flitzten Scharen von Schwalben und Mauerseglern umher. Emma war nicht die einzige Gärtnerin, für die der August ein geschäftiger Monat war.

Sir Poppet ging eilig durch die Vorhalle in sein Büro, wo er sich in geschäftlichem Ton kurz mit seiner Sekretärin besprach, ehe er uns die breite geschwungene Treppe hinauf und einen Korridor mit rotem Teppich entlangführte. Als ich eine Bemerkung darüber machte, wie offen und großzügig alles war, erklärte er, dass Cloverly House keine gewalttätigen Patienten aufnahm, dass man jedoch mit Hilfe diskret angebrachter Überwachungskameras die Bewegungen aller Bewohner im Auge behalten könne.

Onkel Williston hat es doch gut, dachte ich. Cloverly House machte mehr den Eindruck eines gehobenen Clubs auf dem Lande als eines Sanatoriums für Geisteskranke. An den Wänden hingen Gemälde, auf den Tischen standen Vasen mit Blumen, und über allem lag ein frischer Duft – keine Spur des antiseptischen Geruchs, der Krankenhausbesuche so unangenehm macht.

Nell hatte für diesen Besuch ein hochgeschlossenes, langärmeliges Kleid aus weißem Georgette angezogen. Mit ihrem zierlich gerüschten Kragen und ebensolchen Manschetten sah sie aus wie einer viktorianischen Valentinskarte entsprungen, aber statt süßer Unschuld strahlte sie unnahbare Würde aus – ein stiller Vorwurf, wie mir schien, angesichts meiner Weigerung, den alten Pulli und die Jeans abzulegen. Mir war egal, was sie dachte. Mein empfindlicher Bauch fühlte sich wohl in dem, was ich anhatte, und solange er zufrieden war, war ich auch zufrieden.

Auf halber Länge des Korridors blieb Sir Poppet vor einer Tür stehen. »Hier wären wir. Ich komme in einer Stunde zurück und schaue mal nach, wie es geht.«

Ich sah nervös auf die Tür. Ich hatte nicht damit gerechnet, Williston allein gegenüberzutreten.

»Keine Angst«, sagte Sir Poppet. »Wir hören mit.« Er zwinkerte uns zu, drehte sich auf dem Absatz um und ging mit langen Schritten den Korridor zurück zur Treppe.

»Wir müssen laut genug sprechen, damit die verborgene Abhöranlage unsere Stimmen auch aufzeichnen kann«, flüsterte ich Nell zu. Ich stellte mich gerade hin. »Also los.« Ich klopfte sanft an die Tür.

»Herein«, sagte eine tiefe Stimme.

Nell folgte mir in ein großes Wohnzimmer, das weder in Anne Elizabeth Court noch im achtzehnten Jahrhundert deplatziert gewirkt hätte. Die Wände waren blassgrün gestrichen, Damastvorhänge bedeckten die Fenster, und in dem polierten Eichenboden spiegelten sich schöne antike Möbel. An den Wänden waren Kerzenleuchter angebracht, und auf den Tischen standen Öllampen, es gab weder elektrisches Licht noch Telefon, Fernseher oder Radio – keinerlei sichtbare Zugeständnisse an das moderne Leben.

Onkel Williston saß auf einem brokatbezogenen Stuhl an einem antiken Schreibtisch, den Rücken zur Tür. Selbst im Sitzen hatte er eine stattliche Figur, er war groß wie Arthur, aber ohne die Weichheit seines Sohnes. Er trug einen schwarzen Gehrock, schwarze Kniehosen, weiße Strümpfe und Schnallenschuhe. Sein weißes Haar war mit einem schwarzen Samtband zu einem leicht gewellten Pferdeschwanz zusammengebunden. Ich sah das Ende einer Gänsefeder in seiner Hand, deren scharfer Kiel über das Papier kratzte. Bei unserem Eintreten hörte er auf zu schreiben und drehte sich langsam um. Er hielt sich sehr gerade, aber sein Gesicht war ausdruckslos wie eine Maske.

Dann hielt er überrascht die Luft an. Er sah an mir vorbei, öffnete weit die Arme und warf sich mit einem Schrei, der fast ein Schluchzen war, auf die Knie.

»Sybella! Ich wusste, dass Sie kommen würden!«

Kapitel 18

Nell stand mit weit aufgerissenen Augen da. Ich hatte sie auf Onkel Willistons Wahnvorstellungen vorbereitet, aber sie hatte bestimmt nicht damit gerechnet, in diese mit einbezogen zu werden. Das hatte ich ebenfalls nicht, und nun sah ich mit gemischten Gefühlen zu, wie der alte Mann mit Hilfe des Stuhles wieder aufstand.

Onkel Willistons Ähnlichkeit mit Arhur und in gewisser Weise auch mit Bill, war frappierend. Ich hatte immer vermutet, dass mein Mann einen Bart trug, um ein schwach ausgebildetes Kinn zu kaschieren, aber an Onkel Willistons glatt rasiertem Gesicht war nichts schwach. Er hatte ein starkes Kinn, eine schöne hohe Stirn und die gleichen ausdrucksvollen braunen Augen, die Bill hinter seiner schwarz geränderten Brille versteckte. Wenn Bill sich im Alter so gut hielt wie Onkel Williston, überlegte ich, dann würde er eines Tages noch richtig distinguiert aussehen.

Als Williston sich wieder zu voller Höhe aufgerichtet hatte, rückte er seine schneeweiße Halsbinde gerade, strich sich über das weiße Haar und schüttelte die Spitzenmanschetten, die aus den Ärmeln seines schwarzen Gehrocks schauten. Seine braunen Augen ruhten unverwandt auf Nells Gesicht, als er zu mir trat und mir zu meiner grenzenlosen Überraschung eine glänzende Pfundmünze in die Hand drückte.

»Ich bin Ihnen sehr verbunden, dass Sie Mylady zu mir gebracht haben«, murmelte er. »Sie können jetzt gehen.«

»Nein, bleib!«, rief Nell, und ich stellte mit einiger Befriedigung fest, dass Panik in ihrer Stimme schwang.

Onkel Williston jedoch nickte weise. »Ich verstehe«, sagte er zu ihr. »Du bist in deiner augenblicklichen Gestalt auf Hilfe angewiesen.« Er deutete auf einen vergoldeten Schemel bei der Tür. »Sie können dort warten, Magister«, sagte er zu mir.

Ich setzte mich.

Williston wandte sich an Nell. »*Können* Sie den Tee mit mir nehmen, Mylady?«, fragte er. Seine Frage bestätigte meinen Verdacht und machte diese merkwürdige Begegnung noch merkwürdiger. Onkel Williston bildete sich offenbar ein, mit einem Gespenst zu sprechen. Und er schien zu glauben, dass *ich* es hierher zitiert hatte.

Nell schluckte mühsam, doch dann legte sie los. Sie hob den Kopf, sah Onkel Williston an und lehnte sein Angebot ab. »Ich bin heute nicht um Essen und Trinken hierhergekommen, Mylord.«

»In der Tat.« Williston nickte ernst. »Bitte, dann setzen Sie sich ein wenig zu mir. Wir haben viel zu besprechen.«

»Und wenig Zeit dazu«, sagte Nell. »Ich muss vor Sonnenuntergang zurückkehren.«

Willistons Gesicht verdüsterte sich vor Enttäuschung, aber er bezwang seine Gefühle. »Dann müssen wir jeden Moment nützen. Kommen Sie, Mylady.« Er bedeutete Nell, auf einer Couch Platz zu nehmen, die vor den Fenstern stand.

Willistons Sprache war, genau genommen, nicht die des achtzehnten Jahrhunderts. Seine manierierte Ausdrucksweise war mehr die von zweitrangigen Schauspielern, die hoffen, ihren Zuschauern auf diese Weise signalisieren zu können, dass sie etwas Intellektuelles darbieten, das lange vor dem Ersten Weltkrieg geschrieben wurde. Beim Stehen setzte Williston eines seiner weiß bestrumpften Beine etwas vor, er ging mit einem tänzelnden Schritt, der schlecht zu seiner Statur passte, und verbeugte sich mit flatternden Spitzenmanschetten, sodass es lächerlich gewirkt hätte, wenn sein Gesichtsausdruck dabei nicht so aufrichtig gewesen wäre.

Ich fühlte mich auf meinem Schemel bei der Tür unsichtbar, aber dagegen hatte ich nichts. Ich war heilfroh, dass ich in die Kulissen verwiesen worden war. Das Spiel, das hier in Onkel Willistons Vorstellung stattfand, lag außerhalb meines Repertoires.

Nell hingegen war jetzt in ihrem Element. Nachdem sie sich von ihrem ersten Schrecken erholt hatte, schlüpfte sie mit einer solchen Leichtigkeit in die Rolle der Sybella, dass es mir den Atem verschlug. Als Nicolette war sie super gewesen, aber da hatte sie eine Rolle gespielt, die sie selbst erfunden hatte. Hier aber hatte sie die weitaus schwerere Aufgabe, jemanden zu spielen, von dem sie absolut nichts wusste. Ihre Konzentration war beängstigend. Unter der Oberfläche von Nicolette hatte man immer noch Nell ahnen können, aber bei Sybella war sie spurlos verschwunden.

Williston zog es vor, zu stehen, obwohl auf der Couch für beide Platz gewesen wäre. »Ich habe Mutter gesagt, dass Sie zurückkommen würden, Sybella«, sagte er, »aber sie hat mir nicht geglaubt.«

»Es ist die Kraft Ihrer Überzeugung, die mich hergebracht hat«, erklärte Nell.

»Und die Kraft meines Zornes war es, die Sie dorthin geschickt hat.« Williston warf sich wiederum auf die Knie und hob flehend die Hände. »Können Sie mir jemals verzeihen, Sybella? Ich wünsche nichts sehnlicher als für das, was ich getan habe, zu büßen.«

Die ehrliche Verzweiflung in Willistons Stimme schnürte mir den Hals zu, aber Nell war aus anderem Holz geschnitzt. Fast konnte ich den Computer in ihrem Kopf summen hören, als sie sich die beste Antwort überlegte. Zu streng, und Williston würde verstummen; zu freundlich, und er würde vor Begeisterung nicht mehr beim Thema bleiben.

»Ich kann Ihnen nicht verzeihen«, fing sie an, und als Williston die Schultern hängen ließ, fügte sie schnell hinzu, »ehe Sie mir nicht alles gesagt haben.«

»Alles?« Williston warf einen ängstlichen Blick über die Schulter. »Ich kann Ihnen nicht alles erzählen, Mylady. Selbst jetzt nicht. Mutter würde davon erfahren. Man würde mich strafen.«

»Dann erzählen Sie mir, so viel Sie können«, sagte Nell mit großer Geduld.

Willistons Knie knackten, als er wieder aufstand und Nell um Erlaubnis bat, sich zu setzen. Als sie nickte, warf er mit geübter Hand seine Rockschöße hoch, setzte die Füße mit der Genauigkeit eines Tanzmeisters und ließ sich auf die Couch nieder, wobei er sich ihr zudrehte. Neben seiner massigen Gestalt sah Nell aus wie eine Schäferin aus zerbrechlichem Meißener Porzellan, aber ihre würdevolle Haltung verlieh ihr eine Kraft, die Williston fast kleiner und verletzlicher erscheinen ließ als sie.

»Sie sollten mich heiraten, Sybella«, sagte Williston traurig. »Das war der Grund, weshalb wir Sie aufnahmen und Ihren Besitz verwalteten. Alle wussten, dass Sie für mich bestimmt waren. Sie müssen es auch gewusst haben.«

Nell nickte.

»Sie waren so rein, so unschuldig«, fuhr Williston fort. »Mutter warnte Sie, auf der Hut zu sein, aber Sie waren es nicht. Sie erlagen seinem Drängen. Sie glaubten seinen Lügen. Sie ließen es zu, dass er Sie mit seiner Berührung beschmutzte.« Williston drehte den Kopf zur Seite, und ich sah, dass Tränen in seinen Augen standen. »Ich konnte es nicht ertragen, dass es so weiterging, aber Mutter gestattete mir nicht, ihn zu fordern. Es würde der Firma schaden, sagte sie. Die Firma, immer die Firma …« Williston ließ den Kopf hängen und stöhnte.

»Was taten Sie?«, fragte Nell.

Williston richtete sich auf, und sein Gesicht wurde seltsam schlaff. »Ich hatte keine andere Wahl«, antwortete er mit monotoner Stimme. »Das müssen Sie doch sicher einsehen. Ich musste Sie davor bewahren, unter seinen Händen zu verderben.«

»Sagen Sie mir, was Sie taten«, drängte Nell.

»Das erste wissen Sie«, sagte Williston mit derselben monotonen Stimme. »Aber das andere … kam danach. Es ist der zweite Teil, der Diebstahl, den ich noch sühnen kann und für den ich vielleicht Ihre Vergebung erlangen kann.«

»Wie können Sie es sühnen?«, fragte Nell.

Williston stand auf, und wie ein Schlafwandler ging er zu seinem Schreibtisch und räumte Federn und Papier von der Platte. Er griff darunter, um etwas zu drehen, was ich nicht sehen konnte, und die Schreibfläche öffnete sich, um den Blick auf ein Geheimfach freizugeben. Er nahm eine Schatulle heraus, sie war aus poliertem Olivenholz und hatte wunderschön ziselierte Scharniere. Williston trug die Schatulle zur Couch hinüber.

»Ich werde Ihnen nie alles zurückzahlen können, Sybella«, sagte er. »Ich kann Ihnen niemals das Leben zurückgeben, das Sie hätten haben sollen, aber ich kann einen kleinen Teil dessen zurückgeben, was Ihnen genommen wurde. Tun Sie damit, was Sie wollen. Es gehört Ihnen.«

Williston übergab Nell die Schatulle, die sie mit großem Ernst annahm, worauf sie aufstand. Ich hörte den Computer in ihrem Kopf nicht mehr arbeiten, noch war es irgendwie berechnend von ihr, als sie Willistons Stirn leicht mit ihren Fingerspitzen berührte.

»Quälen Sie sich nicht länger«, sagte sie. »Ihnen ist vergeben.«

»Also?«, sagte ich, als wir uns wieder in der Sicherheit des Korridors befanden. »Was ist in dem Kasten? Wollen wir nicht mal nachsehen, Nell?«

Nell schien mich nicht zu hören. Sie sah unverwandt auf die lila Vase, die auf einem Tisch am anderen Ende des Gangs stand, in ihren blauen Augen war Mitleid und Bedauern zu erkennen.

»Nell …« Ich legte meine Hand gegen ihre Wange. »Nell? Wach auf. Du bist wieder in der Gegenwart, Schätzchen.«

»Hmmm?« Sie zwinkerte, als ob sie aus einer Trance aufwachte, dann erschauerte sie und legte die Hand über ihre Augen. »Oh Mann …«

»Ja, das war ziemlich heftig.« Ich legte den Arm um ihre Taille. »Willst du dich ein bisschen hinsetzen?«

»Nein. Ich … ich möchte sehen, was Williston mir gegeben hat.« Sie hob den Deckel der Schatulle, sah hinein, dann sah sie mich mit einem so merkwürdigen Gesichtsausdruck an, dass ich einen Augenblick dachte, es handle sich um eine neue Lieferung von Karamellbrownies. »Ich glaube, es ist die Kaufurkunde, Lori. Die Urkunde für Anne Elizabeth Court Nummer drei.«

»Was?« Ich langte in den Kasten und nahm einen Bogen handgeschöpftes Papier mit unregelmäßigem Rand heraus. Er war mit Feder und Tinte beschrieben und trug das Datum 17. Juni 1701. Die Rechtschreibung war unregelmäßig und die Schrift antiquiert, aber ich konnte die Worte mühelos lesen. Ich murmelte mich durch den

Hauptteil des Vertragstextes, aber als ich am Ende der Seite angekommen war, sprach ich langsam und deutlich. »›Hiermit übertragen wir den Besitz des oben genannten Gebäudes an …‹« Ich zögerte, dann sah ich Nell an. »›… an Sybella Markham.‹«

»Der schlafende Hund?«, fragte Nell.

»Wau«, antwortete ich.

Kapitel 19

Sir Poppet wartete oben an der Haupttreppe auf uns. Er sah begeistert aus, streckte Nell beide Hände entgegen und strahlte sie an. »O Lady Nell«, sagte er, »Sie waren wunderbar, *ganz wunderbar.*«

Nell sah ihn reserviert an, sie sah verletzt aus. »Das hatten Sie geplant«, sagte sie leise. »Sie wussten, dass ich Sybella ähnlich sehe. Sie wussten, dass er mich mit ihr verwechseln würde.«

Sir Poppet hatte den Anstand, ein schuldbewusstes Gesicht zu machen. »Lady Nell, ich versichere Ihnen …«

»Sie hätten uns warnen können«, sagte ich vorwurfsvoll. »Sie hätten uns etwas über Sybella erzählen können.«

»Sybella Markham ist ein Hirngespinst von Williston«, erklärte Sir Poppet. »Eine Projektion, ein …«

»Und was ist das dann?«, fragte ich und holte die Urkunde aus dem Kasten. »Ein Spezialeffekt?«

Er war nicht beeindruckt. »Ich habe einen ganzen Karton voll ähnlicher Dokumente, Miss Shepherd. Williston produziert sie am laufenden Band.«

Meine Aufregung legte sich ein bisschen, als ich mich an ein Geräusch erinnerte, das ich vor weniger als einer Stunde gehört hatte: das gleichmäßige Kratzen von Onkel Willistons Gänsekiel, als er an seinem Schreibtisch saß. »Wollen Sie damit sagen, dass Williston diese Urkunde selbst geschrieben hat?«, fragte ich widerstrebend.

»Und viele andere außerdem«, bestätigte Sir Poppet. »Und jede von ihnen lautet auf den Namen Sybella

Markham. Bitte …« Er deutete an, dass wir vor ihm die Treppe hinuntergehen sollten. »Wenn Sie mit in mein Büro kommen, kann ich Ihnen die Sache erklären.«

»Ja«, stimmte ich zu. »Das wäre vielleicht ganz sinnvoll.«

Die Einrichtung von Sir Poppets Büro war dunkel und auffallend modern – schwarze Ledersessel, dazu ein Schreibtisch aus Ebenholz, in den Ecken mattschwarze Leuchter und an den kobaltblauen Wänden abstrakte Gemälde. Trotz meiner Ungeduld bestand er darauf, dass wir zunächst etwas aßen. Er erinnerte uns daran, dass es fast Mittag war, und außerdem war Nell einer starken psychischen Belastung ausgesetzt gewesen.

Nell wirkte gedämpft – fast bedrückt, fand ich –, möglicherweise wegen des Gedankens, dass ein alter Freund wie Sir Poppet es auf eine solche Konfrontation hatte ankommen lassen, ohne sie darauf vorzubereiten. Meine Gedanken kreisten um die Urkunde. Die wegwerfende Art und Weise, mit der Sir Poppet ihre Echtheit abtat, ließ mir keine Ruhe. Ich hatte mir das Dokument unter der sehr hellen Lampe auf seinem Schreibtisch nochmals angesehen. Wenn es eine Fälschung war, dann war es die beste, die ich je gesehen hatte.

Als das leichte Mittagessen abgetragen war, setzte Sir Poppet sich hinter seinen Schreibtisch, und Nell und ich nahmen in den zwei behaglichen Ledersesseln Platz. Einen Augenblick schaute er auf seine gefalteten Hände, dann sah er Nell an. »Ehe ich anfange, muss ich mich entschuldigen, dass ich Sie vor Ihrem Besuch bei Williston nicht eingeweiht habe. Es war notwendig, aber es war nicht sehr rücksichtsvoll.«

»Warum war es notwendig?«, fragte Nell.

»Ich hatte keine Ahnung, wie Williston reagieren würde, wenn er Sie sieht – wenn er überhaupt reagieren würde.

Wenn Sie mit einer vorgefassten Meinung zu ihm hineingegangen wären, dann hätten Sie vielleicht versucht, das Gespräch in eine bestimmte Richtung zu steuern.« Sir Poppet lächelte verschmitzt. »Ich kenne Sie, seit Sie auf der Welt sind, Lady Nell, und ich kenne Ihre … Talente. Ich wusste auch, dass Sie die Fähigkeit haben würden, Willistons Spiel mitzuspielen, wenn er Ihnen erst mal Ihre Rolle zugeteilt hatte.«

Nell nahm das Kompliment mit zurückhaltendem Kopfnicken zur Kenntnis. »Ich hoffe, Sie sagen uns jetzt die Wahrheit, Sir Poppet. Wer ist Sybella Markham? Ich glaube nämlich nicht, dass sie eine Fantasiefigur von Williston ist. Dazu war sie zu real.«

»Ah, aber Einbildungen können sehr real sein«, gab Sir Poppet zu bedenken, »besonders wenn sie einen Menschen als Vorbild haben, der dem Patienten bekannt ist. Sybella Markham, zum Beispiel, basiert auf Willistons Frau, Sybil.«

»Sybil«, sagte ich kaum hörbar. Dieses wichtige Detail hatte Emma nicht weitergegeben. Ich sah Sir Poppet fragend an. »Und der ›er‹, von dem Williston sprach, der Mann, der Sybella mit seiner Berührung beschmutzte – das ist Douglas, richtig?«

»Das würde ich annehmen.« Sir Poppet stützte die Ellbogen auf den Schreibtisch und legte die Fingerspitzen gegeneinander. »Sybil war Willistons zweite Frau. Sie war sehr viel jünger als er, blond mit blauen Augen, und Sie sind – wenn Sie gestatten, Lady Nell – eine idealisierte Version von ihr.«

»Und als wir kamen, beschlossen Sie, sich diese Ähnlichkeit zunutze zu machen«, warf ich ein.

Sir Poppet nickte. »Ich hoffte, es würde Williston aus seiner Reserve locken, ich hoffte, er würde sich öffnen und sich seinen Schuldgefühlen wegen Sybils tragischem Tod stellen.«

»Sie ist *tot?*«, fragte ich erschrocken.

Sir Poppet sah von meinem erstaunten Gesicht zu Nell und zwinkerte nervös. »Das wussten Sie nicht? Ich dachte, es sei Ihnen bekannt. Sie sagten, Sie wüssten über Sybil und Douglas Bescheid.«

»Wir wussten, dass sie zusammen durchgebrannt sind«, erklärte ich, »aber wir hatten keine Ahnung, dass sie *tot* ist.« Ein schrecklicher Gedanke schoss mir durch den Kopf. »Williston hat sie doch nicht etwa *umgebracht,* oder?«

»Nein.« Sir Poppet schüttelte energisch den Kopf. »Sybil und Douglas sind beide im Feuer umgekommen, als ihr schäbiges Hotel in der Nähe von Toronto abbrannte.«

»Also deshalb hat er gedacht, ich sei ein Gespenst.« Nell schaute auf ihr weißes Kleid hinunter und sah gespenstischer aus als gut für sie war.

Ich legte meinen Arm um sie, während Sir Poppet nach dem Telefonhörer griff. Er sprach so leise, dass ich seine Worte kaum verstand, und als er fertig war, goss er aus einer Karaffe ein Glas Eiswasser ein, kam hinter dem Schreibtisch hervor und gab das Glas Nell.

»Es tut mir leid, dass ich Sie so erschreckt habe«, sagte er. »Ich hatte wirklich gedacht, die Familie hätte Ihnen die ganze Geschichte erzählt. Ich merke jetzt, dass das Thema immer noch zu schmerzhaft sein muss, um daran zu rühren.«

»Der arme Williston«, murmelte Nell.

»In der Tat.« Sir Poppet setzte sich auf den Rand seines Schreibtisches. »Als Sybil ihn verließ, suchte er die Schuld bei sich. Er dachte, dass er sie vernachlässigt habe, weil er zu viel Zeit in der Kanzlei zugebracht hatte. Als er von ihrem Tod erfuhr, war er außer sich vor Schuldgefühlen und Reue. Und nun hat er die schmerzhafte Wirklichkeit gegen eine Existenz eingetauscht, in der er jeden Tag und jede Stunde damit verbringt, Sybil mit weltlichen Gütern zu überschütten, die sie längst nicht mehr braucht.«

Ich sah hinüber zur Kaufurkunde, die in dem Kästchen aus Olivenholz auf Sir Poppets Schreibtisch lag. »Wie zum Beispiel Anne Elizabeth Court Nummer drei?«

»Und den Landsitz der Familie in Yorkshire, und noch eine ganze Menge außerdem.« Sir Poppet seufzte. »Seit zwei Jahren macht er nichts anderes, als Dokumente anzufertigen, in denen er seinen gesamten Familienbesitz Sybil überschreibt. Als Entschädigung dafür, dass er sich so wenig um sie gekümmert hat, vermute ich.«

Ich streckte die Hand nach dem Kästchen aus. »Darf ich diese Urkunde behalten?«

»Ich wüsste nicht, was dagegen spricht«, sagte Sir Poppet. »Vielleicht würde es Williston aufregen, wenn er sie wiedersähe, nachdem er sie Sybella überreicht hat. Ja, natürlich, nehmen Sie sie ruhig mit, und das Kästchen auch.«

Nell rutschte unruhig in ihrem Sessel herum. »Warum erwähnte Williston seine Mutter?«, fragte sie. »Und was war das für ein Diebstahl? Und warum Sybella *Markham* statt Sybella *Willis?* War Sybils Mädchenname Markham?«

»Nein, er war Farrand.« Sir Poppet hob die Hände, dann ließ er sie fallen. »Ich kann auch nicht behaupten, dass ich alles verstehe, Lady Nell. Ich muss erst die Protokolle der heutigen Begegnung genau analysieren, ehe ich mich mit den Einzelheiten beschäftigen kann.«

»Hat er meinem Schwiegervater gegenüber Sybella erwähnt?«, fragte ich.

»Ihr Schwiegervater wurde aufs Genaueste über den Börsenkrach von 1720 informiert, als die South Sea Bubble platzte«, erwiderte Sir Poppet. Er tat einen ungeduldigen kleinen Seufzer und schüttelte den Kopf. »Ich glaube, Sie verstehen immer noch nicht so richtig. Dies war das erste Mal seit zwei Jahren, dass Williston den Namen seiner Frau ausgesprochen hat. Es ist ein äußerst wichtiger Durchbruch, und ich kann nur sagen ...« Sir Poppet unterbrach sich, als an die Tür geklopft wurde. Er entschuldigte sich und ging hinaus, um im nächsten Augenblick mit Bertie im Arm wiederzukommen. »Sir Bertram erklärt, dass man Ihnen gratulieren müsse, Lady Nell, und ich muss sagen, dem stimme ich zu.«

Von der Freitreppe vor Cloverly House sah ich zu, wie Sir Poppet, Nell und Bertie auf dem Rasen umherschlenderten. Nell war immer noch ziemlich verstört von ihrer unfreiwilligen Rolle in Onkel Willistons Therapie, und ich war Sir Poppet dankbar, dass er sich die Zeit nahm, mit ihr ausführlich darüber zu sprechen.

Wir saßen hier sowieso eine Weile fest, da ich Paul mit der Urkunde, die Onkel Williston Nell gegeben hatte, nach London geschickt hatte. Ich hatte im Britischen Museum einen Freund, der Fachmann für Papiere und Tinten war, den hatte ich gebeten, sich das Dokument anzusehen. Wenn Toby Treadwell es für eine Fälschung hielt, war auch ich bereit, das zu glauben. Wenn nicht, dann würde ich eine ganze Reihe neuer Fragen stellen, zum Beispiel: Wer war Sybella Markham? Wie war ihr Besitz in die Hände der Familie Willis gekommen? Und was hatte das alles mit meinem Schwiegervater zu tun?

Ich drückte die Hand gegen meinen Rücken und schlenderte hinüber zu einer Holzbank, die im Schatten einer riesigen Eiche stand. Es war ein gutes Gefühl, einen Augenblick still dazusitzen und die Gedanken schweifen zu lassen. Meine Mutter hätte das, was ich gerade erlebt hatte, zwei ereignisreiche Tage genannt, an denen mehr emotionale Kraft von mir gefordert worden war als ich eigentlich in Reserve hatte. Vielleicht, so dachte ich, während ich mich bückte, um eine Eichel aufzuheben, vielleicht war jetzt nicht gerade der beste Zeitpunkt, über eine Entscheidung nachzudenken, die den Rest meines Lebens bestimmen würde.

Ich rollte die Eichel zwischen meinen Fingern hin und her und sah über den Rasen. Bill und ich hatten einmal unter einer Eiche gesessen, es war in den ersten Tagen unserer Bekanntschaft gewesen, auf einem Berg, von dem aus man ein friedliches Tal überblickte. Damals war ich ein hoffnungsloser Fall gewesen, fast genauso gelähmt vor Schmerz und Schuldgefühl wie Onkel Williston. Jeder andere Mann hätte mindestens eine Armlänge Abstand zu mir gehalten, aber Bill hatte mich an sich gezogen. Er hatte mich praktisch durch eine der schwierigsten Zeiten meines Lebens getragen.

Vielleicht, so dachte ich, indem ich die Eichel in die Tasche meiner Jeans steckte, vielleicht war es wirklich etwas übereilt, meinen Mann schon abzuschreiben. Schließlich hatte ich ihn mitten in der Nacht geweckt, und es war nicht ganz fair, sofortiges Mitgefühl von jemandem zu erwarten, der einen verletzten Daumen hatte und benommen von Schmerzmitteln war. Und außerdem wäre es niederträchtig, mich wie Sybil zu benehmen und ihn ohne ein Wort der Erklärung zu verlassen.

Ich würde ihn noch einmal anrufen, beschloss ich, und diesmal würde er mich nicht unterbrechen. Ich würde ihm ganz genau sagen, was ich von den Biddifords hielt *und* von seinen Tanten *und* von seiner egoistischen Weigerung, über unsere Zukunft zu sprechen. Und dann würde ich ihm sagen, dass er, wenn ihm an einer Zukunft mit mir noch etwas gelegen sei, so schnell wie möglich ein Flugzeug nach England nehmen solle, oder ich …

»Missy!«

Ich schreckte aus meinen lebhaften Träumen hoch. Hatte mich jemand ›Missy‹ gerufen?

»Pssst.«

Das kam von irgendwo hinter mir. Langsam drehte ich mich um und sah in das runzlige Gesicht eines kleinen alten Mannes, der halb hinter dem Stamm der Eiche verborgen war.

»Hierher«, flüsterte er laut, wobei er mir mit seiner mageren, krallenartigen Hand winkte.

Ich blickte über den Rasen und suchte nach Aufsehern, aber der nächste war fast zehn Meter entfernt, und Sir Poppet, Nell und Bertie drehten mir den Rücken zu. Ach was, dachte ich, der Typ sieht eher wie ein Gnom als wie ein Serienmörder aus, und außerdem hatte Sir Poppet gesagt, dass in Cloverly House keine gefährlichen Patienten aufgenommen wurden.

Ich stand also auf und trat hinter die Eiche. Der Gnom trug einen blauen Overall und Arbeitsstiefel. Er war kahlköpfig, sehr mager und winzig klein. Ich war selbst zwar nur eins zweiundsechzig groß, aber neben dem Gnom fühlte ich mich wie ein Riese. Sein Gesicht war tiefbraun gebrannt und faltig, und es war nicht zu übersehen, dass er an diesem Tag seine Zähne nicht trug.

»Hi«, sagte ich.

»Schsch«, antwortete er. Er schaute verstohlen über seine Schulter, dann sah er zu mir hoch. »Sie sind doch Shepherd, oder?«

»Hm-hm«, sagte ich so ruhig wie möglich. »Ich bin Lori Shepherd.«

Der Gnom kam etwas näher, und mit ihm eine Duftwolke aus Babypuder, Flieder und einem überwältigenden Schwall Motoröl. »Hab was für Sie«, sagte er im Bühnenflüstern.

»So?«, sagte ich, und ehe ich mich's versah, zog er Tante Dimitys blaues Tagebuch aus der Tasche seines blauen Overalls, drückte es mir in die Hand und huschte in Richtung der Treppe von Cloverly House davon.

»*Dimity*«, flüsterte ich und sah ungläubig auf das Tagebuch. Ich sah zum Gnom hinüber und rief ihm hinterher, dass er warten solle. »Es tut mir leid, wenn ich Sie aufhalte«, sagte ich, »aber wie …«

»Fand es beim Eimer, als ich's Klo putzte«, erwiderte er. »Auf dem Zettel stand, ich soll es Ihnen geben, aber unauffällig. Hier, stecken Sie es unter den Pullover, sonst sieht's der Chef.« Er wartete, bis ich das Tagebuch unter meinen Hosenbund geschoben und den Pulli darüber gezogen hatte. Dann reckte er das Kinn in Richtung Sir Poppet. »Jetzt gehn Sie schon, Missy.«

Ich zog mich zurück, wobei ich fast erwartete, dass der kleine Mann mit einem Puff und einer Rauchwolke verschwinden würde. Als er das Kinn ein zweites Mal in dieselbe Richtung bewegte, drehte ich mich um und ging zu Sir Poppet hinüber, der etwa zehn Meter entfernt stand.

»Arbeitet dieser Mann für Sie?«, fragte ich und deutete auf den Gnom.

»Das ist Cyril«, erwiderte Sir Poppet. »Er macht hier alle möglichen Aushilfsarbeiten. Er wird alt, ist aber immer noch sehr geschickt. Während des Krieges arbeitete er als Mechaniker in Biggin Hill. Er ist sogar bei der großen Luftschlacht mitgeflogen. Wenn er erzählt, könnte ich stundenlang zuhören.«

»Ich auch«, murmelte ich wie benommen, während die winzige Gestalt durch die Eingangstür verschwand.

Kapitel 20

Am Nachmittag rief Paul an und bat um Erlaubnis, über Nacht in London zu bleiben. Mein Freund im Britischen Museum hatte noch keine Zeit gehabt, mehr als einen flüchtigen Blick auf die Urkunde zu werfen, würde aber versuchen, sich gegen Abend noch eingehend damit zu beschäftigen, sodass Paul früh am darauffolgenden Morgen London verlassen könnte. Also stimmte ich zu und nahm Sir Poppets Einladung an, eine weitere Nacht in seinem Haus zu verbringen. Ich hatte es geschafft, das blaue Tagebuch unbemerkt in Onkel Willistons Olivenholzkästchen verschwinden zu lassen, hatte aber keine Gelegenheit, es zu öffnen, bis Reginald und ich nach dem Abendessen allein in meinem Zimmer waren.

Ich saß im Schneidersitz auf dem Bett, Reginald neben mir auf dem Kopfkissen. In meinem Hals steckte ein Riesenkloß. Würde Tante Dimity antworten, wenn ich sie rief, oder würden die Seiten wieder so hartnäckig leer bleiben wie nun schon seit zwei Jahren? Ich öffnete das Buch, räusperte mich und rief: »Dimity? Hörst du mich?«

Ich glaube, dass sogar Emma zu Hause dich hören kann. Du musst leiser sprechen, meine Liebe. Sir Poppet hätte ganz bestimmt eine Bezeichnung für unsere kleinen Plaudereien, aber ich denke, keine sehr schmeichelhafte.

Ich hielt die Hand vor den Mund, um mein fast hysterisches Gelächter zu unterdrücken, als die vertraute, schnörkelige Kursivschrift auf der Seite erschien. Tante Dimity war zurück, und die Welt wieder in Ordnung. Oder sie würde es jedenfalls bald wieder sein.

»Dimity, was machst du hier?«, fragte ich in einem tapferen Versuch, nicht als Erstes an mich selbst zu denken. »Warum hast du William seinem Schicksal überlassen?«

Ich glaube nicht, dass Anthea sehr bedrohlich für ihn sein kann, was meinst du? Dort oben auf der Cobb Farm, wo sie ganz allein in der Nähe des verschlafenen kleinen Lastingham lebt. Ich muss auch gestehen, dass mir diese Existenz als blinder Passagier nicht zusagt. William ist ein lieber Kerl, aber es ist geradezu beängstigend, wie er seine Gedanken für sich behält. Du dagegen … ach, du hast mir gefehlt, Lori.

»Du hast mir auch gefehlt«, sagte ich inbrünstig. »Wo bist du nur gewesen?«

Du magst deine zweiten Flitterwochen erleben – was für ein reizender Einfall übrigens! –, aber ich habe gerade meine ersten hinter mir. Bobby und ich hatten ja nie Gelegenheit dazu, weißt du.

»Oh«, sagte ich, völlig erschlagen von dem Gedanken an zwei Jahre lange Flitterwochen. »Das klingt wunderbar.«

Außerdem nahm ich an, dass ihr sicher einige Zeit allein sein wollt, um euch an das Eheleben zu gewöhnen. Nichts ist schlimmer für eine junge Ehe als eine alte Tante, die aus der Kulisse ihren Senf zu allem und jedem gibt. Entschuldige die Frage, Lori, aber ist es inzwischen Mode geworden, dass eine Braut ihre zweiten Flitterwochen ohne den Bräutigam verbringt?

»Nein«, gab ich bedrückt zu. »Bill sollte auch mitkommen, aber er hatte eine dringende Arbeit zu erledigen und musste seine Reise abblasen.«

Es folgte eine lange Pause; dann las ich: *Lori? Gibt es in deiner Nähe ein Telefon? Wenn ja, würdest du bitte SOFORT deinen Mann anrufen? Wenn du nicht weißt, was du sagen sollst, dann gebe ich dir mit Vergnügen einige Tipps.*

»Ich kann ihn nicht erreichen«, erklärte ich. »In Maine hat es einen Sturm gegeben, und die Stromversorgung ist unterbrochen.«

Das wird ihm hoffentlich eine Lehre sein! Du liebe Zeit, mir scheint, du könntest doch eine Souffleuse hinter der Kulisse gebrauchen. Unverantwortlich von mir, so lange wegzubleiben. Niemand weiß besser als ich, dass auf dem Weg der wahren Liebe der Bescheidenere immer am teuersten bezahlt. Die Handschrift hielt einen Moment inne, dann floss sie weiter aufs Papier. *Lori? Es tut mir leid, aber ich muss gehen. Ich werde von einem anderen meiner Kinder gebraucht. Ich bin bald zurück, Liebes. Drück Reginald für mich.*

Ich schloss das Tagebuch und fühlte einen kleinen Stich. Ein anderes ihrer Kinder? Ich hatte mich immer für Dimitys spirituelle Tochter gehalten – für ihre *einzige* spirituelle Tochter –, und einen Augenblick fühlte ich einen Anflug von Eifersucht, die unserer glücklichen Wiederbegegnung einen empfindlichen Dämpfer zu verpassen drohte.

Reginald kam mir zu Hilfe, indem er vom Kopfkissen fiel und auf dem Tagebuch landete, um sich seine Liebkosung einzumahnen. Als ich ihn aufhob, merkte ich, wie dumm ich war. Es war doch absurd, anzunehmen, dass ich das einzige Kind gewesen war, das Dimity mit ihren Geschichten und Kuscheltieren getröstet hatte. Als sie nach dem Krieg in Starling House gearbeitet hatte, hatten Dutzende, wenn nicht gar Hunderte von Waisen ihren Weg gekreuzt. Ausgerechnet für mich dürfte es doch keine Überraschung sein, dass einige dieser Menschen Dimitys Hilfe immer noch brauchten.

Ich legte das Tagebuch wieder in das Kästchen auf meinem Nachttisch, lehnte mich in die Kopfkissen zurück und streichelte Reginalds Schnurrbart mit meinem Zeigefinger. »Also, Reg«, sagte ich, »Bill sitzt noch immer gestrandet in Maine, Willis senior ist ein paar hundert Meilen weit weg in Yorkshire, und Nell und ich versinken langsam im Sumpf der Willis'schen Familientragödien. Und nun sag mir bloß – warum bin ich trotzdem so verdammt glücklich?«

Es klopfte an der Tür, und Nell schlüpfte ins Zimmer. Sie trug einen elfenbeinfarbenen Morgenmantel aus Seide über einem kornblumenblauen Nachthemd und hatte ein Kleid und ein Paar beige Ballerinas in der Hand. Sie stellte die Schuhe vor die Frisierkommode und legte das lose Baumwollkleid, das eine gesmokte Passe hatte, über den Stuhl. »Hoffentlich macht es dir nichts aus«, sagte sie zaghaft, »aber ich habe dir das für morgen herausgesucht. Ich glaube, du wirst das noch bequemer finden als die Jeans und den Pulli.«

»Danke, Nell«, sagte ich. »Die Jeans sind sowieso nicht mehr ganz sauber.« Ich klopfte einladend aufs Bett. »Und jetzt komm hierher. Ich habe eine Überraschung für dich.«

Nell zögerte. »Ich weiß nicht, ob ich heute noch mehr Überraschungen brauchen kann.«

»Verlass dich auf mich«, sagte ich und langte nach dem Olivenholzkästchen. »Über diese wirst du dich freuen.«

Ich musste meine Begegnung mit Cyril drei Mal beschreiben, ehe Nell es begriff. Sie drehte das Tagebuch in den Händen und ließ die Seiten durch ihre Finger gleiten, als könne sie noch nicht so recht glauben, dass Tante Dimity sich zu uns gesellt hatte. Ich konnte es ihr gut nachfühlen.

»Du schienst dich schon beim Abendessen über irgendetwas zu freuen.« Plötzlich kicherte sie. »Und ich dachte, es sei der Kräutertee, den Sir Poppet dir brauen ließ, um deinen Magen zu beruhigen.«

»Das hat bestimmt dazu beigetragen«, gab ich zu. »Ich habe ihn um einen kleinen Vorrat gebeten – ich möchte keinen Rückfall in Pauls Limousine riskieren.«

»Glaubst du, dass der alte Cyril Dimity kannte?«, fragte Nell. »Im Krieg, meine ich.«

»Das ist möglich«, erwiderte ich. »Bobby, ihr Verlobter, war während des Luftkriegs auch in Biggin Hill stationiert. Dimity muss ihn besucht haben, ehe sein Flugzeug über dem Ärmelkanal abgeschossen wurde, also kann sie auch Cyril kennengelernt haben.« Ich sah Reg an und dachte an Dimitys andere Kinder. »Ich glaube langsam, dass Dimity ein ganzes Netzwerk von Leuten hat, mit denen sie … noch immer in Kontakt ist.«

Nell ließ ihre Finger über den Deckel des Tagebuchs gleiten. »Hast du sie gefragt, ob sie etwas über Julia Louise erfahren hat?«

»Nein.«

»Hast du sie nach Sybella Markham gefragt?«

»Äh … nein«, gab ich verlegen zu.

Nell legte den Kopf auf die Seite. »Worüber *habt* ihr dann gesprochen?«

»Flitterwochen«, sagte ich lächelnd. »Und über den Weg zur wahren Liebe.« Ich nahm das Tagebuch und legte es wieder in das Kästchen. »Ich habe jedoch ein paar nützliche Informationen erhalten. Tante Anthea lebt auf einem Anwesen namens Cobb Farm in der Nähe von Lastingham, und William ist tatsächlich zu ihr gefahren.«

Nell zog ihre Knie an die Brust und runzelte die Stirn. »Er wird sie wegen der Papiere fragen, die Lucy ihr geschickt hat. Und er wird die falsche Kaufurkunde, die Tante Anthea ihm zeigen wird, für echt halten, weil er nichts von Sybella Markhams Urkunde weiß.«

»Dann glaubst du also auch, dass die sich als die echte herausstellen wird?«, fragte ich.

»Natürlich«, sagte Nell mit ungewohnter Heftigkeit. »Sir Poppet kann von Projektionen und Einbildungen reden, so viel er will, aber ich *weiß*, dass es Sybella Markham gegeben hat. Und ich werde es beweisen.« Sie lehnte sich gegen mich und umarmte mich schnell und heftig. »Oh, Lori, ich bin so *froh*, dass du Bertie und mich mitgenommen hast.«

Ich drückte Nell ebenfalls an mich, dann schickte ich sie zu Bett. Ich fragte mich, wie ich sie jemals für kühl und unnahbar hatte halten können.

Am nächsten Morgen um zehn Uhr war Paul aus London zurück, worauf Sir Poppet ihm einen Tee vorsetzen ließ, uns wärmstens für unsere Hilfe mit Onkel Williston dankte, Nell schöne Grüße an ihren Großvater auftrug und uns entließ. Sowie wir aus seiner Einfahrt heraus waren, reichte Paul uns Sybella Markhams Kaufurkunde durch das Schiebefenster der Abtrennung, dazu ein kleines Diktiergerät.

»Mr Treadwells Bericht, Madam«, erklärte er. »Er meinte, Sie würden sicher nicht auf die schriftliche Version warten wollen.«

»Mr Treadwell weiß, dass ich die Geduld eines Grashüpfers habe«, sagte ich. Ich steckte die Urkunde in meine Aktentasche, drückte auf den Wiedergabeknopf des Diktiergerätes und musste lächeln, als ich Toby Treadwells gewohnt hektische Stimme hörte.

»Lori? Hier ist Toby. Tut mir leid, dass ich mich nicht gleich an die Arbeit machen konnte, aber ich habe im Moment alle Hände voll zu tun. Das liegt an dieser Ausstellung, die wir vorbereiten, mit den buddhistischen Texten aus Turkmenistan. (Nein, den Kaffee nicht dahin, du Dummkopf. Ja, ich weiß, dass es wie Löschpapier aussieht, aber es ist fünfhundert Jahre alt und mehr wert als du.) Entschuldige, Lori, ich lerne gerade einen neuen Assistenten an. Oh Gott, wie kann man nur so dämlich sein. Wo war ich stehen geblieben?

Ach ja. Dieser Kaufvertrag. Ich hab ihn mir angesehen. Gitterlinien sind alle da. Das Wasserzeichen gehört Quimper aus Bath, die früher die juristische Zunft mit Papier beliefert haben, gingen 1755 pleite. Eisengallustinte, keine Spur von synthetischen organischen Farben, also das ist auch okay. (Stell's da hin. Nein, *dorthin,* du Idiot. Verdammt nochmal, muss ich denn alles selber machen?)

Verzeihung. Hmmm. Ach ja. Hab Danuta Siegersson gebeten, sich mal die Handschrift anzusehen, und sie sagt, die ist auch astrein. Hat was mit den Unterlängen und der Form vom S zu tun. Nicht mein Gebiet. Ruf sie an, wenn du mehr wissen willst.

Also zusammengefasst: Papier, Tinte und Handschrift sind konsistent mit einem juristischen Dokument aus dem frühen achtzehnten Jahrhundert. Die Urkunde ist authentisch, aber ob sie rechtsgültig ist, musst du herausfinden. Fälschungen hat es nämlich damals auch schon gegeben.

Und sag Stan, er soll seinen akademischen Arsch hochkriegen und zu unserer Ausstellung kommen. Und du auch, wenn du das nächste Mal in London bist. Ruf mich an, wenn ich etwas vergessen habe. Ich muss jetzt weg. *(LEG DAS HIN!)*«

Ich drückte die Stopptaste.

»Wie ist es doch auf einmal wunderbar ruhig«, bemerkte Nell trocken.

»Deshalb heißt er auch Toby der Schreckliche«, sagte ich lachend. »Für seine Assistenten muss es die Hölle sein. Aber du hast verstanden, was er uns gesagt hat, oder? Onkel Williston hat weder Zugang zu Eisengallustinte noch zu Papier von Quimper aus Bath. Er bezieht sein Material aus einem Kalligrafie-Studio am Ort – ich habe Sir Poppet gefragt.« Ich legte das Diktiergerät zu der restlichen Sammlung von Gegenständen, die in meinem Aktenkoffer herumflogen. »Ich weiß nicht, wie Onkel Williston an Sybella Markhams Kaufvertrag für Anne Elizabeth Court Nummer drei herangekommen ist, aber das Dokument ist echt – direkt aus dem achtzehnten Jahrhundert.«

»Ich wusste, dass es echt ist«, sagte Nell ruhig. »Genauso echt wie Sybella Markham.«

Nell trug heute die Bundfaltenhose aus Gabardine und die Leinenbluse, die sie auf unserer Fahrt nach Haslemere getragen hatte, sowie die weiße Umhängetasche, die sie in London bei sich gehabt hatte. Diese öffnete sie nun und holte ein Bündel dicht bedruckter Seiten heraus.

»Was hast du denn da?«, fragte ich und sah neugierig über ihre Schulter.

»Es ist eine Kopie des Protokolls, das Sir Poppets Sekretärin von meinem Gespräch mit Onkel Williston gestern gemacht hat«, erwiderte Nell. »Ich denke, wir sollten es uns etwas näher ansehen.«

»Hat Sir Poppet dir das gegeben?«, fragte ich misstrauisch.

Nell wickelte eine goldene Haarsträhne um ihren Finger und sah wie beiläufig aus dem Fenster. »Das wollte er bestimmt noch«, sagte sie. »Heute früh lag ein ganzer Stapel davon auf dem Tisch in der Eingangshalle, und ich …«

»Du hast es gestohlen?«, rief ich aus. »Nell! Wie konntest du? Hast du noch nie etwas vom Arztgeheimnis gehört? Oder wenigstens von guten Manieren?«

»Wenn ich damit fertig bin, kannst du es auch lesen«, bot Nell an.

»Dann beeil dich.« Ich gab ihr einen leichten Stoß in die Rippen, und während sie die entwendete Niederschrift las, schenkte ich mir eine Tasse Kräutertee aus der Thermosflasche ein, die Sir Poppets Haushälterin gefüllt hatte. Ich trank eine halbe Tasse, dann griff ich nach dem Telefon. Es war Zeit, dass wir uns bei Emma meldeten.

»Ein Laserdrucker und eine schicke kleine Computeranlage«, sagte Emma, als sie meine Stimme hörte. »Ich wünschte nur, er hätte mich gefragt, ehe er den PC kaufte«, fügte sie besorgt hinzu. »Er hat bestimmt zu viel dafür bezahlt.«

»Falls du es noch nicht bemerkt haben solltest, Emma, William zelebriert seine Unabhängigkeit.« Ich nahm einen Schluck Tee. »Ich nehme an, du hast sein neues Spielzeug zu den anderen Sachen in den Schuppen getan?«

»Das hätte ich, aber …« Emma schwieg. »Du weißt doch von dem leeren Haus auf dem Marktplatz, gegenüber von Peggy Kitchens Laden? Also, Peggy kam heute Morgen mit ihrem Lieferwagen und ein paar Leuten vorbei. Sie sagte, sie solle alles abholen, was ursprünglich an deine Adresse geliefert wurde, um es in das leere Haus am Markt zu bringen. Irgendjemand hat es wohl gemietet.«

»Vermutlich mein Schwiegervater.« Ich seufzte. Willis senior würde in Kürze der einzige Rechtsanwalt in seinem Stadtviertel sein, der Kanzleien in Boston, London und Finch hatte. »Tante Dimity wird sich freuen, wenn sie hört, dass er ihr Haus nicht damit verschandeln will. Sie ist übrigens wieder da. Bei mir, meine ich.«

»Mach keinen Quatsch«, sagte Emma. »Bedeutet das, dass William außer Gefahr ist?«

»Im Moment macht es jedenfalls den Eindruck«, sagte ich. »Hast du etwas über Julia Louise zutage fördern können?«

»Hab ich«, sagte Emma. »Ich war den größten Teil der Nacht online mit einem Professor für Rechtsgeschichte aus Oxford in Verbindung. Derek hat mal die Stützmauer seines Gartens in Ordnung gebracht, ohne ihm etwas dafür zu berechnen, deshalb war er jetzt nur zu froh, dass er etwas für mich tun konnte. Er hat mir über die gute alte Julia Louise alles erzählt, was er wusste.«

»Er kannte sie?«

»Sie ist berühmt-berüchtigt«, erwiderte Emma. »Sowie sie aus Bath nach London gezogen war, fing sie an, Einfluss zu nehmen und zu intrigieren. Sie strengte Hunderte von Gerichtsverfahren gegen die Konkurrenten ihrer Söhne an, was sie in der juristischen Welt nicht gerade beliebt machte. Außerdem gab es sehr viele Klatschgeschichten darüber, warum sie ihren jüngeren Sohn in die Kolonien abgeschoben hatte.«

»Was für Klatschgeschichten?«

»Das hatte etwas mit einer Frau zu tun«, erklärte Emma. »Mein Professor war sich nicht sicher, ob er sie geschwängert oder die Verlobung gelöst hatte oder was sonst. Er muss sich dann aber zusammengenommen haben, als er einmal drüben war, denn er hat sich gut verheiratet.«

»Moment mal.« Ich deckte meine Hand über den Hörer und erzählte Nell, was ich gehört hatte.

»Frag Mama, ob sie weiß, wie Williams Frau hieß«, sagte Nell.

Ich gab die Frage an Emma weiter, dann teilte ich Nell die Antwort mit. »Charlotte Eugenie Stoll. Ihr Vater muss ein ziemlich großes Tier in den Kolonien gewesen sein.«

»Hmmm«, sagte Nell und wandte sich wieder ihrem Protokoll zu.

»Was war mit dem älteren Sohn?«, fragte ich Emma.

»Sir Williston? Er war Julia Louises Mann fürs Grobe, er tat alles, was Mama sagte. Obwohl …« Ich hörte, wie Emma einen Stapel Papier durchsuchte, dann sprach sie weiter. »Nach ihrem Tod wurde er so was wie ein Heiliger. Er spendete Geld und unterstützte mehrere Armen- und Waisenhäuser.«

»Das klingt, als ob er sich von Julia Louise distanzieren wollte«, bemerkte ich. »Keine schlechte Idee.«

»Ich habe auch noch etwas über Gerald, wenn es dich interessiert«, sagte Emma. »Es hat etwas damit zu tun, warum er aus der Firma ausschied. Lass mich mal sehen, wo hab ich das hingelegt?«

Während Emma ihre Notizen durchsuchte, starrte ich aus dem Fenster. Wir fuhren jetzt durch eine weite, offene Landschaft. Der heckengesäumte Flickenteppich Südenglands hatte aufgehört und den weiten Flächen der Midlands Platz gemacht. Große, goldgelbe Felder mit Gerste, Mais und wogendem Weizen erstreckten sich bis zum Horizont. Ich heftete den Blick auf eine Staubwolke, die hinter einem Mähdrescher aufstieg, und wünschte, dass mein Puls sich nicht jedes Mal beschleunigen würde, sobald jemand Gerald erwähnte.

»Hier, ich hab's«, sagte Emma. »Es gibt ein Gerücht, dass Gerald sich bei der Zahlung eines Klienten um ein paar Kommastellen vertan hatte. Das Geld wurde zurückgezahlt und die Sache vertuscht, aber das Timing war schlecht. Die Firma hatte gerade diese schwierige Phase durchgemacht, von der ich dir erzählte, und man hatte wohl Angst, dass ein weiterer Skandal das Ende sein würde.«

»Er stand zu der Zeit stark unter Druck«, murmelte ich.

»Was war das? Sprich lauter, Lori, ich hab das eben nicht verstanden.«

»Ich sagte, dass Lucy stark unter Druck steht«, sagte ich schnell. »Es ist schade, dass Gerald gehen musste. Sie hätte seine Hilfe gebrauchen können.«

Nell erinnerte mich daran, Emma um Informationen über Sybella Markham zu bitten, und das führte dazu, dass ich Emma unseren Besuch bei Onkel Williston beschrieb. Emma war sprachlos, als sie hörte, dass Douglas und Sybil tot waren.

»Du lieber Himmel!«, rief sie. »Davon hat mir niemand ein Wort gesagt.« Nach einer kleinen Pause sagte sie nachdenklich: »Vielleicht liegt es daran, dass sie in Kanada gestorben sind. Hier kümmert sich doch niemand groß darum, was dort drüben passiert.«

»Unter diesen Umständen wundert es mich nicht, dass die Familie die Angelegenheit so gut es geht zu verschweigen versucht«, meinte ich.

»Oh Lori …« Emma seufzte. »Wenn ich mich heute nicht dringend meinen Stangenbohnen widmen müsste, würde ich mich ins Auto setzen und mit dir um die Wette zu Tante Anthea fahren. Ich *höre* immer nur von diesen Leuten. Du lernst sie *kennen.*«

»Ich werde sie alle zu einem Familientreffen in mein Haus einladen«, versprach ich, und es war nur halb scherzhaft gemeint. Es wäre schon interessant, zu sehen, wie meine kluge, vernünftige Freundin auf Arthur, Lucy, Onkel Williston und – natürlich ganz besonders – auf Gerald reagieren würde.

Kapitel 21

Ich versuchte erneut, Bill anzurufen, jedoch immer noch vergeblich. Wir ließen Doncaster, Pontefract und Leeds hinter uns und bogen östlich nach York ab, dann nach Nordosten und in Richtung Pickering. Als es zwei Uhr wurde, waren die offenen goldenen Kornfelder hohen, steilen Bergen gewichen, die den Blick zum Horizont verwehrten. Die Straßen, von kleinen Wäldern beschattet, zogen sich durch enge Täler dahin, und kleine, mittelalterliche Brücken aus grauem Stein überspannten gewundene Bäche, die schnell und eiskalt dahintobten. Wir waren am Südrand der Hochmoore von Yorkshire angekommen.

Das Dörfchen Lastingham lag etwa sechs Meilen hinter Pickering. Es war ein hübscher Ort, ein Häuflein grauer Steinhäuser zwischen alten, Schatten spendenden Bäumen an einem kleinen Fluss. Laut Pauls Autoatlas war die Pfarrkirche im siebten Jahrhundert vom heiligen Cedd gegründet worden, der Bischof und Missionar von Northumberland war und jetzt unter der Krypta begraben lag. St. Marien war ein Pilgerort, von dem ich mich wie von einem Magneten angezogen fühlte, aber sowie Paul den Wagen an der breitesten Stelle der Hauptstraße geparkt hatte, zog Nell mich in Richtung des *Blacksmith 's Arms*.

»Mittagessen und Informationen sind wichtiger als Besichtigungen«, mahnte sie leise.

Natürlich hatte sie Recht. Tante Dimity hatte uns Antheas Adresse mit der üblichen Unbekümmertheit mitgeteilt, daher fehlten uns wichtige Einzelheiten. Im Pub würden wir zweifellos alles Nötige erfahren, und essen konnten wir hier auch.

Sehr zu meiner Überraschung gesellte sich Paul an der Tür des Pubs zu uns. Einen kurzen, wunderbaren Augenblick lang dachte ich schon, er habe seine feste Vorstellung von »Schicklichkeit« endlich aufgegeben, aber leider hatte auch diese Entscheidung nur wieder mit den Regeln des Anstands zu tun. Es schickte sich nicht für Damen, so informierte er uns, in einem Pub einfach Fremde anzureden. Wenn wir es bitte ihm überlassen wollten, dann würde er die schwerwiegende Aufgabe übernehmen, den Wirt zu befragen.

Nell und ich waren gerade dabei, ihm unsere gänzlich unabhängigen, jedoch auffällig ähnlichen Meinungen mitzuteilen, wobei die Worte »fähig, uns um uns selbst zu kümmern« wie ein gemeinsamer Refrain erklangen, als wir durch ein Geräusch aufgeschreckt wurden, das aus einem anderen Zeitalter zu kommen schien.

Das Getrappel von Hufen erklang, sowie ein lautes Wiehern, gefolgt von dem Geräusch von Reitstiefeln, die auf den Asphalt knallten, als eine großgewachsene Frau keine zehn Meter von uns entfernt von einem Fuchswallach absaß. Die Frau schien jenseits der mittleren Jahre zu sein, jedoch bewegte sie sich mit der natürlichen Grazie einer Sportlerin und bot in ihrer hellbraunen Reithose, der eng anliegenden schwarzen Jacke, den glänzenden schwarzen Stiefeln und der schwarzsamtenen Kappe einen stattlichen Anblick. Ihr Haar war grau und ihr Gesicht wettergegerbt, aber ihre vollen Lippen, die hohe Stirn und die dunklen Augen verrieten, dass es sich um eine Nachfahrin der berüchtigten Julia Louise handelte.

»Ist das Ihr Bus?«, fragte sie und deutete mit der Reitpeitsche auf die Limousine.

Mein Mund blieb vor Staunen offen, als Paul auf die stattliche Frau zutrat und sich in seiner ganzen Schmächtigkeit direkt vor ihr aufbaute.

»Ja, Madam«, erklärte er. »Und es tut mir leid, wenn ich Sie in irgendeiner Weise behindert haben sollte.«

»Sie haben mich noch nicht behindert«, sagte die Frau jetzt in weniger scharfem Tonfall, »aber ich erwarte gleich einen Pferdeanhänger, der hier vorbeimuss und bestimmt an Ihren Stoßstangen hängen bleiben würde. Bitte fahren Sie den Wagen weg.«

»Sehr wohl, Madam«, sagte Paul. »Ich kümmere mich darum.« Er legte zwei Finger an die Stirn, da er seine Mütze in der Hand hielt, und ging zur Limousine.

Befriedigt sprang die Frau wieder in den Sattel, beruhigte ihr tänzelndes Pferd und trabte hoheitsvoll aus dem Dorf, wobei sie die gleiche Straße nahm, auf der wir gekommen waren. Nell und ich wechselten ungläubige Blicke, dann rannten wir zum Wagen und ließen uns auf den Rücksitz fallen.

»Paul«, rief ich, »folgen Sie dem Pferd!«

Auch das breiteste Stück der Hauptstraße von Lastingham war nicht sehr breit, aber mit dem unübertroffenen Geschick des Londoner Taxifahrers vollführte Paul eine Fünfzehnpunktewendung ohne die kleinste Berührung und drehte die Limousine in die entgegengesetzte Richtung. Der Motor heulte auf, der Wagen schoss vorwärts, und unter den Blicken einiger Neugieriger, die aus den *Blacksmith's Arms* gekommen waren, rasten wir die steile Straße hinauf, die aus dem Dorf führte. Als wir auf der Hügelkuppe angekommen waren, sah Nell Pferd und Reiterin, die nur eine Viertelmeile vor uns eine meterhohe Steinmauer mit einem atemberaubenden Satz nahmen.

»Sie reitet querfeldein«, rief Nell. »Das Dach, Paul! Öffnen Sie das Dach!«

Paul drückte auf einen Knopf, das Dach glitt zurück, und der Wind zerrte an Nells blonden Locken, als sie Kopf und Schultern durch die Öffnung schob. Ich legte den Arm um ihre Knie, damit sie das Gleichgewicht nicht verlor, während sie auf den Zehenspitzen stand und ihren Hals reckte, um über Hecken und Mauern sehen zu können. »Sie reitet parallel zu uns«, rief Nell von oben. »Weiter, Paul, aber nicht zu schnell. Wir dürfen sie nicht überholen.«

Paul verringerte die Geschwindigkeit trotz der Anfeuerungsrufe von Nell immer mehr, bis das Löwengebrüll des Motors zum Schnurren eines Kätzchens geworden war und wir nur noch langsam dahinkrochen.

»Was machen Sie?«, schalt Nell und kam durch das geöffnete Dach herunter ins Innere des Wagens. »Sie ist meilenweit voraus! Jetzt holen wir sie niemals mehr ein.«

»Brauchen wir auch nicht, Mylady«, erklärte Paul und sah sie im Rückspiegel an. Er bog elegant nach rechts ab, fuhr zwischen zwei steinernen Vierkantpfeilern hindurch und kam auf dem Kiesbelag eines Hofes zum Stehen. Er drehte sich zu Nell um und sagte: »Eben war da ein Mühlstein, der halb im Boden versunken war, auf dem ganz deutlich Cobb Farm eingemeißelt war. Von dort oben, wo Sie waren, Mylady, haben Sie ihn wahrscheinlich *übersehen.*« Nell und ich stiegen eilig aus.

Nell sah sich den Hof an, dann ließ sie ihren Blick über die Landschaft der Umgebung schweifen. »Ich glaube, dies ist der Ort, an den brave Pferde kommen, wenn sie gestorben sind.«

Ich verstand, was sie meinte. Cobb Farm war von weiten grünen Hügeln und üppigen Weiden umgeben, die ohne ein paar grasende Pferde unvollkommen ausgesehen hätten. In einem Feld, das hinter uns auf der anderen Straßenseite lag, waren Heuballen zu einer Pyramide aufgetürmt; vor uns, auf der anderen Seite des Hofes, standen ein Heuwagen und eine hochrädrige Kutsche vor einer soliden Scheune aus grauem Stein.

Zu unserer Rechten lag ein langes Steingebäude, das mit roten Dachziegeln gedeckt war, es sah aus wie ein Stall und roch auch so. Das weite, hölzerne Tor stand offen und gab den Blick frei auf eine Reihe von Pferdeboxen, auf deren Boden frisches Stroh lag. An den Pfosten hingen säuberlich diverse Eimer und Bürsten, Zaumzeug und Geschirre. Das einzige Lebewesen jedoch war eine zierliche schwarz-weiße Katze, die in einem Fleck Sonnenlicht auf dem Stroh saß und sich putzte.

Dem Stall gegenüber stand ein großes einstöckiges Haus. Es war quadratisch und aus seinem bemoosten Dach ragten vier mächtige Schornsteine. Der kleine Windfang hatte eine weiße Tür mit einem Kippfenster darüber. Vor dem Haus lag ein kleiner Ziergarten, eine schlichte Anlage aus liebevoll beschnittenen Hecken und viereckigen Blumenbeeten, zwischen denen ein gepflasterter Weg zur Haustür führte.

Ich sah keinen Hinweis auf den Mercedes von Willis senior, aber die Möglichkeit, dass er uns wieder entwischt war, regte mich nicht mehr auf. Ich würde ihn schon irgendwann einholen, aber ich wusste nicht, wann ich wieder die Gelegenheit haben würde, mit Anthea Willis zu sprechen, deshalb wollte ich die Chance jetzt nutzen. Es interessierte mich, wie sie das Trauma verkraftet hatte, über dem Onkel Williston den Verstand verloren hatte.

»Hallo!«

Ich drehte mich um und sah einen Mann an der Tür stehen.

»Tut mir leid, Sie warten zu lassen«, rief er. »Mein Soufflé war gerade in einem sehr heiklen Stadium, als Sie ankamen.« Der Mann war noch größer als Anthea, mindestens eins fünfundachtzig oder gar mehr. Seinem flachsblonden Haar und dem relativ faltenlosen Gesicht nach zu urteilen war er einige Jahre jünger als sie. Er war lässig gekleidet: ein ausgeblichenes grünes Polohemd, beige Chinos und Halbschuhe. Wenn es für ihn eine Überraschung war, eine schwarze Limousine in seinem Hof vorzufinden, dann zeigte er es nicht.

»Ich bin Swann«, sagte er, indem er durch den Vorgarten zu uns kam. »Wenn Sie zu Anthea möchten, dann fürchte ich, müssen Sie etwas warten. Sie überwacht eine Lieferung auf dem Nachbarhof und wird vor dem Tee nicht zurück sein.« Er sah uns mit höflichem Interesse an. »Sind Sie wegen eines Pferdes gekommen?«

»Nein«, sagte ich. »Eigentlich, Mr Swann …«

»Einfach nur Swann«, sagte er.

»Also, Swann. Wie ich schon sagte, wir sind wegen einer ganz anderen Sache gekommen. Wir hatten gehofft …«

»Sie sind Amerikanerin!« Swann griff sich an den Kopf. »Natürlich. Wie dumm von mir.«

»Verzeihung?« Ich sah Nell an, weil ich das Gefühl hatte, als hätte ich etwas verpasst, aber sie schien ebenfalls verwirrt.

»Na ja, es ist ja ganz offensichtlich! Sie müssen Lori sein.« Swann wandte sich an Nell. »Und du bist sicherlich Nell Harris. Lucy hat mir gerade von dir erzählt.«

»Lucy ist hier?«, fragte ich.

»Sie ist auf einen Tag heraufgekommen, um Anthea und mich zu besuchen«, sagte Swann. »Sie wird sich freuen, Sie zu sehen. Wir wollten uns gerade zum Tee hinsetzen. Bitte, darf ich Sie einladen?«

»Sind Sie ein weiterer Vetter?«, fragte ich zögernd.

Swann warf den Kopf zurück und lachte, wobei man seine prächtigen weißen Zähne sah. »Du lieber Himmel, nein«, sagte er. »Ich bin Antheas Mann.«

Mein Gehirn machte eine Notbremsung, beschrieb eine Pirouette und ging auf Abstand. »Ich – ich dachte, Sie seien tot«, sagte ich, wobei ich ein ziemlich dummes Gesicht machte.

»Das ist der andere«, erklärte Swann freundlich. »Ich bin der Mann, den Anthea eigentlich schon immer hätte haben sollen.«

Kapitel 22

Swann führte uns in die Küche, wo Lucy Willis sein Spinatsoufflé überwachte, dann ging er wieder nach draußen, um zusammen mit Paul unser Gepäck nach oben zu tragen. Denn wie er uns erklärte, durfte niemand, der die lange Fahrt zur Cobb Farm gemacht hatte, diese verlassen, ohne mindestens einmal hier zu übernachten.

Die Küche war ein warmer, anheimelnder Raum mit einem ziegelroten Fliesenboden und Wänden, die ebenfalls aus unverputzten roten Ziegelsteinen bestanden. In der Mitte stand ein gescheuerter Holztisch, der für zwei Personen gedeckt war. Über der Spüle war ein großes Fenster, durch das man auf ein Feld blickte, auf dem zwei Pferde grasten. Auf den Regalen über dem großen, holzbeheizten Herd stapelten sich Töpfe und Pfannen. An den Wänden waren alte Küchenbüfetts und Unterschränke aneinandergeschoben und ersetzten die üblichen Arbeitsplatten, und ein riesiger, verglaster Bücherschrank aus irischer Kiefer beherbergte ganze Stapel von Tellern, Reihen von Teekannen und verschiedene alte Stücke aus geblümtem Porzellan.

Swanns Auffassung darüber, was zum Tee gehörte, war eindeutig die des typischen Landbewohners. Auf dem Herd köchelte ein Topf Gemüsesuppe, dessen Aroma allein einem die Knie weich werden ließ. Daneben lagen auf einem Drahtrost ein frischgebackenes Brot und eine Apfeltorte zum Abkühlen. In der Mitte des Tisches stand eine Tonvase mit Feldblumen, umgeben von einem Krug eisgekühlter Limonade, einer Tonschale mit Butter und einem silbernen Untersetzer, auf dem in Kürze das Souffle landen würde.

Lucy hatte ihre Geschäftskleidung abgelegt, und damit den Hauch von Lebensüberdruss, der in London von ihr ausgegangen war. Sie trug eine legere Hose, ein rotes Sweatshirt mit abgeschnittenen Ärmeln, und an den Füßen dicke Wollsocken ohne Schuhe. Sie hatte sich das dunkle Haar mit zwei Schildpattkämmen zurückgesteckt, und ihre lebendigen braunen Augen strahlten.

»Hallo«, sagte sie herzlich und ging zu meiner großen Freude ohne weitere Umstände zum Du über. »Ich hatte mir schon gedacht, dass ihr Vetter William hierher folgen würdet. Er war da und ist wieder weg, fürchte ich, aber ich hoffe, ihr werdet nicht ebenfalls gleich wieder weiterfahren. Ich hoffe doch, dass Swann euch zum Tee eingeladen hat.«

»Das hat er, und wir haben angenommen«, versicherte ich ihr, wobei ich mich bemühte, sie nicht merken zu lassen, wie mir das Wasser im Mund zusammenlief. Ich gab Paul und Nell einen Wink, und in Rekordzeit waren drei weitere Gedecke aufgelegt, wobei wir uns durch heimliche Blicke darüber verständigten, was für ein Glück wir doch hatten, dass uns das Essen im Pub erspart geblieben war.

Swann musste nach seiner Rückkehr diese heimlichen Blicke – einige von Nell, aber auch von mir – bemerkt und auf seine Weise gedeutet haben, denn sobald wir uns gesetzt hatten, wandte er sich an Lucy und sagte: »Ich glaube, unsere Gäste haben bemerkt, dass ich etwas jünger bin als meine Frau.«

Lucy seufzte. »Ich glaube, du wirst ihnen wohl die Sache mit den Affendrüsen erklären müssen.«

»Das wäre geschwindelt«, sagte Swann tadelnd. »Nein, sie sollen die Wahrheit hören und nichts als die Wahrheit. Seht ihr«, fuhr er fort, indem er von mir zu Nell sah, »ich war Stallbursche hier, als ich Anthea kennenlernte. Und als sie mich zum ersten Mal ihre Pferdebox ausmisten ließ, war es um mich geschehen. Es ist schon etwas Besonderes um eine ältere Frau, die weiß, wie man eine Reitpeitsche gebraucht …« Er sah verträumt vor sich hin, während wir stumm dasaßen, die Suppenlöffel wie erstarrt zwischen Teller und Mund.

Lucy brach das Schweigen mit einem glucksenden Lachen.

»Du erzählst Quatsch«, sagte Nell vorwurfsvoll.

»Wer kann es ihm verdenken«, sagte Lucy. »Die Leute haben so bizarre Theorien über die zweite Ehe meiner Mutter, dass die Wahrheit sogar mir ziemlich langweilig vorkommt. Tatsache ist, dass Swann meine Mutter während einer sehr schweren Zeit ihres Lebens davor bewahrte, durchzudrehen.«

»Aber, aber.« Swann versah sein Brot mit einer großzügigen Portion Butter. »Anthea ist der besonnenste Mensch, der mir je begegnet ist. Zugegeben, sie ist ein bisschen verrückt, wenn es um Pferde geht, aber damit kann ich leben.« Er legte die Hand an den Mund und fügte im Bühnenflüsterton hinzu: »Musste ich auch. Bevor ich Anthea heiratete, hatte ich noch nie ’ne Pferdebox gesehen, aber seitdem habe ich mehr ausgemistet, als mir lieb ist.«

Lucy stand auf, um die Suppenteller abzuräumen und das Soufflé zu servieren, dann setzte sie sich wieder. »Der Direktor von Cloverly House rief mich an und erzählte, dass ihr Onkel Williston besucht habt«, sagte sie. »Das war sehr nett von dir, Lori. Ich hoffe, mein Onkel war kein zu großer Schock für dich.«

»Es wäre ein weitaus größerer Schock gewesen, wenn du mir nicht vorher von Julia Louise und ihren beiden Söhnen erzählt hättest«, entgegnete ich.

»Ich fand ihn goldig«, sagte Nell. »Er denkt wirklich, dass er Sir Williston *ist.*«

»Ja, das denkt er«, bestätigte Lucy.

»Warum hatte Sir Williston nur Angst vor seiner Mutter?«, fragte Nell. »Ich war sehr überrascht, als Onkel Williston uns sagte, dass er sich vor Julia Louise fürchtete.« Langsam drehte ich mich zu Nell und sah sie an. Ich hatte das Manuskript, das sie Sir Poppet entwendet hatte, inzwischen ebenfalls gelesen, und ich konnte mich nicht erinnern, dass Julia Louises Name darin erwähnt wurde. Was führte sie im Schilde?

»Ich kann mir nicht vorstellen, warum er dir das erzählt hat«, sagte Lucy. »Sir Williston hatte keinen Grund, sich vor seiner Mutter zu fürchten. Er war ein guter und pflichtbewusster Sohn – ganz das Gegenteil von seinem Bruder.«

»Das wäre Lord William«, sagte Nell.

»Lucy und Anthea sind ganz vernarrt in Julia Louise«, bemerkte Swann, an mich gewandt. »Meine bescheidene Meinung ist, dass sie ein fürchterlicher alter Drachen gewesen sein muss.«

»Swann«, sagte Lucy leise, wobei sie den Kopf schüttelte, als ob sie das alles schon oft gehört hatte.

»Antheas Forschungsarbeiten sind mir bekannt«, erinnerte Swann sie. »Sie hat die halbe Nacht mit Vetter William darüber gehockt, um ihm alles zu zeigen, deshalb ist mir das alles sehr gut in Erinnerung. Wirklich, Lucy, denk doch mal an all die Prozesse, die Julia Louise angestrengt hat. Es verging doch kaum ein Tag, an dem sie nicht jemanden verklagt hat.«

»Sie hat eben die Interessen der Familie vertreten«, sagte Lucy ruhig.

Doch Swann fuhr mit seinem Protest fort. »Dann setzt sie dem Ganzen noch die Krone auf, indem sie ihr eigenes Fleisch und Blut ins Exil schickt, bloß weil er sich ein bisschen die Hörner abgestoßen hat.«

»Ihr ging es um den guten Namen der Familie«, beteuerte Lucy.

»Na ja, für Lord William war es ein Glücksfall, wenn du mich fragst«, sagte Swann. »Schließlich musste der arme alte Williston mit dem Drachen zu Hause bleiben.« Er deutete mit seinem Brotkanten auf Nell. »Ich glaube, die kleine Nell hat es ganz richtig erfasst, dass Sir Williston eine ziemliche Angst vor Julia Louise gehabt haben muss. Ich weiß, mir wäre es nicht anders gegangen.«

Lucy wollte gerade etwas erwidern, doch Nell kam ihr zuvor.

»Hatte Julia Louise ein Mündel?«, fragte sie. »Ein verwaistes junges Mädchen vielleicht, das bei ihr lebte und um das sie sich kümmerte?«

Lucy sah überrascht aus. »Nein. Warum fragst du?«

»Etwas, was Onkel Williston sagte, klang irgendwie danach«, antwortete sie leichthin. »Aber es ist nicht wichtig.«

Lucy wollte gerade eine Gabel voll Soufflé zum Mund führen, doch sie setzte sie wieder ab. »Was du bei meinem Onkel nicht vergessen darfst«, sagte sie ernst, »ist, dass er weniger ein historisches Ereignis nachspielt als … sich hinter einer historischen Persönlichkeit versteckt. Er interpretiert alles durch den Filter seiner Geschichte.«

»Das hat man uns in Cloverly House auch gesagt«, sagte Nell, und dann wechselte sie schnell das Thema, indem sie Swann fragte, ob sie mir eine Kanne mit Sir Poppets Kräutertee brauen dürfe. Ich erklärte kurz die Geschichte mit der verdorbenen Blutwurst, und während Nell den Tee machte, unterhielt Swann uns mit Anekdoten über seine kulinarischen Erlebnisse in exotischen Ländern. Er war gerade dabei, zu erklären, dass es in Peking fast so schwer war, Hundefleisch abzulehnen wie dieses überhaupt zu erkennen, als ich plötzlich so herzhaft gähnen musste, dass ich fast meine Teetasse mit verschluckt hätte.

»Oh, es tut mir leid.« Swann sah uns schuldbewusst an. »Ihr müsst völlig erledigt sein nach eurer langen Fahrt. Lucy, bitte bring deine Cousine gleich nach oben. Sie muss sich vor dem Abendessen etwas hinlegen, das wird ihr gut tun.«

Das Schlafzimmer, in das Lucy mich führte, war ländlich eingerichtet, ein Doppelbett mit einem einfachen Kopfteil aus Eiche und einer Patchworkdecke, ein Sessel und eine Ottomane mit Chintzüberzug; Kleiderschrank und Toilettentisch waren ebenfalls aus Eiche, und auf dem Boden lag ein bunter Flickenteppich. Auf dem Nachttisch neben dem Telefon saß Reginald.

Lucy ging durchs Zimmer und hob ihn auf. »Der ist ja goldig. Hast du ihn schon lange?«

»Seit ich mich erinnern kann«, sagte ich, wobei ich rot wurde. Ich war es nicht gewohnt, Reg Fremden vorzustellen.

»Ich finde es süß, dass du ihn mitgebracht hast.« Lucy ließ sich in den Sessel fallen und berührte Reginalds rosa Schnäuzchen mit der Nase.

»Manche Leute würden es kindisch finden.« Ich streifte die Schuhe ab und setzte mich mit ausgestreckten Beinen auf das Bett. Nach dem langen Sitzen im Auto fühlten sie sich leicht geschwollen an.

»Manche Leute sind ungehobelte Dummköpfe«, sagte Lucy mit ehrlicher Überzeugung. »Er erinnert mich an meinen Onkel Tom. Nicht dass der wie ein Kaninchen aussieht«, fügte sie lachend hinzu. »aber er hat eine Stoffgiraffe, schon seit seiner Kindheit. Sie heißt Geraldine. Im Büro hatte sie ihren Platz auf dem Bücherbord hinter seinem Schreibtisch, und ich sagte Gerald immer …« Lucy kniff Reginald leicht ins Ohr, während das Lachen aus ihren Augen verschwand. »Ich sagte ihm immer, dass er nach einer ausgestopften Giraffe benannt worden sei«, schloss sie leise. Sie sah mit so wehmütigem Lächeln zu mir hinüber, dass ich mich getroffen fühlte. »Du weiß ja, wie Cousins so sein können.«

»Das weiß ich nicht«, entgegnete ich, »ich hatte nie welche.«

»Gar keine?«, fragte Lucy ungläubig.

»Meine Eltern waren beide Einzelkinder«, erzählte ich. »Und ich auch. Und nun, wo meine Eltern tot sind, habe ich gar keine Verwandten mehr.«

»Doch, hast du«, erklärte Lucy. Sie setzte Reginald wieder auf den Nachttisch, setzte sich auf die Bettkante und nahm meine Hand. »Du hast sogar eine ziemlich große Verwandtschaft. Da sind zunächst Arthur und meine Schwestern und ich, dann meine Mutter und Swann und Onkel Tom und Onkel Williston.« Sie beugte sich etwas näher zu mir. »Und wie du weißt, zählt Onkel Williston doppelt.«

Sie hielt kurz die Luft an, als ob sie nicht glauben konnte, was sie soeben gesagt hatte, dann platzten wir los und kicherten wie zwei Schulmädchen im Schlafsaal. Von dem Augenblick an war Lucy Willis keine Fremde mehr, und ich wusste, was immer zwischen Bill und mir geschehen würde, meine englische Familie würde ich nie mehr loslassen.

»Es ist nicht nett, über meinen armen Onkel Witze zu machen«, sagte Lucy, indem sie sich erschöpft gegen das Kopfteil des Bettes lehnte. »Er hat so viel durchgemacht.« Sie wischte sich mit dem Ärmel eine Lachträne aus dem Augenwinkel, dann fragte sie etwas ernster: »Hat er wirklich gesagt, dass er sich vor Julia Louise fürchtete? Ich frage nur, weil er noch nie zuvor von ihr gesprochen hat. Ich wüsste einfach gern, was das zu bedeuten hat.«

»Ich glaube, er hat sie nicht direkt namentlich erwähnt«, improvisierte ich. »Er sagte so etwas wie ...« Ich schloss die Augen und versuchte, mich an das Protokoll zu erinnern: »›Ich kann Ihnen nicht alles erzählen, denn wenn Mutter davon hörte, würde sie mich bestrafen.‹«

»Und hast du irgendeine Ahnung, was er damit gemeint haben könnte?«

»Ich vermute, es hat mit deinem Vater und Onkel Willistons Frau zu tun.«

»Douglas und Sybil«, murmelte Lucy kopfschüttelnd. »Manchmal scheint es, als sollten wir nie aufhören, für ihre Sünden zu büßen.«

»Ich würde sagen, deiner Mutter ist es gelungen.«

Lucys Lächeln erreichte ihre Augen nicht. »Ja, aber sie hat Swann. Wir haben nicht alle so ein Glück.« Sie stand auf. »Ich darf dich nicht länger von deinem Nickerchen abhalten. Ich kann dir gar nicht sagen, wie ich mich freue, dich so schnell wiederzusehen, Lori. Nach diesen vielen Gesprächen über die Familiengeschichte bekam ich plötzlich Lust, Mutter zu besuchen, und ich bin froh, dass ich gekommen bin. Es gibt doch nichts Besseres als die saubere, gesunde Luft von Yorkshire, um einen wieder zuversichtlich zu machen.«

Nachdem sie gegangen war, sah ich nachdenklich auf die Tür, dann nahm ich den Telefonhörer ab und wählte Emmas Nummer.

»Was gibt's?«, fragte sie. »Hast du neue Detektivarbeit für mich?«

»Wir brauchen nur noch ein paar zusätzliche Informationen zu der alten Geschichte«, sagte ich ihr. »Erinnerst du dich an Sybella Markham? Die Frau, deren

Name auf der Kaufurkunde des Hauses steht, das der Familie Willis in London gehört? Nell scheint zu denken, dass sie eine Waise war und Julia Louise zum Vormund hatte, aber Lucy behauptet, dass Julia Louise nie ein Mündel hatte.«

»Interessant.« Emma schwieg einen Moment. »Haben wir etwa den Verdacht, dass Julia Louise ihr Mündel ebenfalls verbannt hat, genau wie ihren Sohn, um sich dann ganz bequem ihren Besitz unter den Nagel zu reißen?«

»Ich bin mir nicht sicher«, erwiderte ich. »Wie zuverlässig sind eigentlich Nells Ahnungen?«

»Die sind meist sehr zuverlässig«, versicherte Emma mir. »Aber wenn du willst, schau ich mal nach, ob ich etwas finden kann, um sie zu untermauern.«

»Danke, Emma. Ich muss jetzt aufhören.«

»Ich auch«, sagte sie. »Es ist ein herrlicher Tag, und die Stangenbohnen rufen.«

Ich ging zum Frisiertisch, auf den Swann meinen Aktenkoffer gelegt hatte, und holte das blaue Tagebuch heraus. Ich setzte mich damit aufs Bett und öffnete es, aber noch ehe ich ein Wort gesagt hatte, erschien Tante Dimitys Schrift auf der Seite.

Hier gibt es keine Spur von Julia Louise, meine Liebe, also muss sie an dem anderen Ort sein. O Lori, ich fürchte, sie muss etwas sehr Schlimmes getan haben. Ich wusste, dass Williams Vorhaben unvorsichtig war. Wenn du es Lucy sagen musst, dann bring es ihr schonend bei. Sie braucht eine Freundin, und sie mag dich sehr. Sie könnte sich wieder zurückziehen, wenn du ihre verehrte Ahnfrau madig machst.

Ich wartete, und als nichts weiter auf der Seite erschien, klappte ich das Buch zu. Mit einem Seufzer streckte ich mich auf dem Patchworküberwurf aus und sah zur Decke. Hatte Nell richtig geraten? War Julia Louise der Vormund von Sybella Markham gewesen? Und hatte die Drachenmutter wirklich etwas ›sehr Schlimmes‹ mit ihrem Mündel angestellt?

»Was ist mit Sybella passiert?«, fragte ich mich laut, wobei ich erschauerte, als sei jemand über mein Grab gegangen.

Kapitel 23

Ich verschlief das Abendessen. Der Duft von Roastbeef lag noch in der Luft, als ich die Treppe hinunterging, aber die Stimmen kamen aus dem Wohnzimmer gleich neben dem Flur. Ich erkannte sowohl Antheas Stimme als auch Nells und Lucys, und ihrem Gespräch entnahm ich, dass sie den restlichen Nachmittag damit zugebracht hatten, sich die Farm anzusehen.

Einen Augenblick lang stand ich unbemerkt an der Tür. Das Wohnzimmer war genauso einladend wie die Küche, und ebenso großzügig in seinen Proportionen. An den Wänden hingen gerahmte Aquarelle von Pferden, und auf dem Kaminsims drängten sich Pokale, Rosetten und Bänder. Eine bunte Mischung aus Möbeln verschiedener Stilrichtungen vervollständigte das gemütlich-unordentliche Bild – vor dem Kamin stand eine Gruppe chintzbezogener Sessel sowie ein weiches Sofa, außerdem gab es mehrere Ottomanen mit Kissen im Paisleymuster und eine Hand voll Tischchen in verschiedenen Formen und Größen. Die schweren Vorhänge waren zugezogen.

In einer Ecke des Raumes war ein Arbeitsplatz eingerichtet. Hier stand ein weiterer Bücherschrank aus irischer Kiefer, ähnlich dem in der Küche, sowie ein langer Esstisch, der als Schreibtisch benutzt wurde. Darauf lagen Bleistifte und Kugelschreiber und eine Menge Bücher, die allesamt starke Gebrauchsspuren zeigten. Den Ehrenplatz aber nahm eine alte Remington-Schreibmaschine ein, die von Papierstapeln umgeben war. Vermutlich handelte es sich bei diesen Stapeln um Antheas Biografie von Julia Louise, die Lucy in London erwähnt hatte. Ich entdeckte ein weiteres Porträt von Julia Louise an der Wand über der Schreibmaschine, und mich überkam ein merkwürdiges Gefühl. Sie war in Goldbrokat gekleidet und trug ein eng anliegendes, breites Halsband aus Perlen und Brillanten, und irgendwie kam es mir vor, als beobachte sie mich.

Anthea saß zwischen Lucy und Nell auf dem Sofa vor dem Kamin, auf ihrem Schoß lag ein geöffnetes Fotoalbum. Lucy trug immer noch ihre legere Kleidung von heute Nachmittag, aber Nell hatte sich natürlich zum Abendessen umgezogen. Sie trug ein blaues Samtkleid mit langen Ärmeln und einem gehäkelten Kragen, und Bertie, der auf ihrem Schoß saß, trug ein flottes schwarzes Cape mit rotem Seidenfutter.

»Lori«, sagte Anthea und stand auf, um mich zu begrüßen. Sie hatte ihr graues Haar gelöst, und statt ihrer Reitkleidung trug sie ein atemberaubendes, weich fließendes Kleid in einem Grün, das an Meeresschaum erinnerte. »Es tut mir leid, dass ich nicht hier war, als ihr ankamt. Ich muss mich auch wegen meines Benehmens heute Nachmittag im Dorf entschuldigen. Wenn ich ein Pferd verkaufe, bin ich immer schlecht gelaunt. Ich hasse es einfach, wenn ich mich von einem meiner Lieblinge trennen muss.«

»Du musst hungrig sein«, sagte Lucy, die zu uns trat. »Soll ich Swann bitten, dass er dir ein Tablett hier herein bringt? Er und Paul waschen gerade ab.«

»Swann freut sich, einen Mann hier zu haben«, erzählte Anthea, nachdem Lucy das Zimmer verlassen hatte. »Ich fürchte, dein Schwiegervater war ihm in dieser Hinsicht keine große Stütze. William beschäftigte das alles zu stark ...« Sie deutete auf den Arbeitsplatz in der

Ecke. »Swann aber langweilt es zu Tode, und das will was heißen. Aber jetzt musst du dich zu uns setzen und hören, was Nell gemacht hat, während du geschlafen hast.«

Es war sofort klar, dass Nell zur Pferdenärrin geworden war. Sie konnte gar nicht wieder aufhören, von der fuchsroten Stute und ihrem Fohlen zu erzählen, mit denen Swann sie bekannt gemacht hatte, und als sie von Antheas Ankunft auf dem Fuchswallach erzählte, überstürzten sich ihre Worte fast vor Begeisterung. Ich hätte nie erwartet, dass ihre blauen Augen bei der bloßen Erwähnung von Striegeln so strahlen könnten, aber Swanns Führung durch die Ställe – und sicher auch sein umwerfender Charme – hatten sie bekehrt.

Lucy kam zurück, und bald darauf folgte ihr Swann, der ein Tablett mit den aufgewärmten Resten des Festmahls aus Roastbeef und Yorkshire-Pudding trug, das er uns zu Ehren zubereitet hatte.

»Paul ist nach oben gegangen«, sagte Swann, indem er das Tablett auf ein Tischchen stellte, das Lucy herangezogen hatte. »Für den Rest des Abends gehöre ich euch, meine Damen, aber ich warne euch: ein lobendes Wörtchen über den Drachen, und ich verschwinde.«

»Armer Swann«, sagte Anthea mit gespielter Traurigkeit. »Er leidet unter einer Überdosis von Ihr-wisst-schon-wem.« Sie deutete auf das Bild über der Schreibmaschine, dann streckte sie die Hand nach ihrem Mann aus. »*Pax*, mein Lieber. Ich verkünde hiermit ein Moratorium über die Familiengeschichte – jedenfalls für heute Abend.«

Swann nahm Antheas Hand, und sie zog ihn neben sich aufs Sofa, während Lucy sich in einen Sessel beim Kamin kuschelte und Nell in eine neue Lobeshymne über die Pferde ausbrach. Ich machte mich über das Roastbeef her und trug daher wenig zum Gespräch bei, stattdessen musterte ich meine Gastgeber.

Sie waren ein reizendes Paar. Swann war aufmerksam, aber nicht unterwürfig; Anthea behandelte ihn liebevoll, ohne dass es übertrieben wirkte, und obwohl sie über verschiedene Reiche regierten, schien Swann ein ebenso großes Interesse an ihren Ställen zu haben wie sie sich für die Belange des Haushalts interessierte. Sie hörten einander zu, lachten mit ehrlichem Vergnügen über Geschichten, die sie wahrscheinlich schon tausendmal gehört hatten, und versetzten mich irgendwie in Hochstimmung. Wenn dieses ungleiche Paar eine derart wunderbare Partnerschaft zustande bringen konnte, dann gab es doch bestimmt für Bill und mich ebenfalls Hoffnung.

Als ich so viel gegessen hatte wie ich konnte, brachte Swann das Tablett in die Küche und kam mit einer Kanne voll Sir Poppets Tee zurück.

»Das ist ein wunderbares Zeug«, sagte er. »Besonders nach einer üppigen Mahlzeit.«

»Und sie bleibt unten«, sagte ich trocken. »Ich habe einen ganzen Koffer voll davon, du bekommst gleich morgen früh einen Vorrat. Ich habe den Eindruck, dass große Mahlzeiten hier die Regel sind. Du bist aber auch ein großartiger Koch.«

»Swann ist ein Schatz«, stimmte Lucy zu. »Wenn ich hier zu Besuch bin, nehme ich jedes Mal mindestens zehn Pfund zu.«

»Nur passiert das leider nicht oft genug«, sagte Anthea.

Lucy stützte das Kinn auf die Hand. »Es ist nicht leicht für mich, wegzukommen, Mutter, besonders jetzt, wo …«

»Wo die Mädchen beide zu Hause sind und Babys kriegen und du nur den großen Tölpel Arthur zur Hilfe hast.« Anthea nickte. »Ich verstehe schon, Lucy, aber es nützt auch nichts, wenn du dich dabei kaputtmachst.«

Nell strich Berties Cape glatt und schlug mit unschuldiger Stimme vor: »Du könntest doch Gerald bitten, dir zu helfen.«

Die Wirkung ihrer Worte war erschreckend. Lucy zuckte zusammen, als habe ihr jemand eine Ohrfeige gegeben, dann verzog sich ihr Gesicht, und sie stürzte ohne ein Wort aus dem Zimmer. Ich starrte hinter ihr her, und einen Augenblick lang sagte niemand ein Wort.

»Das arme Ding«, sagte Anthea und schickte sich an, ihrer Tochter zu folgen. »Sie ist völlig erschöpft.«

Swann schnaubte. »Unsinn. Du weißt genau, dass sie Liebeskummer hat. Und Gerald geht es auch nicht besser, nur gibt er es nicht zu.« Seine blauen Augen blitzten, als er mich ansah. »Du hast doch mit Gerald gesprochen, als ihr ihn in Surrey besucht habt. Hat er zufällig erwähnt, warum er aus London weggegangen ist?«

Ich zuckte unsicher mit den Schultern. »Er sagte, er habe ein paar Fehler gemacht und sei im Interesse der Firma ausgeschieden.«

»Totaler Quatsch«, meinte Swann.

»Swann …«, sagte Anthea leise.

»Entschuldige, Liebes, aber ich habe es bis hierher satt, wie ihr alle um den heißen Brei herumredet. Lucy ist schlecht drauf, und wenn sie schlecht drauf ist, bist du auch schlecht drauf, und das wiederum macht mich fertig.« Er wandte sich wieder mir zu. »Gerald ist, im Gegensatz zu dem Tollpatsch Arthur, ein großartiger Rechtsanwalt. Er ist intelligent, charmant, diskret, und er liebt seinen Beruf. Ich kann es einfach nicht glauben, dass er die Firma wegen eines Fehlers verlassen hat, den man auch auf andere Art hätte bereinigen können.«

Ich sah Anthea unsicher an. »Ich dachte, Lucy hat es ihm nahegelegt.«

»Lucy?«, sagte Anthea und riss die Augen auf. »Du meinst, sie hat Gerald gesagt, er solle gehen?« Sie gab Swann ihre Teetasse und stand auf, um ein gerahmtes Foto vom Kamin zu nehmen. Nachdem sie es kurz angeschaut hatte, reichte sie es mir.

Auf dem Bild waren fünf Kinder zu sehen, drei Mädchen und zwei Jungen, alle trugen Reitkleidung und standen in einer offenen Stalltür. Obwohl es ein Gruppenbild war, standen die beiden Ältesten, ein dunkelhaariges Mädchen und ein Junge mit kastanienbraunem Haar, etwas entfernt von den anderen, und statt in die Kamera zu sehen, lächelten sie sich gegenseitig an.

»Swann hat ganz Recht«, sagte Anthea. »Die beiden lieben sich, seit sie überhaupt wissen, was das heißt. Sie haben niemals übers Heiraten gesprochen, es wurde einfach als selbstverständlich vorausgesetzt. Ich weiß nicht, warum Gerald aus der Firma ausgeschieden ist, aber ich kann dir versichern, dass meine Tochter ihn nicht darum gebeten hat.«

Das Feuer knisterte, und ein plötzlicher Windstoß rüttelte am Fenster. Anthea stellte das Bild auf den Kaminsims zurück, nahm ihren Platz auf dem Sofa wieder ein und ließ sich von Swann ihre Teetasse zurückgeben. Ich dachte an Lucy, die sich oben wahrscheinlich die Augen ausweinte, und an Gerald, der mit schwerem Herzen in Haslemere saß. Es machte alles überhaupt keinen Sinn.

Schließlich unterbrach Nell das Schweigen. »Aber warum *ist* Gerald dann aus der Firma ausgeschieden?«

Ich schloss die Augen und wünschte, sie hätte uns nach ihrer ersten Breitseite ein paar Minuten Zeit gegeben, ehe sie die nächste abfeuerte, aber Anthea ließ sich nicht aus der Ruhe bringen.

»Weiß der Himmel«, sagte sie. »Wenn Gerald sich selbst etwas über die Liebe zu meiner Tochter vormachen kann, dann kann er auch andere belügen.«

»Anthea ist auf Lügner spezialisiert«, warf Swann ein.

»Das kann man wohl sagen«, bestätigte sie und lächelte traurig. »Schließlich war ich mit einem verheiratet.« Sie lehnte sich an Swanns Schulter und sah versonnen ins Feuer. »Ich muss zugeben, dass es zwischen meinem toten Mann und Gerald eine merkwürdige Ähnlichkeit gibt.«

»Die muss schon *sehr* merkwürdig sein«, sagte Swann. »Gerald ist ein anständiger Kerl, während Douglas ein Schweinehund war.«

»Ja, aber er war nicht immer so«, sagte Anthea. »Douglas war im Grunde genommen auch ein anständiger Kerl, bis er sich mit dieser Ärztin einließ ...«

»Sally die Schlampe«, sagte Swann, und bei der Erinnerung musste er lächeln. »Die Ärztin mit dem Gesicht eines Frettchens und der nie versiegenden Pillenschachtel.«

»Schreckliches Weib.« Anthea schüttelte den Kopf und sah mich an. »Sie hatte auch mal einen Mann, aber als er merkte, an wen er da geraten war, ist er vor Schreck geflohen.«

Swann nickte beifällig. »Kluger Kerl.«

»Sally ist ein Ungeheuer«, sagte Anthea sachlich. Sie wandte sich mit ungläubigem Gesicht zu mir. »Sie hat sogar einmal versucht, mich zu erpressen. Behauptete, sie habe kompromittierende Bilder von Douglas. Ich riet ihr, sie ruhig zu veröffentlichen und sich lächerlich zu machen. Natürlich hörte ich nie wieder etwas von ihr.«

»Die einzige Art, mit solchem Ungeziefer fertig zu werden.« Swann klopfte seiner Frau ermunternd aufs Knie. »Ich kann nur sagen, Sally muss in ihren Anatomie-Vorlesungen ein paar clevere Partytricks gelernt haben. Denn ihr Aussehen allein kann ihr unmöglich zu diesem Erfolg bei Männern verholfen haben.« Er sah Anthea an und wackelte ein paarmal vielsagend mit den Augenbrauen, dann legte er den Finger auf die Lippen. »Aber wir sollten Sally der Schlampe nicht gestatten, uns den Abend zu verderben. Ich hebe hiermit das Moratorium auf. Du kannst jetzt über den Drachen sprechen, so viel du willst, Schatz. Ich gehe nämlich nach oben und schau mal nach Lucy.«

»Danke, mein Alter«, sagte Anthea, und als er aus dem Zimmer war, bemerkte sie: »Er kann mit Lucy viel besser reden als ich. Sie lässt mich überhaupt nicht an sich ran und blockt ab, sobald ich nur frage, was eigentlich mit ihr los ist.« Sie hob die Hände und sagte mit traurigem Lächeln: »Das Los einer Mutter ist wahrlich manchmal nicht das leichteste. Aber nun …«, fuhr sie fort, indem sie sich vom Sofa erhob, »Lucy sagte, ihr würdet euch vielleicht für die Dokumente interessieren, die sie über Julia Louise zusammengetragen hat. Kommt doch mit rüber in meine Arbeitsecke …«

Die nächste Stunde verbrachten Anthea, Nell und ich mit einer historischen Entdeckungsreise, wobei Anthea ihre Schätze an Familiendokumenten nacheinander vor uns ausbreitete und dazu die Kommentare lieferte. Es gab Gerichtsbeschlüsse, Briefe, Visitenkarten, Rechnungen von Schneidern, Hutmachern, Juwelieren und Parfümerien – eine faszinierende Mischung geschäftlicher und privater Details, alles Dinge, die Antheas Biografie sehr authentisch machen würde.

»Julia Louise war Witwe, sie kam aus Bath und nahm London im Sturm«, erklärte Anthea stolz. »Ich hoffe, die jungen Frauen von heute werden sie sich als Vorbild nehmen.«

Als ich mir gerade eine weitere echt aussehende Kaufurkunde von Anne Elizabeth Court Nummer drei ansah – diesmal war der Name von Sir Williston als Eigentümer eingetragen –, erinnerte ich mich an Toby Treadwells Warnung: »Fälschungen hat es damals auch schon gegeben.«

Man hat auch Dokumente vernichtet, sagte ich mir. Erneut betrachtete ich das Porträt, ich sah Julia Louises hohe Stirn und ihre ruhigen braunen Augen, aber zum ersten Mal bemerkte ich auch den harten Zug um ihren Mund. Julia Louise, so dachte ich, hatte eine ganze Reihe unerfreulicher Dinge auf dem Kerbholz, die sie im Interesse ihrer Familie getan hat. Hatte sie auch den Besitz ihres Mündels gestohlen?

Es war ihr so wichtig gewesen, die Firma nach London zu verlegen. Ein Gebäude in der Nähe des Gerichtsviertels muss eine große Versuchung für sie gewesen sein. War sie ihr erlegen? Hatte sie Sybellas Kaufurkunde in den Archiven der Familie verschwinden lassen und durch eine Kopie nach ihren eigenen Vorstellungen ersetzen lassen?

Mein Herz fing an zu hämmern, und ich musste mich zusammenreißen. Meine Fantasie ging wieder einmal mit mir durch. Schließlich hatte Anthea Sybella nicht einmal erwähnt, und aus keinem der Dokumente ging hervor, dass Julia Louise jemals ein Mündel gehabt hatte. Ich wandte den Blick von dem Porträt ab und sagte mir, dass Nells Überzeugung von Sybellas Existenz nur auf Vermutungen beruhte.

Anthea hielt ebenso wenig von Julia Louises jüngerem Sohn wie Lucy. »Lord William war ein Schleicher, wie mein früherer Mann. Sowie seine Mutter sich umdrehte, war er hinter den Zimmermädchen her und verführte sie.« Sie machte eine Pause, als müsse sie die Sache näher erklären. »Ihr müsst nämlich wissen, es war nicht so sehr Sex, was Douglas reizte, als die Geheimnistuerei. Ich denke manchmal, er muss sich wie eine Art Agent gefühlt haben. Vielleicht wollte er damit verhindern, erwachsen zu werden.«

»Hat Lord William Sybella Markham verführt?«, fragte Nell.

Ich hielt den Atem an. Das war ein so gewagter Frontalangriff, wie ihn nur Nell fertig bringen konnte.

»Sybella Markham ist ein Hirngespinst des armen Williston«, sagte Anthea. »Obwohl wir alle glauben, dass es mit seiner hübschen jungen Frau zusammenhängt.« Auch das schien sie an ihren toten Mann zu erinnern, denn sie fuhr fort, von ihm zu reden, als sei sie noch nicht bereit, das Thema fallen zu lassen. »Was Douglas' Affäre mit Sally der Schlampe so absurd machte, war, dass sie weder jung noch hübsch war. Ich sage euch, sie war eine Tomate auf Zahnstochern. Und diese Augen …« Sie schüttelte sich theatralisch. »Ich dachte immer, braune Augen seien warm, aber ihre waren so kalt wie Eis und hart wie Stein.«

Ich legte die Kaufurkunde beiseite und hatte das Gefühl, als sei ich abrupt aus der Vergangenheit in die Gegenwart katapultiert worden. Ich hatte diese Worte schon einmal gehört, es war noch gar nicht lange her. »Eine Hexe mit harten Augen?«, sagte ich langsam. »Ein kleiner runder Kloß von einer Frau?«

»Oh, das gefällt mir.« Anthea lächelte beifällig. »Ja, vielleicht ist ›Kloß‹ besser als ›Tomate‹. Denn schließlich färbte sie ihre grauen Haare dunkelbraun und nicht rot.«

Dürre Beine, keine Taille, gefärbtes Haar … So hatte Arthur doch die Frau beschrieben, mit der Gerald sich im Flamborough zum Essen traf. Nicht mehr ganz taufrisch, hatte er gesagt, und das wäre sie auch nicht, wenn sie während der Affäre mit Douglas bereits graue Haare hatte. Aber warum in aller Welt sollte Gerald sich regelmäßig mit der ehemaligen Geliebten seines toten Onkels treffen?

Anthea fing an, die Dokumente wieder in den Kasten zu legen. »Der große Unterschied zwischen Gerald und Douglas«, sagte sie traurig, indem sie ihren Wortwechsel mit Swann wieder aufnahm, »ist der, dass Geralds Lügen ihm keinerlei Freude gebracht haben. Ich frage mich nur, warum er sie für nötig hielt.« Mit einem Seufzer schloss sie den Kasten. »Kann ich euch sonst noch etwas zeigen?«

»Nein, vielen Dank«, sagte Nell. »Ich glaube, Bertie und ich gehen jetzt nach oben. Es war ein langer Tag.«

»Lori?«, sagte Anthea.

Ich stand auf. »Ich würde gern noch etwas frische Luft schnappen, ehe ich zu Bett gehe, wenn du nichts dagegen hast.«

»Eine gute Idee«, sagte Anthea. »Nach deinem langen Mittagsschlaf wirst du wohl nicht so leicht einschlafen. Aber man sagt ja, dass die Luft von Yorkshire so gut ist wie eine Schlaftablette. Soll ich dir Gesellschaft leisten?«

»Ach nein, danke«, sagte ich. »Geh ruhig schon mit Nell hinauf. Ich drehe nur noch kurz eine Runde im Hof.«

Fünf Minuten später stand ich im Flur, eingemummelt in eine warme Wolljacke von Anthea und mit einer langen schwarzen Taschenlampe versehen, die zur Not auch als Keule verwendet werden konnte. Ich sagte Anthea, Nell und Bertie gute Nacht, öffnete die Tür und fühlte mit Genuss den kalten Wind auf meinem Gesicht. Ich hoffte, er würde mich zur Besinnung bringen.

Kapitel 24

Es war zehn Uhr und stockdunkel. Aus den dicht verhüllten Fenstern des Hauses drang nicht der kleinste Lichtschimmer, und auf dem Hof gab es keine Außenbeleuchtung, die ein beruhigendes Licht verströmt hätte. Mond und Sterne waren von den Wolken, die der Wind von den Hochmooren fegte, ausgelöscht worden, und die Hügel ringsum schnitten uns auch sonst von jedem Lichtschein ab, der von einer der benachbarten Farmen oder vom Dorf hätte kommen können. Der Lichtkegel meiner Taschenlampe schnitt eine Schneise in die Finsternis, die mich wie ein tiefschwarzes Meer umgab.

Es war eine geräuschvolle Dunkelheit. Außer dem gewöhnlichen Chor der Insekten und dem Rauschen der Bäume auf den bewaldeten Hügeln pfiff und stöhnte der Wind um die Stallgebäude, die Pferde schnaubten und stampften, und eine Stalltür, die nur halb geschlossen war, knarrte in den Angeln. Das rhythmische Quietschen würde mich verrückt machen, entschied ich, und die Zugluft konnte für das Fuchsfohlen auch nicht gut sein. Also senkte ich entschlossen den Kopf, stellte den Kragen hoch und stapfte über den Kies, um die Tür zu schließen. Strohhalme, die im Licht der Taschenlampe durch die Luft flogen, erinnerten mich daran, den Schein auf den Boden zu richten, falls die Pferde hier noch andere, weniger angenehme Spuren hinterlassen hatten. Ich war eine Armeslänge von der Stalltür entfernt und versuchte gerade, mir Nell mit einer Mistgabel in ihren hübschen, schlanken Händen vorzustellen, als mir ein lautes Wiehern einen kalten Schauer über den Rücken jagte und mich in meinem Entschluss noch bestärkte, dafür zu sorgen, dass Antheas Lieblinge für die Nacht sicher eingeschlossen waren.

Als ich nach der Klinke griff, um die Tür zuzuziehen, schoss mir etwas zwischen den Beinen hindurch, sodass ich aufschreiend in den Hof zurücktaumelte. Ein scharfer Windstoß ergriff die Tür und dröhnte in meinen Ohren, als Nächstes vernahm ich ein klägliches ›Miau‹. Der Schein meiner Taschenlampe zuckte am Boden entlang, bis er auf ein Paar grüner Augen fiel, die in einem kleinen, schwarz-weiß behaarten Gesicht glühten.

»Du kleines *Biest.*« Meine Hand umklammerte krampfhaft das Vorderteil meiner Jacke, und ich schnappte nach Luft, als das Kätzchen mir um die Beine strich. »Deinetwegen hätte ich jetzt beinahe eine Herzattacke gehabt«, sagte ich leise und wollte gerade über meine schwachen Nerven lachen, als ich hinter mir ein Geräusch hörte und eine Hand sich auf meine Schulter legte.

Vor Entsetzen konnte ich keinen klaren Gedanken fassen, aber mein Körper reagierte automatisch. Ich war von einer alleinstehenden Mutter auf der Chicago Westside großgezogen worden, und die hatte ihrer geliebten Tochter Selbstverteidigung beigebracht. Nichts Kunstvolles, Asiatisches, sondern lediglich Griffe und Kniffe, die einer weniger eleganten, aber wirkungsvollen Straßentechnik entstammten.

Ich rammte meinen Ellbogen nach hinten, gleichzeitig schleuderte ich den langen Griff der Taschenlampe in dieselbe Richtung. Ich hörte einen leisen Schmerzenslaut, meine Schulter wurde losgelassen und ich rannte zum Haus, wobei der Kies nur so flog. Zwei Meter vor der Haustür schaltete sich mein Gehirn wieder ein und teilte mir mit, dass ich den Menschen kannte, der diesen Laut von sich gegeben hatte.

Ich stand still und drehte mich um. Der Adrenalinstoß ebbte ab, als ich vorsichtig über den Hof zurückging und eine Gestalt sah, die schmerzhaft zusammengekauert vor der knarrenden Stalltür hockte. Als ich näher kam, hob sich eine Hand, um das blendende Licht der Taschenlampe abzuschirmen.

»Könntest du bitte das verdammte Ding woanders hinhalten? Du hast mir schon ein paar Rippen gebrochen, es ist nicht nötig, mich auch noch zu blenden.«

»Bill?«, sagte ich in einem Ton, den ich eigentlich für ein persönliches Treffen mit Greta Garbo aufgehoben hatte.

»Nein«, keuchte er, »Jack the Ripper. Hast du ein Glück, dass du mich schachmatt gesetzt hast. Wer hat dir das denn bloß beigebracht? Etwa die Nonnen in deiner Oberschule?«

»Bill?«, wiederholte ich und schwankte leicht.

Langsam stand er auf, wobei er leise stöhnte. »Ja, Lori, ich bin's.«

»Wie …? Wann …? O *Bill*«, rief ich, »habe ich dir wirklich die Rippen gebrochen?«

Mein Mann öffnete seine Arme weit. »Warum kommst du nicht her und siehst selbst nach?«

Ich machte einen halben Schritt auf ihn zu, dann blieb ich stehen. »Wo ist denn dein Bart?«

»Der ist versengt, als der Kocher explodierte. Danach war nicht mehr viel Staat damit zu machen.« Bill hob die Hand an sein glattrasiertes Kinn, und ich hielt erschreckt den Atem an.

»Und was ist mit deinem *Arm* passiert?«, fragte ich und ging einen Schritt näher auf ihn zu.

Bill senkte seine linke Hand, die in einem Gipsverband steckte. »Als der Kocher explodierte, fiel ich auf den Holzhaufen«, erklärte er. »Er ist nur verstaucht, aber sie wollten ihn eine Weile ruhig stellen. Und ehe du mich wegen meiner Brille fragst, ja, die ist auch neu. Die alte habe ich verloren, als der Rettungsdienst mich in das Wasserflugzeug lud. Und jetzt, würdest du bitte aufhören, mich mit den Augen zu verschlingen, und mir einen Kuss geben? Ich habe einen ziemlich weiten Weg zurückgelegt, um dich zu finden.«

Bill hatte ein Wasserflugzeug, einen Linienflug, die Concorde, einen Hubschrauber und einen Leihwagen gebraucht, um in zwei Tagen den Weg vom verwünschten Ufer des Little Moose Lake bis zur Cobb Farm zurückzulegen.

»Ich konnte nach deinem nächtlichen Anruf nicht wieder einschlafen«, sagte er, »und auch am nächsten Morgen konnte ich mich auf nichts mehr konzentrieren. Darum ist wohl auch der Kocher explodiert. Ich glaube, ich war etwas unvorsichtig mit dem Kerosin.«

Ich füllte einen Teller mit aufgewärmter Gemüsesuppe und stellte ihn Bill hin. Nachdem ich ihn so fest gedrückt hatte, dass alle Sorgen wegen eventuell gebrochener Rippen zerstreut waren, hatte ich meinen lädierten Mann ins Haus und geradewegs in die Küche gebracht. Niemand war heruntergekommen, um nach uns zu sehen. Ich nahm an, dass nach dem langen Nachmittag an der frischen Luft alle Hausbewohner fest schliefen.

»Da lag ich also auf dem Holzstoß«, fuhr Bill fort, »die Hälfte meines Bartes abgebrannt, und mein schmerzhafter Arm unter mir eingeklemmt. Ich sah, wie die Angestellten mit ihren Feuerlöschern rumrannten, während Reeves und Randi und der Rest des verdammten Biddiford-Clans sorgsam Abstand hielten, um ihre zarten Händchen nicht zu beschmutzen, und plötzlich fragte ich mich: ›Bill, was zum Teufel machst du eigentlich hier?‹«

Er schwieg, um seine Suppe weiterzuessen, und ich sah nach den Resten des Abendessens, die im Backofen aufgewärmt wurden, und sorgte für etwas Warmes zu trinken. Dabei musste ich über die Schulter immer wieder meinen Mann ansehen, nicht nur, weil ich es kaum fassen konnte, dass er hier im gleichen Raum mit mir saß, sondern auch, weil es kaum zu glauben war, dass es mein Mann war. Er sah aus wie jemand, den ich noch nie zuvor gesehen hatte.

»›Lori klingt, als ob es ihr nicht gut geht‹«, setzte Bill seinen inneren Dialog fort. »›Warum zum Kuckuck bist du nicht dort drüben und kümmerst dich um sie?‹« Bill zuckte die Schultern. »Also sagte ich den Biddifords, sie könnten mich mal, und funkte nach einem Rettungsflieger, um mich dort rauszuholen. Und Gott weiß, inzwischen war ich wirklich ein Notfall. Gibt's noch etwas von der warmen Milch?«

Ich brachte den Topf zum Tisch und füllte Bills Becher noch einmal, dann häufte ich Roastbeef und Yorkshire-Pudding auf seinen Teller. Ich musste ihm das Fleisch zerschneiden, denn sein linker Arm war so gut wie nicht zu gebrauchen – er hatte es fertig gebracht, das Handgelenk gerade auf der Seite zu verstauchen, wo er sich auch den Daumen mit dem Angelhaken durchbohrt hatte. Armer Daumen, dachte ich zärtlich, als ich den weißen Mullverband betrachtete, der komisch abgespreizt aus dem Gips ragte.

Ich stellte den Teller vor Bill, drückte ihm einen Kuss auf den Kopf und setzte mich ihm gegenüber an den Tisch. Ich konnte nicht aufhören, ihn anzusehen. Sonnenbrand und Wind hatten seiner sonst so blassen Haut eine gesunde Röte gegeben, und sein glatt rasiertes Kinn war genauso ausgeprägt wie das von Onkel Williston. Hinter der schmalen Schildpattfassung seiner neuen Brille verschwanden seine braunen Augen nicht mehr so sehr wie hinter der alten, und zu seinen braunen Cordhosen, die ich kannte, trug er einen robusten Fischerpullover mit Zopfmuster, der mir sehr gefiel, den ich aber noch nie an ihm gesehen hatte.

»Das Rettungsteam verarztete meinen Arm und half mir beim Rasieren, weil sie sehen wollten, ob ich Brandwunden im Gesicht hatte, dann setzten sie mich in Bangor ab, von wo ich einen Linienflug nach Logan nahm. Wir kamen gerade noch vor einem gewaltigen Sturm weg. Ich hoffe, er hat die Biddifords … zum Teufel gefegt.«

»Aber wie bist du so schnell zu einer neuen Brille gekommen?«, fragte ich.

»Miss Kingsley. Ich rief sie aus der Concorde an, und die Brille war fertig, als ich in Heathrow ankam.« Er berührte die Schildpattfassung und sah mich scheu an. »Gefällt sie dir?«

»Ich finde sie wunderschön«, sagte ich und nahm mir im Stillen vor, Miss Kingsley zu Champagner und Kaviar einzuladen, wenn ich das nächste Mal in London war.

Bill zupfte am Ärmel seines Pullovers. »Den hat Miss Kingsley mir auch gekauft, weil ich im Rettungsflieger mein Gepäck nicht mitnehmen konnte. Sie hat auch den Hubschrauber organisiert, mit dem ich nach York gekommen bin, und den Leihwagen für das letzte Stück hierher. Von Paul war sie über deine Reiseroute unterrichtet.«

»Wo ist das Auto jetzt?«, fragte ich.

»Das habe ich auf einem Feld an der Straße geparkt«, erwiderte er. »Ich wollte eigentlich erst morgen früh hier auftauchen, aber dann wurde ich neugierig und dachte, ich könnte mir die Farm ja schon mal heute Abend ansehen.«

Er legte die Gabel hin und rieb sich die Seite. »Ich hatte dich gerufen, aber wohl nicht laut genug, der verdammte Wind hat alles übertönt.«

»Es tut mir so leid, Bill«, sagte ich, wobei mir vor lauter Mitgefühl die Rippen ebenfalls etwas wehtaten.

»Ist nicht nötig«, sagte er und nahm die Gabel wieder auf. »Schließlich habe ich es verdient. Ich war so ein Dummkopf, Lori. Weißt du, warum sich die Biddifords jahrelang nicht über Quentin Biddifords Testament einigen konnten? Sie haben sich um eine *Angelrute* gestritten. Wegen einer verdammten antiken japanischen *Angelrute* aus Bambus haben sie die Firma dreißig Jahre lang in Atem gehalten.« Ärgerlich rammte er die Gabel in ein Stück Roastbeef.

»Das ist absurd«, sagte ich, wobei ich mir Mühe geben musste, nicht zu lachen.

»Wenn ich mit Vater gesprochen hätte, wäre ich gewarnt gewesen«, sagte Bill bitter. »Aber nein, ich konnte ihn ja unmöglich um Rat fragen. Was für ein dämlicher Dickkopf ich doch war.«

»Ich nehme an, Miss Kingsley hat dir von deinem Vater berichtet«, sagte ich.

»Was ist mit meinem Vater?« Bill sah von seinem Teller auf. »Ist er nicht hier bei euch?«

Ich räusperte mich. »Nicht direkt …«

Bill schob seinen Teller weg und hörte aufmerksam zu, als ich erzählte, was passiert war, von dem Moment an, wo ich Emmas Gemüsegarten verlassen hatte bis zu dem letzten Vorfall hier auf dem nächtlichen Hof, den er ja bestens kannte. Es dauerte länger als eine Stunde, bis ich alle Einzelheiten berichtet hatte. Na ja, *fast* alle.

Als ich fertig war, schwieg Bill lange. Dann nahm er die Brille ab und rieb sich die Augen. »Ich bin heute Abend zu müde, um das alles aufzunehmen«, sagte er. »Gehen wir erst mal schlafen, und morgen sehen wir weiter.« Er schob seinen Stuhl zurück und trug die Teller zur Spüle. Er ließ Wasser darüberlaufen, drehte den Hahn zu und blieb stehen, den Rücken zu mir. Sein heller Pullover hob sich gegen das dunkle Fenster ab, sein linker Arm hing schlaff herunter, und mit der rechten Hand hielt er den Rand des Beckens umklammert, als sei es das Einzige, was ihn aufrecht hielt.

»Lori«, sagte er, »ich weiß, dass ich nicht nur Vater rücksichtslos behandelt habe. Vielleicht habe ich die Explosion gebraucht, damit Ordnung in meinen Kopf kommt, aber während ich auf dem Holzhaufen lag, sind mir ein paar Dinge klar geworden.«

Ich trat hinter ihn, umarmte ihn und drückte meinen Kopf an seinen Rücken. »Jetzt nicht«, sagte ich.

»Doch, jetzt.« Bill drehte sich um. »Ich wollte dich nicht im Stich lassen, Lori, aber als du anfingst, von Kindern zu sprechen, hatte ich plötzlich das Gefühl …« Er zuckte hilflos die Schultern und suchte nach den richtigen Worten. »als ob ich jeden Tag etwas Bedeutendes vollbringen müsse, um sie zu verdienen. Kannst du das verstehen?«

Ich holte tief Luft. »Bill«, sagte ich, »ich habe mich nicht in einen unbedeutenden Mann verliebt, noch habe ich einen solchen geheiratet.«

»Bist du dir ganz sicher? Ich sehe nämlich …« Er nahm meine rechte Hand, an dem der Trauring fehlte.

Ich sah meinen Mann an, in seinem Gesicht standen Erschöpfung, Schmerz und die Angst, dass er vielleicht zu lange gebraucht hatte, um zu merken, wie es um uns stand.

»Ich bin mir nie im Leben sicherer gewesen«, sagte ich mit Nachdruck.

Bill nahm mich in die Arme. Ich spürte seinen Gipsverband im Rücken, aber auch seine starke, weiche Schulter. Ich schmiegte das Gesicht in seine Halsgrube, schloss die Augen und atmete den Geruch der geölten Wolle seines neuen Pullovers ein, den Duft seines Shampoos, die appetitlichen Gerüche der Küche und, über allem, seinen eigenen Geruch, unbeschreiblich, unverwechselbar, und ich merkte, wie sehr mir dieser Geruch gefehlt hatte.

»Ach, Lori«, murmelte er, »ich habe dich so vermisst.« Er küsste mich auf die Stirn und auf die Augen, dann nahm er mich bei der Hand. »Jetzt komm, Schatz. Lass uns zu Bett gehen.«

Oben lagen wir noch lange unter der Patchworkdecke wach, hielten uns fest und redeten stundenlang. Aber irgendwann in der Stille des Morgengrauens, als der Wind nachgelassen hatte und die Vögel noch nicht erwacht waren, hörten wir auf zu reden. Mein Ring war wieder am Finger, und unsere zweiten Flitterwochen konnten endlich anfangen.

Kapitel 25

Als ich am nächsten Morgen Lucys entsetzten Blick sah, wie sie in mein Zimmer trat, hätte ich mit meinem Lachen beinahe Bill geweckt.

»Ich … ich bitte vielmals um Entschuldigung«, flüsterte sie, indem sie den Blick abwandte. »Ich … ich werde …«

»Psst«, sagte ich. Ich stand vorsichtig auf, zog mein Nachthemd, meinen Morgenmantel und die Pantoffeln an, dann zog ich Lucy in den Flur hinaus und schloss die Tür.

»Lori, ich wollte nicht …«, fing sie an, aber ich unterbrach sie.

»Keine Sorge, Lucy. Das ist mein Mann, Bill. Er kam gestern Abend ganz spät und unerwartet hier an. Er ist ziemlich kaputt, deshalb wollte ich ihn schlafen lassen.«

Lucy sah sehr erleichtert aus, obwohl sie müde schien, so als ob sie keine gute Nacht gehabt hätte. »Niemand wird ihn stören«, versicherte sie. »Mutter und Swann sind mit Nell ausgeritten, und Paul sitzt im Wohnzimmer und liest Zeitung.«

Ich hakte mich bei Lucy unter. »Dann haben wir ja die Küche für uns. Lass uns runtergehen und Tee machen.«

»Das Wasser kocht schon«, sagte sie.

Auf dem Weg zur Küche schilderte ich ihr kurz Bills Abenteuer, dann toastete Lucy Muffins und stellte verschiedene Gläser mit Konfitüre bereit, während der Tee zog. Als wir uns an den Tisch setzten, war ich gerade bei dem Punkt angelangt, an dem sie in unser Zimmer geplatzt war.

»Ich hätte nicht reinkommen dürfen, ohne anzuklopfen«, gab sie zu. »Aber mir war es so wichtig, mich nach der Szene von gestern Abend zu entschuldigen. Ich weiß auch nicht, was in mich gefahren ist. Ich bin doch sonst so …«

»Es ist schon gut, Lucy«, sagte ich. »Ich weiß, wie es um dich und Gerald steht.«

»Das sagen alle.« In ihrer Stimme lag wieder der bittere Ton, den ich schon in London bemerkt hatte, und ihre Lippen waren schmal und angespannt, als sie auf die dampfende Teetasse sah, die vor ihr stand. »Kannst du ehrlich sagen, du weißt, wie es sich anfühlt, wenn dir jemand, den du liebst, einfach entgleitet, ohne dass du etwas dagegen tun kannst?«

»Ja«, erwiderte ich, und als Lucy erschrocken aufsah, hielt ich ihren Blick aus. »Ich *weiß*, wie es ist.«

Lucy strich Marmelade auf eine Scheibe Toast und sah mich eindringlich an. »Und was hast du dagegen getan?«

Ich lächelte. »Ich hatte Glück. Bill merkte es von selbst – mit Hilfe dieses explodierenden Kochers, von dem ich dir erzählte.« Ich senkte meine Stimme zu einem verschwörerischen Flüstern. »Weißt du, Lucy, Geralds Haus ist in ziemlich schlechtem Zustand. Vielleicht könnten wir dort auch einen kleinen …«, ich suchte nach dem geeigneten Wort, »Unfall inszenieren?«

Lucy schüttelte mutlos den Kopf. »Nicht, solange Mrs Burweed in der Küche ist.«

»In dem Fall müssen wir Gerald das Denken einfach abnehmen.« Ich tat Zucker in meinen Tee und nahm einen Schluck. »Darf ich dir ein paar Fragen über ihn stellen?«

»Schieß los. Ich habe nichts dagegen, von jemand ausgefragt zu werden, der Erfahrung hat.«

»Es geht um diese Frau, mit der er sich im Flamborough trifft. Arthur hat mir von ihr erzählt. Hast du sie jemals selbst gesehen?«

»Nicht aus der Nähe«, sagte Lucy zurückhaltend. »Warum?«

Ich sah über ihre Schulter hinweg zum Fenster über der Spüle und spielte mit dem Stück Toast auf meinem Teller. »Ich weiß nicht genau, wie ich es ausdrücken soll, aber … deine Mutter erzählte uns gestern Abend von Douglas und von dieser Ärztin, mit der er sich eingelassen hat.«

»Sally die Schlampe«, sagte Lucy sofort. »Die Tomate auf Zahnstochern, wie Mutter sie nennt. Weißt du, dass sie mal versucht hat, Mutter zu erpressen?«

»Ja. Anthea erwähnte es, wegen irgendwelcher kompromittierenden Fotos. Genau darum geht es. Als Arthur mir von der Frau erzählte, mit der Gerald sich im Flamborough trifft, beschrieb er sie auf ganz ähnliche Weise. Er nannte sie einen Kloß auf dürren Beinen, ein hartgesottenes Weib mit bösen Augen. Er erwähnte sogar, dass sie ihre Haare färbt.«

Lucy setzte sich langsam kerzengerade hin, in ihrem Gesicht lag äußerste Konzentration. Dann riss sie plötzlich die Augen auf. »Oh mein Gott«, sagte sie, als sei eine Erleuchtung über sie gekommen. »Sally die Schlampe und Gerald.« Sie starrte entgeistert vor sich hin, dann sah sie mich an. *»Warum?«*

»Einmal Erpresser, immer Erpresser.« Ich rührte in meiner Tasse. »Ich weiß zufällig, dass Gerald Geld abhebt, ehe er sich in London mit Sally trifft. Deshalb dachte ich …«

»Und wie kommst du so ›zufällig‹ an diese Information?«, unterbrach Lucy.

»Durch Nell«, sagte ich und wiederholte Pauls unsterbliche Worte, »sie hat so eine eigene Art, mit Menschen umzugehen.«

Lucy schien immer noch verblüfft, also holte ich weiter aus.

»Ich machte mir Gedanken«, erklärte ich. »Ich hatte unerfreuliche Gerüchte über Gerald gehört und dachte, mein Schwiegervater wolle mit ihm ins Geschäft kommen, also fuhr ich nach Haslemere, um … um mir Gerald mal anzusehen.«

»Das hätte ich auch getan«, sagte Lucy ohne Zögern.

»Als wir in Haslemere ankamen«, fuhr ich fort, »unterhielt sich Nell mit dem Portier unseres Hotels, dessen Schwiegersohn oder Neffe oder Cousin dritten Grades Geschäftsführer der Bank ist, bei der Gerald sein Konto hat, und …«

»… und Nell hat so eine eigene Art, mit Menschen umzugehen.« Lucy nickte. »Ich verstehe.« Plötzlich fing sie an zu lachen, und genauso schnell verwandelte sich das Gelächter in Weinen, in eine atemlose, wortreiche Tränenflut, in der lang unterdrückte Gefühle sich endlich Luft machten. »Ge-Gerald, du Dummkopf«, schluchzte sie und bedeckte ihr Gesicht mit den Händen. »Du lieber, geliebter Dummkopf. Warum hast du mir bloß nichts davon gesagt …?«

»Was soll er dir gesagt haben?«, fragte ich und reichte ihr ein Küchenhandtuch.

Lucy rieb sich das Gesicht damit ab. »Dass er erpresst wird natürlich. Darum ist er auch aus der Firma ausgeschieden und hat sich in Haslemere verkrochen. Und ich wette, es hat etwas mit Douglas zu tun. Die Schlampe hat ihm vielleicht diese unanständigen Fotos gezeigt und gedroht, sie der Regenbogenpresse zuzuspielen.«

»Aber das wäre doch inzwischen ein ziemlich alter Hut, findest du nicht?«, sagte ich zweifelnd.

»Na ja, aber es geht darum, die Firma und die Familie zu schützen«, sagte Lucy entschlossen. »Schließlich kenne ich Gerald. Ich weiß, wie sehr ihm das alles am Herzen liegt. Ich hab's ja immer gewusst. Oh Ge-Gerald …« Wieder vergrub sie das Gesicht im Küchenhandtuch.

Ich merkte, wie meine Augen ebenfalls feucht wurden. Ich wusste, wie es sich anfühlt, wenn der eigene Glaube an einen Menschen plötzlich bestätigt wird – entgegen allen Vorurteilen. »Mensch«, sagte ich verträumt, indem ich das Kinn auf den Ellbogen stützte, »Gerald ist wirklich …«

»Ja, nicht wahr?«, sagte Lucy schniefend.

»*Was* ist er?« Bill stand hinter mir in der Tür, er sah ausgeschlafen, aber misstrauisch aus. Er war sehr verständnisvoll gewesen letzte Nacht, als ich ihm schließlich meine Begegnung mit Gerald gebeichtet hatte, aber es wäre unklug gewesen, mehr zu erwarten.

»Loyal«, erwiderte ich ohne zu zögern. »Er ist seiner Familie gegenüber so verdammt loyal, dass einem ganz schwindelig davon werden kann. Tee?«

Lucy hatte sich so weit beruhigt, dass sie für Bill ein ›richtiges Frühstück‹ zubereiten konnte, wie sie es nannte. Spiegeleier, Schinken, Würstchen und Tomaten erschienen auf dem Tisch, und obwohl mir beim Anblick dieser fettigen Sachen etwas flau wurde, biss ich die Zähne zusammen und goss Bill Tee ein. Während er aß, erzählten Lucy und ich ihm, was ich über die Frau erfahren hatte, mit der Gerald regelmäßig im Flamborough zusammenkam.

»Also trifft er sich mit einer Erpresserin«, sagte Bill. »Ich möchte nur wissen, warum er nach Haslemere gezogen ist?«

»Wegen der Lebenshaltungskosten«, sagte Lucy sofort. »Er mietet dieses fürchterliche Haus in Haslemere billig von einem Freund.«

»Wahrscheinlich hat er sein Haus in London verkauft, um sein Konto aufzubessern«, warf ich ein, »damit er die Forderungen der Schlampe befriedigen kann.«

Bill sah Lucy an. »Hast du eine Ahnung, womit sie ihn erpresst?«

Lucy lehnte sich gegen die Spüle und verschränkte die Arme. »Ehrlich gesagt, nein. Erst dachte ich, es könnte etwas mit Douglas zu tun haben, aber Lori hat Recht. Das ist zu lange her. Vielleicht …« Sie hielt einen Moment inne, als habe sie eine Eingebung. »Ich weiß«, sagte sie und schnippte mit den Fingern. »Ihr müsst Onkel Tom besuchen. Niemand kennt Gerald besser als er. Er weiß bestimmt, was los ist.«

»Wenn das der Fall ist, Lucy, warum hat er es dir dann nicht schon gesagt?«, fragte Bill.

Lucy wurde rot. »Ich habe allen den Kopf abgebissen und bin in Tränen ausgebrochen, sobald nur einer Geralds Namen erwähnte«, sagte sie verlegen. »Ich glaube, ich hätte gar nicht zugehört, selbst *wenn* Onkel Tom versucht hätte, mit mir zu reden.«

»Dann komm mit«, sagte ich und füllte Lucys Tasse auf.

»Das kann ich nicht«, sagte sie. »Wenn ich Arthur länger als einen Tag allein in der Firma lasse, brauche ich hinterher einen Monat, um das Chaos wieder aufzuräumen. Ich muss einfach heute Nachmittag wieder in London sein.«

»Aber bestimmt …«, fing Bill an, doch ich unterbrach ihn.

»Du kennst Arthur nicht«, sagte ich. »Er ist wirklich nicht der Zuverlässigste.«

Lucy seufzte. »Er ist ein großer, ungeschickter Tölpel, wie Mutter ihn nennt, aber er ist ein wirklich lieber Kerl, und ich mag ihn sehr.« Sie horchte nach draußen, denn aus dem Flur kamen Stimmen. Leise fügte sie hinzu: »Erwähnt davon aber gegenüber Mutter und Swann noch nichts. Ich möchte nicht, dass sie sich große Hoffnungen machen, ehe wir Genaueres wissen.«

»Wir werden schweigen wie ein Grab«, versprach Bill.

Anthea, Swann und Nell kamen in die Küche, alle drei in Socken und Reitkleidung und in eine Wolke *Eau de cheval* gehüllt. Anthea und Swann trugen ihre eigenen Reithosen und Jacken, aber Nell hatte sich ein paar Kleidungsstücke geliehen, die noch aus den Tagen stammten, als die Cousinen zusammen über das Hochmoor geritten waren. Sie kam hereinmarschiert, den Kopf erhoben, den Rücken kerzengerade, als sei sie im Sattel groß geworden, aber ihre aufrechte Haltung war dahin, als sie Bill sah.

»Bill!«, rief sie und warf die Arme um seinen Hals. »Bertie und ich *wussten*, dass du kommst.«

Bill sah mich über ihre Schulter hinweg fragend an, aber ich konnte auch nur die Achseln zucken. Nell behielt sich derartig begeisterte Begrüßungen gewöhnlich für ihren Vater vor, und ich konnte mir nicht erklären, was dieser Ausbruch zu bedeuten hatte.

»Ich mag deine neue Brille«, sagte Nell, nachdem sie etwas zurückgetreten war, um Bill anzusehen. »Was hast du denn mit deinem Arm gemacht?«

»Ich nehme an, du bist Williams Sohn«, bemerkte Anthea.

Ich stellte Anthea und Swann meinen Mann vor, und nachdem die drei unerschrockenen Reiter geduscht und sich umgezogen hatten, trafen wir uns alle im Wohnzimmer, wo sich bald alles um Bill drehte. Mit viel Selbstironie schilderte er seine Abenteuer, stellte sich als tollpatschigen Verursacher seiner Unfälle dar und sorgte dafür, dass das Gelächter gar nicht aufhörte. Als Anthea erfuhr, dass es ihm nicht möglich gewesen war, mit seinem Gepäck vom Little Moose Lake zu fliehen, ging sie mit Swann nach oben, um seine Schränke zu inspizieren und geeignete Kleidungsstücke für Bill herauszusuchen.

Währenddessen erkundigte ich mich bei Lucy nach dem Weg zu Onkel Tom. Sie sagte, er wohne in einem

Dorf namens Old Warden, nicht weit von Biggleswade. Zum Glück kannte Paul Old Warden, aber als er fragte, wie man zu dem Haus finden könne, lächelte Lucy nur geheimnisvoll und meinte, wir sollten nach den Fasanen Ausschau halten.

»Onkel Tom wird euch nicht für die Nacht beherbergen können«, warnte sie. »Sein Haus ist winzig, aber ihr werdet sicher in Bedford etwas finden. Ich empfehle das Hotel *Swan*, und das nicht nur, weil der Name angenehme Assoziationen wachruft. Ach ja, und vergesst nicht, Geraldine von mir zu grüßen.«

»Reginald wird mich daran erinnern«, sagte ich.

Nachdem wir der Mietwagenfirma in York Bescheid gesagt hatten, dass sie Bills Auto abholen könnten, machten wir uns zum Aufbruch bereit. Ich war in das bequeme Kleid geschlüpft, das ich am Vortag schon angehabt hatte, aber Nell trug eine hochgeschlossene weiße Bluse mit Biesen, einen wadenlangen Wollrock und eine Reitjacke aus Tweed, ähnlich der von Bertie. Bill hatte sich für Swanns pfirsichfarbenes Polohemd entschieden – die Farbe stand ihm ausnehmend gut –, dazu trug er die braune Cordhose, in der er angekommen war.

Wir wuselten durcheinander, umarmten uns immer wieder, bedankten uns und sprachen Einladungen aus, dann stiegen wir in die Limousine. Bertie und Reg saßen vorn bei Paul, und Nell, Bill und ich hinten. Als wir abfuhren, kamen Anthea, Swann und Lucy auf die Straße hinaus und winkten uns nach. Ich fragte mich kurz, was Anthea und Swann denken mochten, als Lucy »Viel Glück!« rief.

Nell saß uns gegenüber auf dem gepolsterten Klappsitz. Ich saß rechts von Bill, wo seine gesunde Hand die meine finden konnte; sein Gipsarm lag auf einem Kissen auf der Seite der Tür. Der Verband an seinem Daumen war kleiner geworden – bei Swann waren verborgene Talente ans Tageslicht gekommen, denn er hatte ihn neu verbunden und auch die Temperatur von Bills Fingerspitzen geprüft, um sicherzustellen, dass der Gipsverband nicht zu eng war. Wie Swann sich solche Kenntnisse angeeignet hatte, war nicht ganz klar, aber Bill hatte mir leise erklärt, dass Swann erwähnt habe, er habe eine Ausbildung beim *SAS*-Regiment gemacht.

»Wow«, sagte ich und ließ mich auf meinen Sitz zurückfallen. »Das war ein aufschlussreicher Besuch. Ich glaube, wir haben eine ganze Menge erfahren, findet ihr nicht?«

»Meinst du damit, dass Sally Gerald erpresst«, fragte Nell, »oder dass Julia Louise die arme Sybella beraubt hat?«

»Beides«, sagte ich. Nells Fähigkeit, Schlüsse zu ziehen, überraschte mich nicht mehr. Sie hatte die Verbindung zwischen der Frau, die Arthur uns beschrieben hatte, und Sally der Schlampe genauso eindeutig hergestellt wie ich, und der Gedanke an Erpressung war auch ihr gekommen. Sie beschloss aber, sich erst mal mit dem historischen Fall zu befassen.

»Ich habe über Julia Louise aus dem Protokoll mehr erfahren als von Anthea«, sagte sie. »In dem Protokoll steht nämlich fast alles, was wir über sie wissen müssen, in Onkel Willistons Worten. Sybella sollte Sir Williston heiraten, damit alles, was sie besaß, an ihn überging. Als sie sich stattdessen in Lord William verliebte, wurde sie von Sir Williston und Julia Louise bestraft, indem sie ihren Besitz an sich brachten.« Sie überlegte und runzelte die Stirn. »Ich vermute, sie haben Sybella irgendwohin geschickt, genau wie sie es mit Lord William gemacht haben, und da sie eine Waise war, hat kein Hahn danach gekräht.« Nell seufzte. »Arme Sybella.«

Ich nickte. »Da kannst du Recht haben, Nell. Schließlich ...«

Bill räusperte sich. »Darf ich vielleicht auch etwas dazu sagen?«

Nell und ich sahen ihn überrascht an. Wir hatten uns so daran gewöhnt, hinten im Auto allein zu sein, dass seine Beteiligung am Gespräch uns gar nicht in den Sinn kam.

»Natürlich«, erwiderte ich, ohne mir meine Überraschung anmerken zu lassen. »Alles, was du willst.«

Bill strich sich über den nicht vorhandenen Bart. »Ihr zwei wisst mehr als ich in dieser Sache, daran ist gar kein Zweifel, und ich will eure Verdienste auch nicht schmälern, aber ... habt ihr schon mal daran gedacht, dass ihr eure Schlüsse vielleicht etwas voreilig zieht? Wir wissen gar nicht genau, wer Sybella Markham ist. Es könnte sich doch herausstellen, dass Julia Louise ihr das Haus ganz legal abgekauft hat.«

»Warum gibt es dann zwei Urkunden?«, fragte ich.

»Vielleicht hat jemand das Original verschlampt – die Urkunde, die Williston euch gab –, nachdem die neue ausgefertigt worden war«, sagte Bill. »So was passiert ständig.«

Nell nahm ihm das nicht ab. »Aber Onkel Williston sagte ...«

»Ich weiß«, unterbrach Bill sie, »und nach allem, was Lori mir erzählt hat, war dein Besuch bei ihm sehr bemerkenswert. Aber ich bin mir nicht sicher, ob ich Onkel Williston als zuverlässigen Zeugen einstufen würde.«

»Und was ist mit Dimity?«, fragte ich. Ich hatte vergessen, Bill von Dimitys letzter Nachricht zu erzählen, und ich hatte auch noch keine Gelegenheit gehabt, Nell davon zu berichten. »Tante Dimity glaubt, dass Julia Louise etwas wirklich Schlimmes getan haben muss.«

»Dabei könnte es sich um alles Mögliche handeln.« Bill hob beschwichtigend die Hand. »Versteht mich nicht falsch. Wie ich schon sagte, ihr habt schon viel ans Tageslicht befördert. Aber wenn ihr mit den Beweisen, die ihr jetzt habt, zu mir kommen würdet, dann würde ich euch raten, noch weitere zu beschaffen. Ich würde es nicht wagen, Julia Louise auf Grund der Aussagen eines Geisteskranken und einer … einer Botschaft aus dem Jenseits zu verklagen.«

»Dann werden wir eben mehr Beweise finden«, sagte Nell zuversichtlich.

»Mir scheint, dass Anthea die Familienpapiere ziemlich gründlich studiert hat«, bemerkte Bill.

»Sie hat Sybellas Kaufvertrag nicht gesehen«, erinnerte ich ihn. Ich trommelte mit den Fingern auf dem Sitz und versuchte mir vorzustellen, wie Onkel Williston an diese Urkunde gekommen war. »Vielleicht hat Onkel Williston Sybellas Kaufvertrag in einem Aktenpaket gefunden, von dem Anthea gar nichts weiß«, sagte ich. »In einer Firma, die dreihundert Jahre alt ist, muss es doch tonnenweise Papierkram in allen möglichen Ecken und Winkeln geben. Ich habe mich viel mit Archiven beschäftigt – da kommt immer wieder etwas Unerwartetes zum Vorschein.«

»Da hast du Recht«, sagte Bill. »Aber selbst wenn Sybellas Kaufvertrag gültig ist, erklärt das noch immer nicht, warum Vater denkt, dass das Gebäude uns gehört.« Er verzog zweifelnd das Gesicht. »Vermutlich hätte ich Vater besser zuhören sollen, wenn er von der Familiengeschichte erzählte. Nell, glaubst du, dass Bertie mir das Zuhören beibringen könnte? Ich scheine es verlernt zu haben, aber ich möchte es wieder üben.«

Genau in dem Moment fuhr der Wagen über ein Schlagloch, mein Aktenkoffer rutschte vom Sitz, der Verschluss sprang auf und das blaue Tagebuch fiel heraus. Ich sah Bill von der Seite an und hob es auf.

»Dimity?«, sagte ich und öffnete es. »Möchtest du vielleicht zufällig mit Bill reden?«

Guten Morgen, meine Liebe. Ja, und ob ich das möchte. Mir scheint, dass ein kleiner Auffrischungskurs über die relative Wichtigkeit von Arbeit und Familie angebracht ist, meinst du nicht auch? Besonders jetzt, wo er aufnahmebereit ist.

»Sie möchte mit dir reden«, sagte ich und reichte Bill das Tagebuch. »Mach dich auf etwas gefasst.«

Bill hielt das Tagebuch etwas schräg, sodass nur er Dimitys Worte lesen konnte. Auf seinem Gesicht erschien langsam ein reumütiger Ausdruck, und als ich merkte, dass sein Auffrischungskurs länger als nur ein paar Minuten dauern würde, langte ich nach dem Telefon und wählte Emmas Nummer.

»Hmmm?«, sagte Emma, sie klang verschlafen. »Oh, du bist's. Du hast mich beim Nickerchen in der Hängematte erwischt. Ich gehe jetzt immer so spät schlafen, und die Sonne scheint so schön durch das Buchenlaub, und außerdem stören mich in letzter Zeit auch keine Bürolieferanten mehr. Peggy Kitchen erzählt aber, dass das leere Haus sich füllt. Schreibtische, Schränke, ich glaube, sie erwähnte auch eine Aspidistra.«

»Da wird Bill sich aber freuen«, sagte ich. »Er sitzt nämlich hier neben mir im Auto.« Alarmiert hielt ich das Telefon fester, weil ich einen Quietscher hörte, der Emma so gar nicht ähnlich war, gefolgt von einem dumpfen Aufschlag. »Emma? Alles in Ordnung?«

»Hallo?«, kam Emmas Stimme wieder, aber diesmal hellwach. »Ich bin aus der Hängematte gefallen. Aua. Ich habe bestimmt einen blauen Fleck am Knie.« Sie wurde von einem schnüffelnden Geräusch unterbrochen, das ich nicht einordnen konnte, bis sie sagte: »Danke schön, Ham, aber mir geht es wirklich gut. Ich will jetzt keine Küsse mehr, Junge. Sitz! Lori? Habe ich das richtig gehört? Sagtest du, Bill ist bei dir? Wie um Himmels willen …«

»Das erkläre ich dir später«, sagte ich. »Aber erst mal möchte ich wissen, hast du etwas über Sybella Markham rausgefunden?«

»Nichts«, sagte Emma entschuldigend. »Ich habe überall gesucht, aber ich habe nichts über eine Waise namens Sybella Markham gefunden. Heute Abend versuche ich es mal mit dem genealogischen Register der Mormonen. Bis dahin …«

»Würdest du bitte einen Augenblick warten?«, fragte ich und gab die enttäuschende Nachricht an Nell weiter.

Nell ließ sich nicht entmutigen. »Sag Mama, sie soll in Bath nach Sybella suchen«, sagte sie.

»In Bath?«, sagte Emma, als ich ihr Nells Bitte ausgerichtet hatte. »Ich habe sie in London gesucht. Okay, ich werde sehen, was ich tun kann …«

»Aber du brauchst dich deswegen nicht verrückt zu machen«, sagte ich. »Was ich schon lange fragen wollte, was macht Dereks Dach?«

Emma kicherte. »Einer seiner Handwerker hat gestern einen Hammer fallen lassen, der sauber eine Scheibe des Autos vom Polizeipräsidenten durchschlug«, erzählte sie. »Der war ziemlich wütend, aber da er falsch geparkt hatte, konnte er nicht viel machen. Außerdem hilft es natürlich, wenn man den Bischof auf seiner Seite hat. Aber jetzt erzähle mir von Bill, ehe ich vor Neugier platze. Oder noch besser, gib ihn mir doch ans Telefon, damit ich es von ihm selbst höre.«

»Das kann ich nicht«, sagte ich. »Er hat eine Konferenz mit Dimity. Sie fand es nicht so toll, dass er seine zweiten Flitterwochen verpasst hat, deshalb hat sie …«

»Sie nimmt ihn ein bisschen in die Zange?« Emma schnaubte. »Geschieht ihm recht. Oje. Lori? Ich muss Schluss machen. Derek kommt gerade mit seinen Leuten an, und ich muss ihnen was zum Mittagessen vorsetzen. Ruf mich später nochmal an. Ich will unbedingt hören, wie Bill so schnell von Maine nach Yorkshire gekommen ist.«

Ich legte auf und sah Bill an. Bisher war sein einziger Beitrag zu dem Dialog mit Tante Dimity eine Reihe von gemurmelten Jas gewesen, und da es nicht so aussah, als ob er bald fertig sei, fingen Nell und ich an, uns im Flüsterton über unsere Strategie bei Onkel Tom zu unterhalten. Wir einigten uns, dass wir für den Fall, dass Onkel Tom unsere Vermutungen bestätigen sollte, versuchen würden, Gerald davon zu überzeugen, dass er der Familie reinen Wein einschenken und der Schlampe sagen solle, sie könne tun, was sie wolle. Wie Swann erwähnt hatte, war die direkte Konfrontation die einzig richtige Art, mit Erpressern fertig zu werden.

Endlich schloss Bill das blaue Tagebuch. Er legte es wieder in den Aktenkoffer und wischte sich den Schweiß von der Stirn. »Wenn ich wählen müsste, entweder von Tante Dimity ausgeschimpft zu werden oder eine weitere Woche am Moose Lake zu verbringen«, bemerkte er, »dann würde ich Moose Lake vorziehen.«

»War es schlimm?«, fragte ich.

»Wie ein explodierender Kocher«, erwiderte er. »Was habt ihr beide denn zu flüstern gehabt?«

»Ich sagte gerade, dass wir mit Onkel Tom vorsichtig sein müssen«, meinte ich. »Wenn er zu krank ist, um das alles zu verkraften, dann lassen wir ihn lieber in Ruhe und fahren gleich nach Haslemere, um mit Gerald zu reden.«

»Gute Idee«, sagte Bill in verdächtig friedlichem Ton. »Ich freue mich schon drauf, den Herzensbrecher kennenzulernen.«

Ich hatte noch nie bemerkt, wie ausdrucksvoll Bills Kinn sein konnte – sein Bart hatte es immer versteckt –, aber als ich ihn jetzt von der Seite ansah und merkte, wie seine Gesichtsmuskeln spielten, fragte ich mich, ob dieses bevorstehende Familientreffen nicht vielleicht denkwürdiger als nötig ausfallen würde.

Kapitel 26

Das Dorf Old Warden hätte die Kulisse für ein Märchen sein können. Als unsere Limousine majestätisch die Hauptstraße entlangglitt, hätte ich am liebsten aus allen Fenstern gleichzeitig geschaut, wie ein typischer Tourist.

Winzige Hexenhäuschen säumten die Straße, jedes in einem eigenen kleinen Gärtchen; einige lugten über grüngoldene Hecken, andere waren von üppigen Rhododendren umgeben, und all das vor einem Hintergrund dunkler Fichten. Die meisten Häuschen waren hellgelb gestrichen, aber keines war wie das andere.

Ein Cottage hatte winzige Erkerfenster, auf denen Reetdachkegel wie kleine Zipfelmützen saßen, sowie einen riesigen hohen Schornstein, dessen unterschiedlich gefärbte Ziegel ein spiralförmiges Muster wie in einer Zuckerstange bildeten. Daneben stand die Miniaturausgabe eines Tudorhauses mit schmalen gotischen Fenstern und einem Schornstein, der aussah wie ein zierlicher Wachturm. Es gab Dächer mit einer tief heruntergezogenen Reetdachperücke und andere, die in kunstvollen Mustern mit Dachziegeln gedeckt waren. Es gab rosenumrankte Türen, Sprossenfenster mit rautenförmigen Scheiben, runde Gauben und Stirnbretter mit bogenförmig ausgesägten Verzierungen, wobei all diese verspielten Details stark verkleinert und der Größe der Häuschen angepasst waren, sodass es aussah wie ein Spielzeugdorf.

»Wo sind wir denn hier?«, fragte Bill, als er aus dem Fenster sah. »Bei Schneewittchen und den sieben Zwergen?«

»Nein«, erwiderte Nell, »das ist das Dorf, das Lord Ongley geschaffen hat. Es ist pittoresk.«

»Wie man sieht«, sagte Bill.

»Sie meint den Baustil«, mischte ich mich ein. »So heißt er: Pittoresk.« Nell war nicht die Einzige, die von Dereks Wissen profitierte. »Es ist die romantische Antwort auf die Symmetrie des Klassizismus – verspielt statt präzise, eine Art verrückter rustikaler Fantasie. Vielleicht fand Lord Ongley die Aussicht auf das ursprüngliche Dorf nicht besonders schön und ersetzte sie deshalb durch etwas, das ihm besser gefiel.«

»Die gute alte Zeit«, murmelte Bill und verdrehte die Augen. Plötzlich packte ich ihn aufgeregt am Arm und bat Paul, anzuhalten. »Sieh mal«, sagte ich, »Fasanen!«

Nell und Bill suchten mit den Augen die Straße ab, aber ich zeigte nach oben. Das blassgelbe Haus zu unserer Linken hatte einen riesigen Schornstein aus roten Ziegeln, der mitten auf einem dick mit Reet gedeckten Dach thronte, das über den drei Dachfenstern, die sich in gleichem Abstand zueinander befanden, eine elegante dreifache Wellenlinie beschrieb. Auf dem verzierten Dachfirst hoben sich zwei Fasanen aus Reet gegen den Himmel ab.

»Jetzt verstehe ich, warum Lucy gelacht hat, als sie dir beschrieb, wie Onkel Toms Haus zu finden ist«, sagte Bill, der ebenfalls hochsah.

Paul setzte uns ab und sagte, er lasse den Wagen nicht gern unbeaufsichtigt, aber ich hatte den Verdacht, dass ihm in Wirklichkeit ein stilles, schattiges Plätzchen vorschwebte, wo er in Ruhe den Spionagethriller weiterlesen konnte, den er sich von Swann geliehen hatte. Wir winkten ihm nach, Bill öffnete das weiße Gartentor in der grüngoldenen Hecke, und wir überquerten den schnupftuchgroßen Rasen bis zur Haustür. Ich drückte auf den Klingelknopf, wartete und wollte gerade wieder klingeln, als eine blonde Frau in einem schlichten blauen Kleid um das Haus herumkam.

»Ich hatte doch richtig gehört«, sagte sie, indem sie auf uns zukam. Sie war Mitte vierzig, untersetzt und athletisch, mit einem runden rosigen Gesicht und grauen Augen, die mich an die von Miss Kingsley erinnerten – kompetent, intelligent, aber auch Respekt gebietend. Sie stellte sich als Schwester Watling, die Pflegerin, vor.

Ich erzählte ihr, wer wir seien, und fragte, ob wir Thomas Willis sprechen könnten. »Wenn er dazu in der Lage ist«, fügte ich hinzu. »Ich habe ihm etwas von seiner Nichte Lucy auszurichten.«

Schwester Watling zog eine Augenbraue in die Höhe, sagte aber nichts, als wir ihr um das Haus herum zu einer kleinen gefliesten Terrasse folgten. Von hier aus blickte man über einen langen, abfallenden Rasen, hinter dem sich die weite Ebene von Bedford erstreckte.

Onkel Tom lag, von Kissen gestützt, auf einer Chaiselongue, den Blick auf die grüne Weite gerichtet. Obwohl es ein schöner, warmer Nachmittag war und sich kaum ein Lüftchen regte, war er in ein ganzes Nest von Decken eingepackt und hielt das Gesicht in die Sonne. Sein Haar war weiß, sein Gesicht mager und die Haut fast durchsichtig, aber seine blaugrünen Augen waren so strahlend – und genauso aufmerksam – wie die von Gerald.

Neben Toms Liege stand eine Sauerstoffflasche, von der griffbereit an einem Schlauch eine durchsichtige Maske hing. Ein Korbsessel, zweifellos der von Schwester Watling – stand neben einem Tischchen, auf dem sich Tablettenschachteln, eine Wasserkaraffe, ein Glas, ein Feldstecher, ein Buch mit einem bunten Flugzeug auf dem Umschlag und eine Giraffe befanden, die aussah, als sei sie fast zu Tode geliebt worden. Ihr Hals war zu einem merkwürdigen Winkel verdreht, ihre Flecken waren beinahe abgewetzt und von einem ehemals sicher dichten Wimpernkranz um die schwarzen Knopfaugen waren nur noch ein paar klägliche Spuren erhalten. Ich dachte an Reginald, der bei Paul im Auto saß, und wünschte, ich hätte ihn mitgebracht, um Onkel Toms Giraffe kennenzulernen.

Schwester Watling bedeutete uns, beim Haus zu warten, und ging zu Tom hinüber, beugte sich zu ihm hinunter und sagte leise etwas zu ihm. Er drehte den Kopf, und als seine wachen Augen uns entdeckt hatten, kam eine zerbrechliche, wächserne Hand unter den Decken hervor und winkte uns heran.

»Noch mehr lang verschollene Verwandte?«, sagte er und sah uns der Reihe nach an. »Vetter William ist vor weniger als einer Stunde abgereist. Ich kann mir nicht denken, womit ich diese Aufmerksamkeit verdient habe, aber ich fühle mich geschmeichelt. Wir brauchen Stühle, junger Mann.« Er sah auf Bills Gipsarm. »Ich glaube, Sie können einen tragen, und Rebecca wird die anderen bringen.« Seine Stimme war tief und warm, wie die von Gerald. Es war kaum zu glauben, dass aus einem so ausgemergelten Körper ein so voller Klang kommen konnte.

Während Schwester Watling und Bill ins Haus gingen, um weitere Stühle zu holen, trat Nell an das Tischchen, um sich Geraldine näher anzusehen.

»Bist du aber schön«, sagte sie. »Ich wünschte, ich hätte Bertie nicht im Auto gelassen. Er hätte sich sehr gefreut, dich kennen zu lernen.«

»Bertie?« Onkel Tom sah Nell prüfend an. »Dachs, Bär oder Häschen?«

»Bär natürlich«, erwiderte Nell. »Lori hat das Häschen. Er heißt Reginald, aber er ist auch im Auto.«

»Es scheint sich um eine Seelenverwandtschaft zu handeln, Geraldine«, bemerkte Tom. »Ah, hier sind die Sessel. Bitte machen Sie es sich bequem.«

Bill und Schwester Watling waren mit drei weiteren Korbsesseln zurückgekehrt, die sie nach Toms Anweisungen in einem Halbkreis zu seiner Linken aufstellten, damit auch wir die Aussicht genießen konnten. Ich saß Tom am nächsten, Nell saß am weitesten entfernt, und zwischen uns saß Bill. Schwester Watling warf einen verstohlenen Blick auf ihren Patienten, ehe sie sich ebenfalls wieder setzte, ihr Buch in die Hand nahm und anfing zu lesen.

»Wir waren bei Anthea«, fing ich an. »Lucy war auch gerade da und sie hat mir Grüße an Geraldine aufgetragen.« Tom gab ein pfeifendes Geräusch von sich, das mich erschreckte, bis ich merkte, dass er lachte.

»Lucy hat immer eine besondere Vorliebe für die alte Geraldine gehabt.« Das pfeifende Gelächter ertönte wieder. »Und dabei dachte ich, Sie wollten *mich* besuchen. Hätte es eigentlich wissen können, Geraldine ist viel unterhaltsamer.« Er sah mich aufmerksam an. »Aber ich vermute, Sie haben auch Fragen an mich.«

»Ein paar«, gab ich zu. »Wir haben nämlich eine Theorie.«

»Wunderbar! Ich mag Theorien. Sind formbar, lassen sich biegen. Fakten sind so langweilig und verknöchert.« Er schwieg und lehnte den Kopf ins Kissen zurück, wobei seine blaugrünen Augen den Horizont absuchten.

Ich sah ebenfalls in die Ferne, sah aber nur den klaren, blauen Himmel. Ganz fern, kaum wahrnehmbar, hörte ich jedoch ein schwaches Brummen, wie das ferne Dröhnen eines Propellerflugzeugs.

»Ah«, sagte Tom, wobei er mich von der Seite ansah. »Bitte um Verzeihung. Muss einen Moment Pause machen.«

»Natürlich«, sagte ich fürsorglich. »Nehmen Sie sich Zeit, wir haben's nicht eilig.«

Das ferne Brummen kam näher. Ich suchte den Himmel abermals ab und sah über dem Horizont einen Punkt auftauchen. Einige Sekunden vergingen, das Brummen schwoll an, der Punkt wurde größer, und entzückt stellte ich fest, dass ein winziger, silberner Doppeldecker auf uns zukam.

»Da kommt er«, sagte Tom wie zu sich selbst, und um seine Lippen spielte ein seltsames Lächeln.

»Kommt er etwa aufs Haus zu?«, fragte ich, indem mein Entzücken in Furcht umschlug, als ich reglos dasaß und meinen Blick nicht von dem faszinierenden, surrenden Propeller abwenden konnte, der scheinbar direkt auf meine Nasenspitze zusteuerte.

»Das befürchte ich«, sagte Tom immer noch mit diesem merkwürdigen Lächeln.

Ich starrte gebannt und wie hypnotisiert auf das Flugzeug, das näher und näher kam, bis es so niedrig über uns hinwegflog, dass ich das grinsende Gesicht des Piloten hinter der Schutzbrille erkennen konnte. Ich stieß einen unartikulierten Schreckenslaut aus und zuckte zusammen, wobei ich meine Arme schützend über den Kopf hielt und spürte, wie meine Haare im Sog flatterten, während das Flugzeug wieder steil in den Himmel stieg.

»Eine Gloster Gladiator von 1935«, sagte Tom mit etwas lauterer Stimme. »Bristol Mercury Neun-Zylinder radial. Verteidigte im Luftkrieg die Werften in Bristol.«

Ich nahm die Arme wieder herunter und sah misstrauisch in den Himmel. Das Motorengeräusch war verstummt und das Flugzeug verschwunden. Ich sah Bill an, der ebenfalls ziemlich geschockt aussah, und Nell, die entzückt war.

»Passiert das oft?«, fragte ich und wandte mich wieder an Tom.

»Jeden Donnerstag«, erwiderte er. »Wenn es das Wetter zulässt.«

Schwester Watling stand auf, goss Wasser in das Glas, nahm zwei Tabletten aus der Packung und wartete, bis Tom sie geschluckt hatte. Bei dem Gedanken, was für eine Wirkung die Gloster Gladiator auf meinen Puls gehabt hatte, wunderte es mich nicht, dass er seine Medizin brauchte.

»Sie ist aus der Shuttleworth-Sammlung«, erklärte Tom, nachdem Schwester Watling sich wieder gesetzt hatte.

»Ist das ein Museum?«, fragte ich.

»Es ist mehr als das – es ist ein lebendes, atmendes Denkmal für das Fliegen«, erwiderte Tom. »Jede Maschine in der Sammlung ist flugtauglich. Dadurch ist Shuttleworth einmalig.« Tom sprach jetzt matt und langsam, wie ein Mensch, der seine Kräfte nicht überfordern darf, aber seine Begeisterung war nicht zu überhören. »Wo kann man sonst aus dem Fenster schauen und einen Tag eine Gipsy Moth und am nächsten eine Hawker Hind sehen? Wo sonst kann man Motoren hören, die schon vor fünfzig, sechzig oder gar siebzig Jahren gebrummt haben?«

»Die fliegen dort siebzig Jahre alte Maschinen?«, fragte Bill zweifelnd.

Tom schloss die Augen. »In dem Hangar riecht es nach Öl, und man kann praktisch das Paraffin in der Luft schmecken. Man kann dort eine Blackburn von 1912 sehen, aber auf ihr sammelt sich kein Staub, nein, sie ist lebendig, mit Mücken auf dem Propeller und öligen Fingerabdrücken auf dem Rumpf.« Er öffnete die Augen und sah mich an. »Natürlich war ich jetzt schon eine Weile nicht mehr dort. Schaffe es nicht mehr. Aber wenn der Wind richtig steht, kann ich hören, wie sich die Motoren warmlaufen. Darum kommen die Jungs hier immer im Tiefflug rüber, so oft es geht. Nett von ihnen.«

»Und darum wohnen Sie hier in Old Warden«, sagte Nell. »Damit Sie in der Nähe der Shuttleworth-Sammlung sein können.«

Tom nickte zustimmend. »Ich würde sogar hier zelten, wenn es nicht anders ginge. Weiß auch nicht, wie Geraldine es geschafft hat, dieses Haus zu finden. Diese Häuser sind meist schon weg, ehe sie überhaupt auf den Markt kommen.« Er lehnte sich zurück, seine Brust war eingesunken, aber ein glückliches, fast kindliches Lächeln lag auf seinen bläulichen Lippen.

»Vielleicht sollten wir uns verabschieden«, sagte ich, dem aufmerksamen Blick von Schwester Watling folgend.

»Nein, nein«, sagte Tom und langte nach seiner Sauerstoffmaske. »Kleinen Moment nur. Wunderbare Maschine, haucht mir neues Leben ein.«

Der Hauch neuen Lebens, dachte ich, als er sich die Maske übers Gesicht hielt. Ein liebender Sohn würde alles tun, um seinem Vater dieses Geschenk zu machen. Ich fragte mich, wie Gerald das alles finanzierte. Wohin wir kamen, überall stießen wir auf kostspielige Posten, die allesamt zu Geralds Lasten gingen – teure Geschenke für Onkel Williston, Toms perfektes Cottage hier in diesem Märchendorf, und – wenn wir es richtig einschätzten – Zahlungen an eine kloßförmige Erpresserin. Bei diesem Tempo würden Geralds finanzielle Reserven bald in ein Sparschwein passen.

Es sei denn, er hatte zusätzliche Einnahmen. Ich dachte an den Tag, an dem ich in sein Haus gestolpert war und Geralds Erscheinung mich so umgehauen hatte, dass ich vor Verwirrung das Wohnzimmer nicht gefunden hatte. Stattdessen hatte ich das Reliquiar gefunden, ein unbezahlbares Stück der Sammlung, die Tom nach dem Krieg »billig hatte kaufen können«. Ich hatte das alles völlig vergessen gehabt und es auch Bill gegenüber nicht erwähnt, aber jetzt fragte ich mich ... Spielte Gerald für die älteren Willis den Weihnachtsmann, indem er sein Erbe verkaufte?

Tom gab Schwester Watling die Sauerstoffmaske und bedeutete ihr, dass sie sich zurückziehen solle. »Deine strengen Blicke schüchtern meine Gäste ein, Rebecca. Sei nett, oder ich schicke dich weg, dann kannst du irgendeine langweilige alte Krähe in Surbiton pflegen.«

»Krähen können auch ganz interessant sein«, sagte Schwester Watling und stopfte die Decken um seine Beine fest.

»Zurück zu Ihren Büchern, Schwester«, sagte Tom streng. »Mir geht es sehr gut.« Er sah wirklich viel besser aus. Seine Lippen waren nicht länger blaugrau, und er atmete mehr oder weniger normal. Jedenfalls schien Schwester Watling befriedigt und wandte sich wieder ihrem Buch zu.

»Interessiert Gerald sich für historische Flugzeuge?«, fragte ich.

»Überhaupt nicht«, sagte Tom. »Aber ich. Schon immer, seit meiner Kindheit, nicht wahr, Geraldine? Das hängt natürlich mit dem Krieg zusammen.«

Ich erinnerte mich an Cyril, Dimitys gnomenhaften Boten in Cloverly House, und wurde neugierig. Sir Poppet hatte erzählt, dass Cyril während des Krieges in Biggin Hill gearbeitet hatte. War Onkel Tom auch dort gewesen? Sollten wir hier noch jemanden kennenlernen, der Dimity und ihren Verlobten, den Bomberpiloten, gekannt hatte?

»Waren Sie bei der Air Force?«, fragte ich.

Tom sah Schwester Watling an. »Ich muss wohl einen schlechten Tag haben, Rebecca. Dieses Kind hier hält mich für Methusalem.« Er wandte sich wieder mir zu. »Meine Liebe, als der Krieg zu Ende ging, war ich gerade zwölf Jahre alt. Sie mussten schon jung ran damals, aber ganz so jung denn doch nicht.«

In stummer Verlegenheit starrte ich auf meine Füße. Zu spät erinnerte ich mich daran, dass Gerald Nell erzählt hatte, dass sein Vater zu jung gewesen war, um eingezogen zu werden. Ich fragte mich, ob ich vielleicht einen Tante-Dimity-Komplex bekam. Wenn ich nicht aufpasste, würde ich sie noch hinter jedem Busch sehen.

»Na ja«, murmelte Tom tröstend, »es ist nicht Ihre Schuld. Man lernt ja in der Schule nichts mehr darüber. Ich vermute, Sie haben noch nicht einmal etwas vom Luftkrieg über England gehört.«

»Doch, habe ich«, verteidigte ich mich. »Ich bin sozusagen verwandt mit jemandem, der darin umgekommen ist.«

»Tatsächlich?« Tom klang beeindruckt. »Ich ebenfalls. Meine Mutter, mein Vater, mein Bruder Stanley und meine Schwester Iris. Mein Onkel und meine Tante wohnten oben, meine Großeltern nebenan. Dad schickte mich an einem Sonntagmorgen um die Ecke, um Käse zu kaufen, und während ich weg war, schmiss eine Heinkel eine Bombe auf unsere Häuserzeile. Als ich zurückkam, war keines der Häuser mehr da. Nur noch Feuer und Ruinen.« Er lächelte. »Und so fing ich an, mich für Flugzeuge zu interessieren. Komisch, nicht wahr?«

Sprach er im Delirium? Ich sah Schwester Watling an, aber die war ganz auf ihr Buch konzentriert. Ich sah zu Bill, der seine Augenbrauen hochzog, und zu Nell, die ebenfalls leicht verwirrt aussah.

»Mr Willis«, sagte sie, indem sie mit der ihr eigenen unverblümten Offenheit den Stier bei den Hörnern nahm, »wie kann das sein? Der Name Ihres Bruders ist Williston, und Ihre Schwester heißt Anthea, und beide leben noch. Sie lebten während des Krieges in Anne Elizabeth Court Nummer drei.«

Tom schüttelte den Kopf. »Ich widerspreche Ihnen nur ungern, meine liebe Lady Nell, aber das alles kam sehr viel später. Nach Dimity.«

Kapitel 27

Jetzt hätte eine ganze Schwadron Spitfires über Toms Garten fliegen können, ich hätte es nicht gemerkt. Mein Herz, das sich gerade erst von dem Schreck mit der Gloster Gladiator erholt hatte, tat einen erneuten wilden Hüpfer. Ich saß wie versteinert da und sah Tom mit offenem Mund an.

Zum Glück musste man Tom nicht nötigen, mit seiner Geschichte fortzufahren. Er berichtete mit ruhiger Sachlichkeit, als wüsste er, dass diese Tragödie, würde er Emotionen zulassen, ins Bodenlose abgleiten könnte.

Toms gesamte Familie war bei einem Luftangriff umgekommen, in jenem »Blitz«, der London im Januar 1944 heimgesucht hatte. »Man hatte vorgeschlagen, Stanley, Iris und mich zu evakuieren, aber meine Mutter wollte nichts davon wissen. ›Wenn es uns erwischt, dann erwischt es uns alle zusammen‹, pflegte sie zu sagen. Aber es sollte anders kommen.«

Zu diesem Zeitpunkt des Krieges gab es bereits ein gut eingespieltes Verfahren, um ausgebombten Familien zu helfen, aber Tom war dem langen Arm der Verwaltung entwischt und lebte die nächsten Monate über ganz allein, »wie eine Ratte in den Ruinen«. Er verrichtete kleine Arbeiten für andere und fand allerlei Gegenstände im Schutt, die er gegen Lebensmittel eintauschte. Er hatte sich im Keller einer Ruine eine Art Wohnung eingerichtet, bis eine Sozialarbeiterin ihn endlich fand und nach Starling House brachte.

Ich schluckte. »Starling House? Das Heim für Witwen und Waisen?«

Tom sah mich mit neuem Respekt an. »Wie kommt es, dass Sie das kennen?«

»Ich – äh – ich habe viel über den Zweiten Weltkrieg gelesen«, sagte ich.

»Sie müssen mir erzählen, wo Sie etwas über Starling House gelesen haben«, sagte Tom. »Wurde dort auch eine Frau namens Dimity Westwood erwähnt? Ohne sie ist jeder Bericht über Starling House unvollständig. Dimity *war* Starling House.« Er lächelte liebevoll. »Wunderbare Frau. Hat mein Leben verändert. Hat mich gewaschen, mit mir Rechnen geübt und brachte mir bei, wie ein kleiner Gentleman zu sprechen. Und sie schenkte mir Geraldine.«

Was bedeutete, wie ich überrascht feststellte, dass Geraldine und Reginald so etwas wie Vetter und Cousine waren, wenn es bei Kuscheltieren so etwas gäbe. Also war ich nicht die Einzige, die in England Verwandtschaft hatte.

»War es nicht schwierig für Sie?«, fragte Bill. »Natürlich nicht das mit Geraldine, aber die ganzen Regeln und die Disziplin nach der langen Freiheit?«

»Nur am Anfang«, gab Tom zu. »Aber als Dimity meine Leidenschaft für Flugzeuge entdeckt hatte, war ich Wachs in ihren Händen. Sie nahm mich mit auf die Flugplätze und machte mich mit ihren Fliegerfreunden bekannt, die mich auf ihren Kisten rumklettern ließen.« Toms Augen strahlten, als seine Erinnerungen wie eine Flutwelle zurückkamen. »Sie war einfach super. Ich habe sie verehrt. Das taten wir alle. Sie machte Starling House zu einem Zuhause für uns. Sie erfand Spiele, erzählte Geschichten, backte kleine Leckereien und ließ uns die Schüsseln auslecken.«

»Karamellbrownies«, sagte ich wie im Traum.

»Ich vermute, die haben Sie bei meinem Sohn probiert«, sagte Tom. »Gerald mag sie sehr gern – Arthur auch, aber der mag alles gern, was essbar ist. Sie sagte, sie habe das Rezept von einer lieben Freundin aus Amerika.«

Ich griff mir mit der Hand an die Stirn. »Und Dimity brachte Sie zur Familie Willis?«

»So war es.« Tom ließ ein pfeifendes Lachen hören. »Vetter William sagte schon, dass Sie das überraschen würde.«

Vom Donner gerührt wäre eine genauere Beschreibung gewesen. Ich war immer davon ausgegangen, dass Dimity sich lediglich aus Sorge um Willis senior zu ihrem Cottage hingezogen fühlte. Jetzt sah ich, dass ich mich getäuscht hatte. Sie muss sich mindestens genauso um Onkel Tom gesorgt haben. Er war ein Kind von Starling House, praktisch eines ihrer eigenen, ein Teil der Familie, die sie geschaffen hatte, um sich für die Familie zu entschädigen, die sie nicht haben konnte, weil ihre große Liebe über dem Ärmelkanal abgeschossen worden war. Tom war genauso Dimitys Kind wie ich es war. Sie musste gewusst haben, dass ihn etwas quälte, und hatte deshalb beschlossen, einzugreifen. Nur dass die Hand, die hier eingriff, ausgerechnet meine sein musste.

»Hat die Familie Willis Sie offiziell adoptiert?«, fragte ich.

Tom nickte. »Ich kam ins Internat, dann durfte ich studieren. Es war schwer am Anfang, aber Williston hat mich jedes Mal verteidigt, wenn ich irgendwo aneckte. Nach einiger Zeit war ich dann einfach nur noch der ältere Sohn der Familie.«

Bill lehnte sich vor. »Weiß Gerald, dass Sie adoptiert sind?«

»Natürlich«, sagte Tom. »Ich bin meinem Sohn gegenüber immer völlig ehrlich gewesen.« Er schwieg einen Moment. »Ich wünschte, ich könnte behaupten, dass er mir gegenüber genauso ehrlich ist.« Das Gespräch brach plötzlich ab. Schwester Watling sah von ihrem Buch auf, aber es war nicht klar, ob sie nach ihrem Patienten sehen wollte oder nur wartete, dass er weitersprach.

»Haben Sie Kinder?«, fragte Tom endlich.

»Noch nicht«, erwiderte ich und ergriff Bills Hand.

»Wenn Sie Kinder haben«, sagte Tom und sah in die Ferne zum Horizont, »dann werden Sie merken, dass es das Schlimmste auf der Welt ist, wenn Ihr Kind leidet und Sie nicht wissen, warum.« Seine Finger tasteten nach dem Gipsverband an Bills Arm. »Gebrochene Knochen heilen, und gebrochene Herzen auch, solange sie gut gepflegt werden. Aber wenn man nicht weiß, wo es fehlt, dann kann man gar nichts machen. Hilflos zu sein, wenn das eigene Kind leidet, ist das Schlimmste, was Eltern passieren kann.«

Schwester Watling legte ihr Buch hin, goss Wasser in das Glas und brachte es Tom. Sie half ihm beim Trinken, stopfte die Decken wieder fest und stand einen Moment unschlüssig da, wie um zu entscheiden, ob er fähig sei, weiterzureden. Dann nahm sie die ramponierte alte Giraffe vom Tisch und steckte sie zwischen die Decken auf Toms Schoß.

»Meine gute alte Geraldine«, sagte Tom, wobei er langsam und gleichmäßig atmete, »wir haben viel erlebt, nicht wahr, altes Mädchen?«

Schwester Watling setzte sich wieder, ließ aber das Buch auf dem Tisch liegen und behielt ihren Schützling im Auge.

»Gerald kommt mich jeden Monat besuchen«, fuhr Tom fort. »Er bringt mir immer ein schönes neues Buch für meine Bibliothek mit, manchmal sogar eine seltene Ausgabe. Wir unterhalten uns über die Shuttleworth-Sammlung, über die Familie, über meine Gesundheit – aber über Gerald sprechen wir nie. Ich weiß, dass mein Sohn leidet, und ich würde alles darum geben, wirklich alles, um zu erfahren, was ihn quält.«

Ich fasste Bills Hand fester und fragte mich, ob Onkel Tom Willis senior dasselbe Geständnis gemacht hatte. Hatten die beiden Männer hier unter dem blauen Sommerhimmel zusammengesessen und sich gegenseitig erzählt, wie ihre pflichtbewussten Söhne ihnen das Herz brachen?

»Vielleicht will er Sie nicht beunruhigen«, gab ich zu bedenken.

Tom dachte einen Augenblick nach, ehe er meine Antwort zurückwies. »Es ist das Vorrecht eines Vaters, sich um seinen Sohn Sorgen zu machen. Welches Recht hat er, mir das zu nehmen?«

»Das Recht, das jeder Sohn hat, seinen Vater zu schonen«, sagte Bill und sah auf seinen Gipsarm. »Ich kann aus eigener Erfahrung bestätigen, dass diese beiden Rechte oft miteinander im Konflikt liegen.«

»Tatsächlich?«, sagte Tom. »Davon müssen Sie mir mal erzählen, vielleicht lerne ich etwas daraus.«

»Mr Willis«, sagte Nell, »wissen Sie etwas von der Frau, mit der Gerald sich in London trifft?«

Ich drehte mich stirnrunzelnd zu ihr um. »Jetzt nicht, Nell.«

»Nein, nein«, wehrte Tom ab. »Lassen Sie das Kind sprechen.« Er rückte sich in seinem Kokon aus Decken etwas zurecht, um Nell besser sehen zu können. »Ja, Arthur hat von ihr gesprochen. William übrigens auch, fällt mir jetzt ein. Ich muss gestehen, dass sie eigentlich nicht der Frauentyp zu sein scheint, der meinem Sohn gefällt.«

»Erinnern Sie sich an die Ärztin, mit der Douglas sich eingelassen hatte?«, fragte Nell. »Die ihm all diese Tabletten gab?«

»Wie könnte jemand Sally die …« Tom unterbrach sich, und auf seinem Gesicht breitete sich plötzlich derselbe Ausdruck des Verstehens aus wie bei Lucy. Er schloss die Augen und lehnte sich in die Kissen zurück. »Erpressung«, sagte er nach einer Weile mit kaum hörbarer Stimme. »Das muss es sein.«

»Das denken wir auch«, sagte ich. »Wir hatten gehofft, Sie wüssten etwas darüber.«

»Ich muss mal nachdenken«, sagte Tom. »Lassen Sie mich nachdenken …« Eine zerbrechliche Hand kam unter den Decken hervor und streichelte Geraldines verdrehten Hals. »Er sagte … er ist … wegen Fehlern … aus der Firma ausgeschieden.«

»Swann meinte, das sei Unsinn«, sagte ich.

»Richtig«, stimmte Tom zu, und der Gedanke schien ihn aufzubauen. »Gerald hat sich nie etwas zu Schulden kommen lassen.«

Nell wickelte eine ihrer blonden Locken um den Finger und sah über den samtig grünen Rasen. »Es ist Arthur, der die Fehler macht«, sagte sie nachdenklich.

Die blasse Hand erhob sich über Geraldines Ohren in die Luft. »Das ist es!« Tom stieß diese Worte so vehement aus, dass Schwester Watling aufsprang.

»Ich glaube, wir machen eine kleine Pause«, sagte sie und bedeutete uns, zu schweigen. »Also, Mr Willis, Sie wissen, wie ich mich freue, wenn Ihnen etwas Freude macht, aber Sie müssen mit Ihren Kräften haushalten, oder ich muss Ihre Besucher bitten, sich zu verabschieden.« Mit diesen Worten zog sie die Sauerstoffmaske über Toms Gesicht und drehte an den Knöpfen. »Ganz ruhig jetzt, Mr Willis. Schön gleichmäßig atmen.«

Während Schwester Watling noch mit beruhigender Stimme auf Tom einsprach, merkte ich, wie sich mein Puls wieder beschleunigte. Lucy hatte gesagt, Gerald würde alles tun, um die Familie oder die Firma zu schützen, aber vielleicht ging es ja um beides. Die Schlampe musste von einem Fehler wissen, der Arthur unterlaufen war – kein kleiner, leicht korrigierbarer Fehler, sondern ein großer, nicht wiedergutzumachender, der die juristische Welt erschüttern würde, wenn er je an die Öffentlichkeit geriet. Sie musste sich mit dieser Information an Gerald gewandt haben, und der hatte sich entschlossen, die Sache zu vertuschen und die Schlampe für ihr Stillschweigen zu bezahlen. Du Dummkopf, dachte ich, wobei ich mich bemühte, mir meine Gedanken nicht anmerken zu lassen, du lieber, heldenhafter Dummkopf ...

Tom deutete an, dass er von der Sauerstoffmaske befreit werden wollte, und Schwester Watling nahm sie ihm ab. Sie kontrollierte seinen Puls, sah in seine Augen, und mit warnend erhobenem Zeigefinger ging sie wieder an ihren Platz.

»Dieser große Tölpel Arthur«, sagte Tom mit einem erneuten pfeifenden Lachen. »Er war schon immer Lucys Liebling. Wir wollten ihn schon hundert Mal rausschmeißen – sogar Williston war einverstanden –, aber Lucy hat es nicht zugelassen. Hat ihn immer in Schutz genommen. Weil sie so flink ist, nehme ich an, und er so furchtbar langsam.«

»Das wäre ein weiterer Grund für Gerald, sich vor ihn zu stellen«, sagte ich. »Nicht nur, um die Firma oder die Familie zu schützen, sondern um Lucy einen Gefallen zu tun.«

»Ganz richtig, ganz richtig. Hätte es eigentlich schon vor Monaten merken müssen. Nun, Gott sei Dank, dass es überhaupt jemand gemerkt hat.« Tom fasste die Giraffe unterm Kinn. »Und wir hatten gedacht, unser Besuch sei gekommen, um über Sybella zu sprechen, wie Vetter William, nicht wahr, Geraldine?«

»Entschuldigung«, sagte ich und beugte mich vor. »Hatten Sie gerade Sybella erwähnt?«

Tom nickte. »Sie interessieren sich für sie?«

Das ist die Untertreibung des Jahres, dachte ich. »Wir versuchen herauszufinden, wer sie war«, erklärte ich.

»Wenn Ihnen das gelingt, müssen Sie es Ihrem Schwiegervater erzählen«, sagte Tom. »Ich habe auch keine Ahnung.« Er schwieg einen Moment, dann wiederholte er: »Ihr Schwiegervater. Meine Güte. So ein schlauer alter Fuchs. Er hat mir auch Fragen über die Schlampe gestellt, und jetzt ist er auf dem Weg zu meinem Sohn.«

»Er vermutet vielleicht dasselbe wie wir«, sagte Bill.

»Das befürchte ich«, sagte Tom. »Sally ist eine skrupellose Frau, und sie könnte skrupellose Freunde haben. Wenn sie das Gefühl hat, dass William eine Gefahr für ihre Einnahmequelle darstellt ...«

»Mein Gott«, sagte Bill und stand auf.

»Hinweg mit euch«, sagte Tom und drohte mit dem Finger. »Mit aller gebotenen Eile. Erlegt den schlampigen Drachen und gebt meinem einfältigen Sohn eins hinter die Ohren.«

Bill war ernsthaft erschrocken. Er verabschiedete sich schnell, dann verschwand er seitlich ums Haus. Als Nell und ich Onkel Tom, Schwester Watling und Geraldine Lebewohl gesagt hatten, stand er schon an dem weißen Gartentor und winkte Paul ungeduldig, das Auto vorzufahren. Sowie die Limousine da war, riss Bill die Tür auf und schubste Nell und mich eilig hinein. Er krabbelte hinterher und sprach durch die Sprechanlage mit Paul.

»Paul«, sagte er in knappem, bestimmtem Ton, »wir müssen so schnell wie möglich nach Haslemere. Mein Vater könnte ernstlich in Gefahr sein.«

»Sehr wohl, Sir«, sagte Paul ruhig und trat aufs Gas.

Newtons drittes Gesetz der Bewegung verschlug mir die Sprache und beinahe auch den Atem, als Paul in einer Geruchswolke von erhitztem Gummi Old Warden verließ. Jede Bewegung des Steuers verursachte eine entsprechende, aber entgegengesetzt verlaufende Bewegung im Fond – und als wir um eine scharfe Kurve schlitterten, klammerte Nell sich mit aller Macht an die Armlehnen, ich fiel gegen Bill.

»Du lieber … Gott«, brachte ich heraus.

»Wow«, gab selbst Bill zu.

Paul erreichte eine kurze, gerade Strecke und beschleunigte unverzüglich, sodass ich gegen die Rückbank fiel. »Wir werden tot sein, ehe wir dort ankommen«, murmelte ich, tief in meinen Sitz gedrückt.

Während Paul im gleichen Stil eine weitere Serie von Kurven nahm, betete ich inbrünstig, dass ich bis zu der geraden, breiten M1 durchhalten würde, denn mein Magen hatte bereits laut Protest angemeldet.

»Bill«, sagte ich, weil ich mich ziemlich benommen fühlte, »ich weiß, dass du dich um deinen Vater sorgst, und das tue ich auch, aber ich muss dich warnen, wenn Paul in diesem Tempo weiterfährt, dann muss ich … oooh …«

Bill ließ seinen verstauchten Arm auf seinen Schoß fallen und rief Paul über die Sprechanlage zu, langsamer zu fahren. Dann nahm er mich in den Arm und hielt mich fest. »Alles in Ordnung, Lori?« Er drückte die Lippen auf meine Stirn, wie um meine Temperatur zu prüfen. »Du bist ja kreidebleich.«

Ich schloss die Augen, schluckte mühsam und atmete tief.

»Hier«, sagte Nell. Sie holte die Thermosflasche mit Sir Poppets Kräutertee heraus und goss mir den Becher voll. »Trink das.«

Ich nahm den Becher und leerte ihn in einem Zug. Das Aroma allein reichte, um meine Übelkeit zu vertreiben. »Mehr«, sagte ich und hielt ihr den Becher hin.

»Was ist das eigentlich für ein Zeug?«, fragte Bill und roch an der Thermosflasche.

»Ein wahres Wunder«, sagte ich mühsam. Ich trank einen zweiten Becher, holte nochmals tief Luft und merkte, wie die Farbe wieder in meine Wangen zurückkam. Der Wagen gewann wieder an Tempo, aber ein Blick aus dem Fenster zeigte mir, dass wir uns an der Auffahrt zur M1 befanden. Für die nächsten zwei Stunden hatte ich nichts zu befürchten.

»Du hattest mir doch gesagt, dass du die Fleischvergiftung überstanden hast«, sagte Bill vorwurfsvoll.

»Vermutlich habe ich mich geirrt.« Ich setzte mich auf, strich mir das Haar aus der Stirn und gab Nell den Becher zurück. »Danke schön, Nell, das war genau, was ich brauchte.«

Nell sah von Bill zu mir. »Du solltest vielleicht mal zum Arzt gehen«, schlug sie vor. »Bald.«

»Vielleicht tue ich das«, sagte ich. »Ich fühle mich schon seit Beginn dieser Reise nicht ganz wohl.«

»Ich gehe mit dir, sobald wir uns um Vater gekümmert haben«, versprach Bill und küsste mich auf die Stirn.

»Glaubst du wirklich, dass er in Gefahr ist?«, fragte ich.

Bill zuckte beunruhigt die Schultern. »Vater ist nicht dumm. Ich bin sicher, er würde sich nicht ohne Vorkehrungen in eine gefährliche Situation begeben, aber mir wäre wesentlich wohler, wenn ich wüsste, was er vorhat.«

»Ich frage mich, wie William von Sally erfahren hat«, sagte Nell. »Glaubst du, dass Arthur es ihm erzählt hat?«

Ich lehnte mich gegen Bill und dachte darüber nach. »Ich glaube, William hat es auf gleiche Weise erfahren wie wir«, sagte ich. »Eine Bemerkung hier, eine Andeutung da – weißt du, wenn Lucy und Anthea das Problem besprochen hätten, wäre ihnen sofort eine Lösung eingefallen. Schließlich hatten sie sämtliche Puzzleteile. Nur haben sie sich niemals hingesetzt, um sie zusammenzusetzen.«

»Um Kommunikation ging es übrigens auch hauptsächlich in meiner Unterhaltung mit Dimity«, warf Bill trocken ein.

»Ich hoffe, du hast gut aufgepasst«, neckte ich ihn.

»Ich habe mitgeschrieben«, versicherte Bill. Einen Moment schaute er zum Fenster hinaus, dann sah er Nell und mich wieder an. »Und jetzt habe ich noch eine Frage an euch zwei Expertinnen. Wie hat Vater von Sybella gehört? Laut Sir Poppet hat Onkel Williston diesen Namen ihm gegenüber nie erwähnt, und diese Urkunde von ihm hatte er auch noch nie gesehen. Und dennoch fragte er Onkel Tom nach Sybella. Wo ist ihm dieser Name begegnet?«

Während der nächsten Meilen dachten die Expertinnen über die Frage nach. Dann drückte ich auf den Knopf der Sprechanlage. »Paul?«, sagte ich, »kann dieser Schlitten nicht ein bisschen schneller fahren?«

Kapitel 28

Im Scheinwerferlicht erschien das weiße Schild, das die Zufahrt zu Geralds Anwesen anzeigte. Es war halb neun Uhr abends und wurde langsam dunkel, auf der Midhurst Road war außer uns weit und breit kein Auto. Paul bog in die Einfahrt und nahm langsam die Zufahrtsstraße zum Haus durch den dunklen Wald.

Nell auf ihrem Klappsitz hatte sich seitlich zum Fenster gebeugt und spähte angestrengt hinaus. »Williams Auto«, flüsterte sie.

Mich überlief eine Gänsehaut, als ich an ihr vorbei nach draußen sah und der silbergraue Mercedes im Licht der Scheinwerfer kurz aufleuchtete und wieder verschwand, als Paul die Limousine daneben parkte. Bill war ausgestiegen, noch ehe Paul den Motor abgestellt hatte.

Nell und ich folgten ihm. Sie nahm Bertie vom Beifahrersitz und ich legte kurz die Hand auf den Mercedes, aber Bill war direkt auf die Eingangstür zumarschiert und klopfte nun laut und ungeduldig an.

Mrs Burweed öffnete die Tür und ein breiter Lichtschein erhellte die Dunkelheit. »Es ist wirklich nicht nötig, einen solchen Lärm zu machen, junger Mann«, sagte sie streng. »Besonders nicht um diese Tageszeit. Also, womit kann ich …« Sie verstummte, als sie Nell und mich sah, die jetzt neben Bill an der Tür auftauchten. »Miss – Miss Shepherd, nicht wahr? Wie schön. Mr Gerald wird sich freuen, Sie wiederzusehen.«

»Ach tatsächlich, wird er das?«, murmelte Bill.

Mrs Burweed ignorierte ihn und wandte sich weiter an mich. »Ich fürchte nur, er hat gerade Besuch. Würde es Ihnen etwas ausmachen, zu warten …«

»Ja, das würde es«, unterbrach Bill sie. »Wo sind sie?«

»Im hinteren Wohnzimmer«, erwiderte Mrs Burweed, eingeschüchtert von Bills herrischem Benehmen. »Aber Mr Gerald hat strenge Anweisungen gegeben …«

»Danke«, sagte Bill und ging an ihr vorbei ins Haus. »Ich finde den Weg.«

Ich bedachte Mrs Burweed mit einem kurzen, entschuldigenden Schulterzucken und eilte hinter Bill her, gefolgt von Nell. Bill wollte gerade die Tür zum Wohnzimmer öffnen, aber Gerald musste den Lärm gehört haben, denn er kam ihm zuvor. Verwirrt sah er Bill an, dann sah er mich und lächelte so herzlich, dass mir die Knie weich wurden.

»Miss Shepherd«, rief er aus. »Was für eine wunderbare Überraschung.«

Bill brummte etwas Unverständliches, holte aus und bedachte Gerald mit einem Faustschlag, der ihn rückwärts ins Zimmer katapultierte. Mit immer noch geballter Faust stürzte Bill hinterher, stand über ihm und brüllte ihn an: »Das ist dafür, dass du *meine Frau* geküsst hast!«

Nell drehte sich um und sah mich mit großen Augen an. »Also *das* war's, was in St. Bartholomäus passiert ist!«

»Es ist gar nichts in St. Bartholomäus passiert«, gab ich ärgerlich zurück. »Bill! Hör auf! Lass ihn in Ruhe.« Ich zog an seinem Arm und wollte ihn in den Flur hinaus ziehen, aber es war, als wollte ich eine Eiche entwurzeln.

Eine ruhige, vertraute Stimme kam aus der Zimmerecke. »Mein lieber Junge, wenn das, was du vermutest, wahr ist, dann hast du mein Mitgefühl, aber glaubst du tatsächlich, dass das der richtige Moment ist, Lori so aufzuregen?«

Ich erstarrte, Bill blieb der Mund offen stehen, und Nell hielt den Atem an.

Gerald stöhnte.

»Bill, hilf deinem Vetter auf«, gebot Willis senior vom entfernten Ende der Couch. »Und du, Nell, sag bitte Mrs Burweed, dass ein Anruf bei der Polizei nicht notwendig ist. Lori, ich weiß, dass du keine große Familie hattest, aber inzwischen müsstest du eigentlich wissen, dass man den Ausdruck ›kussfreudige Verwandtschaft‹ nicht ganz so wörtlich nehmen sollte.«

Willis senior musste Mrs Burweed sein großes Ehrenwort geben, dass Bill kein gefährlicher Irrer sei, ehe sie sich bereit erklärte, den Telefonhörer hinzulegen und zwei Eisbeutel aus der Küche zu holen, einen für Geralds Veilchenauge, den anderen für die schmerzenden Knöchel an Bills rechter Hand.

»Du Dummkopf«, sagte ich, während ich vor Bills Stuhl hockte und jeden seiner Finger genau untersuchte. »Dies war die einzige gesunde Hand, die du noch hattest. Vermutlich erwartest du jetzt, dass ich dich füttere.«

»Hm«, erwiderte Bill und sah noch immer mit finsterem Gesicht zu Gerald hinüber, der ausgestreckt auf dem schäbigen Sofa lag.

»Hör auf jetzt«, schimpfte ich. »Ich hatte dir doch gesagt, dass es nicht Geralds Schuld war. Er wusste nicht, dass ich deine Frau bin. Er wusste nicht mal, dass ich *überhaupt* verheiratet bin. Außerdem hatte es nichts zu bedeuten. Er wollte doch nur *nett* sein.«

Geralds Stimme kam unter dem Eisbeutel hervor. »Darum geht es nicht«, nuschelte er undeutlich. »Gibt Dinge, die muss ein Mann klarstellen. Unantastbarkeit der Ehe gehört dazu. Da gibt's keine Grauzonen.«

»Ganz richtig.« Bill nickte beifällig, hörte jedoch, als er sich dabei ertappte, sofort wieder auf und sah Gerald mit gerunzelter Stirn an, als ob es ihn beunruhigte, dass ausgerechnet der Mann ihn verteidigte, den er gerade k. o. geschlagen hatte.

Ich gab Bill seinen Eisbeutel zurück und setzte mich auf die Lehne seines Sessels, wo ich ihn im Auge behalten konnte. Das hintere Wohnzimmer sah genauso trist und langweilig aus wie das letzte Mal, als wir hier gewesen waren. Die Dunkelheit hatte die Bäume hinter dem großen Panoramafenster verschluckt, und an beiden Enden der Couch brannten Stehlampen. Ihr sanftes Licht dämpfte die Schäbigkeit des Raumes etwas und ließ die rotgoldenen Lichter in Geralds kastanienbraunem Haar aufleuchten. Er war ähnlich wie bei unserem letzten Besuch gekleidet, in ausgebleichten Jeans und einem alten tannengrünen Hemd aus weichem Baumwollstoff.

Willis senior sah irgendwie anders aus, aber ich konnte nicht gleich erkennen, was es war. Er saß Bill und mir gegenüber am Ende der Couch, auf die Mrs Burweed mehrere Kopfkissen für Gerald aufgetürmt hatte. Er trug einen makellosen anthrazitgrauen Nadelstreifenanzug, ein weißes Hemd und eine erlesene silbergraue Seidenkrawatte, aber das alles war nichts Ungewöhnliches. Willis senior war immer gut gekleidet, genau wie Nell. Sein weißes Haar war von der hohen Stirn zurückgekämmt und seine grauen Augen blickten so ruhig wie immer. Vielleicht waren sie ein wenig heller als sonst, wenn er mich ansah, aber das hatte ich erwartet. Er musste sich schrecklich freuen, Bill und mich zusammen zu sehen. Im Moment jedoch hatte er seine Aufmerksamkeit Nell zugewandt.

Nell saß auf einem Fußschemel zwischen Willis senior und dem Kamin und unterhielt sich leise mit ihm. Plötzlich sahen sie in meine Richtung, und ich sah, wie Willis senior nickte. Und dann lächelte Nell mich so strahlend an, dass es mich fast umwarf.

»Mr Willis! Alles in Ordnung?« Paul stand in der Tür und sah misstrauisch im Zimmer umher, wobei er mit der einen Hand einen Reifenheber, mit der anderen Reginald umklammerte. Er musste sich bewusst sein, was für ein merkwürdiges Bild er abgab, denn er kam schnell zu mir und gab mir Reginald.

»Danke, Paul.« Ich setzte Reginald auf Bills Schoß, in der Hoffnung, dass das Häschen einen beruhigenden Einfluss auf meinen Mann haben würde. »Aber ich glaube, Sie sollten lieber den Wagenheber in Sicherheit bringen, ehe Mrs Burweed ihn sieht. Wir haben sie gerade mit Mühe davon abhalten können, die Polizei zu rufen.«

Paul sah rückwärts über die Schulter zurück und sprach aus dem Mundwinkel. »Aber Master Bill sagte doch, sein Vater sei in großer Gefahr.«

»Hat er das gesagt?« Willis senior sah zu Bill, der sehr aufmerksam die Decke betrachtete. »Sehr merkwürdig. Vielleicht hat mein Sohn, als er sich den Arm verstauchte, auch einen Schlag auf den Kopf bekommen. Wie Sie sehen, Paul, bin ich in keinerlei Gefahr.«

Paul senkte die Hand mit dem Wagenheber. »Dann bringe ich den wohl am besten in den Kofferraum zurück und schaue mal nach, ob Mrs Burweed uns einen Tee machen kann.«

»Und Sandwiches«, rief Nell. »Lori hat noch nichts zu Abend gegessen.«

»Geht in Ordnung, Mylady«, sagte Paul. Er sah im Zimmer umher und schüttelte den Kopf. »Hier sieht's aus wie auf einem Schlachtfeld.« Er drehte sich auf dem Absatz um und verschwand.

»Gerald«, sagte Willis senior, »da dies dein Haus ist, möchte ich dich fragen, ob du mit der Änderung des heutigen Abendprogramms, wie es sich aus den jüngsten Vorfällen ergibt, einverstanden bist. Fühlst du dich in der Lage, unsere Unterhaltung fortzusetzen?«

»Auf jeden Fall.« Gerald schwang die langen Beine über den Rand der Couch und setzte sich auf. Er legte eine Hand auf die Kopfkissen, um sich Halt zu verschaffen, und nahm den Eisbeutel vom Auge, das blau und zugeschwollen war. Bis morgen würde sich der Bluterguss wahrscheinlich über die Hälfte seines Gesichtes erstrecken.

»Um Gottes willen«, murmelte Bill. Er gab mir Reginald und setzte sich neben Gerald. »Lass mich mal sehen.« Gerald bog gehorsam den Kopf zurück und strich sich das Haar aus der Stirn. »Das tut mir sehr leid, Gerald.«

»Ach was«, sagte Gerald. »Ich an deiner Stelle hätte wohl auf einer Enthauptung bestanden.«

Bill runzelte die Stirn. »Ich glaube, ich sollte dich vielleicht zum Röntgen ins Krankenhaus fahren.«

»Eine Tasse Tee tut's auch.« Gerald hob den Eisbeutel wieder ans Auge und streckte die Hand aus. »Freut mich, dich kennenzulernen, Vetter.«

Bill grinste schuldbewusst und nahm zögernd Geralds Hand. »Gleichfalls, Vetter. Ich habe schon viel von dir gehört, und obwohl es mir schwerfällt, es zuzugeben – es scheint alles wahr zu sein.«

»Hört sich an, als ob ich das als Kompliment verstehen muss«, sagte Gerald.

Willis senior stand auf. Er war ein zierlicher Mann, nicht im Entferntesten so groß und breitschultrig wie sein Sohn, aber jetzt schien er den Raum zu füllen. »Ehe wir fortfahren«, sagte er und sah uns der Reihe nach streng an wie ein unzufriedener Schulmeister, »wäre ich sehr dankbar, wenn mir jemand sagen würde, warum ihr drei hier seid. Vielleicht Eleanor, denke ich.« Er verschränkte die Hände auf dem Rücken und nickte Nell zu. »Eine kurze Erklärung, bitte …?«

Nell nahm sich diese Aufforderung zu Herzen – ihre Zusammenfassung war ein Meisterwerk an Knappheit. Sie ließ so viel aus, dass die gesamte Schilderung unserer weiten und ereignisreichen Reise nur etwa drei Minuten in Anspruch nahm und den Tenor hatte: »Wir hatten uns um dich Sorgen gemacht, William, deshalb sind wir dir nachgereist.«

Bills Beschreibung seines Unfalls am Little Moose Lake war ähnlich kurz: »Ich machte mir Sorgen um Lori, deshalb bin ich hergeflogen, um zu sehen, was los ist. Kleiner Unfall unterwegs.«

Willis senior nickte weise, sah von Nell zu Bill, dann kam er herüber und stellte sich direkt vor mich. »Lori? Vielleicht bist du ein wenig ausführlicher?«

Ehe ich antworten konnte, ging die Tür auf, und Mrs Burweed und Paul kamen herein und brachten Tee, eine große Platte mit Sandwiches und einen Kuchenständer mit Karamellbrownies. Willis senior bestand darauf, dass ich erst etwas aß, aber sowie ich fertig war, ruhte sein Blick wieder auf mir, freundlich, aber bestimmt.

Ich beantwortete seine Fragen, so gut ich konnte. »Zuerst«, sagte ich von meinem Platz auf Bills Armlehne, »zuerst sind Nell und ich dir nachgefahren, um dich davon abzubringen, Boston zu verlassen.«

»Meine Schuld«, sagte Bill. »Wenn ich nicht so blöd gewesen wäre, hättest du nie daran gedacht, wegzugehen.«

»Aber du *bist* blöd gewesen«, stellte Willis senior fest.

Bill zog den Kopf ein. »Ich weiß, und es tut mir mehr leid als ich sagen kann, Vater. Bitte nimm meine Dummheit nicht als Anlass, wegzuziehen. Wir brauchen dich.«

»Ich kann dir versprechen«, sagte Willis senior bereitwillig, »dass ich nicht aus Boston wegziehen werde.«

Ich starrte ihn an und war verblüfft über die Leichtigkeit, mit der mein Schwiegervater all seine komplizierten Pläne fallen ließ. »Aber was ist mit dem Haus, das du in Finch gemietet hast, und mit den Möbeln und der ganzen Büroausstattung?«

»Ich bin sicher, dass alles eine gute Verwendung finden wird«, sagte Willis senior. »Und jetzt fahre bitte in deiner Erzählung fort, Lori. Du hast mir erklärt, warum ihr *anfangs* hinter mir hergefahren seid. Bedeutet das, dass ihr irgendwann andere Gründe hattet?«

»Eigentlich gleich nachdem ich anfing, mit Geralds Familie Bekanntschaft zu machen.« Zögernd sah ich zur Couch.

»Bitte, Lori«, sagte Gerald mit einer müden Handbewegung, »sprich ganz offen. Dein Schwiegervater hat es den ganzen Nachmittag schon getan.«

»Als ich Lucy und Arthur und Onkel Williston kennengelernt hatte«, sagte ich zu Willis senior, »hörte ich wohl auf, mir um dich Sorgen zu machen, und machte mir Sorgen um … um alles andere.«

»Wie zum Beispiel?«, half Willis senior nach.

Ich zählte an den Fingern auf. »Zum Beispiel … warum Gerald aus der Firma ausgeschieden ist – und warum er sich mit Sally trifft. Zum Beispiel, wer Sybella Markham war. Zum Beispiel, warum du glaubst, dass

Anne Elizabeth Court Nummer drei dir gehört.« Ich hob die Hände. »Es ist ein Gewirr aus losen Bruchstücken, aber …«

»Da hast du zur Hälfte Recht«, sagte Gerald leise. »Es ist ein Gewirr, das gebe ich zu, aber die Bruchstücke lassen sich alle zusammensetzen.« Er drückte die Handflächen gegeneinander und verschränkte seine schlanken Finger. »Sybella und Sally … Vergangenheit und Gegenwart … die Sünden der Väter und der Söhne …« Seine Stimme war nur noch ein Flüstern, und er drückte seine Hände gegen die Stirn.

Willis senior sah ihn ruhig an. »Eine gewaltige Last für einen Mann«, sagte er. »Es wird Zeit, dass du sie abwirfst, Gerald, und uns die Wahrheit sagst.« Er nahm seinen Platz wieder ein, zog seine Taschenuhr heraus, sah sie an und steckte sie wieder ein. »Im Hinblick auf unser Gespräch heute Nachmittag und die Zeit, die uns jetzt noch bleibt, würde ich dich bitten, uns zuerst die Wahrheit über Sybella zu erzählen.«

»Ich *wusste* es«, sagte Nell leise. »Ich *wusste*, dass es Sybella wirklich gab.«

Kapitel 29

Geralds jungenhafter Charme war verschwunden. Er wirkte kraftlos und erschöpft, als hätten die Anstrengungen der letzten zwei Jahre ihn überwältigt. Er beugte sich vor und kaute auf seiner Unterlippe, genau wie er es in dem stillen, leeren Kirchenschiff von St. Bartholomäus getan hatte.

»Sybella Markham«, erzählte er, »war das einzige Kind eines Kutschenbauers in Bath.« Er wandte sich an niemanden im Besonderen und sprach wie geistesabwesend, wobei er unbeweglich dasaß und nicht aufsah. »Ihre Eltern starben, als sie noch ziemlich klein war, aber ihr Vater hatte für ihre Zukunft vorgesorgt. Er hatte Grundbesitz gekauft, von dessen Erträgen seine Tochter sehr gut leben konnte, und er hatte ihr Wohlergehen dem angesehensten Rechtsanwalt in Bath anvertraut.«

»Der Firma Willis & Willis«, sagte Bill.

»Damals war es erst ein Willis«, erklärte Gerald. »Sir Williston Willis, geadelt für seine Dienste am Königshaus. Er war verheiratet und hatte zwei Söhne, Zwillinge, und in seinem großzügigen Haus war mehr als genug Platz, um sein kleines Mündel Sybella aufzunehmen. Die Zeit verging, die Knaben wurden erwachsen, und der Vater starb.«

»Das war der Zeitpunkt, als seine Witwe beschloss, in London ihr Glück zu versuchen«, sagte ich und sah aus dem Augenwinkel, wie Nell nickte.

Gerald langte nach dem Eisbeutel und hielt ihn an sein geschwollenes Gesicht. »Julia Louise fasste nach dem Tod ihres Mannes so manchen Entschluss. Sie entschied, dass Sybella ihren älteren Sohn heiraten müsse, damit ihr wertvoller Besitz an ihn falle. Sie entschied auch, mit der Familie schon vor der Hochzeit in eines von Sybellas Häuser zu ziehen.«

Nell nickte, während Gerald alle ihre Vermutungen bestätigte. »Aber Sybella hat den älteren Zwilling nicht geheiratet«, warf sie ein, »weil sie sich in den anderen verliebte. War es nicht so?«

»Die dumme Sybella.« Gerald seufzte. »Nicht nur hat sie sich in Lord William, den Sündenbock, verliebt, sondern sie hat ihn auch geheiratet und Julia Louise vor die vollendete Tatsache gestellt.«

»Julia Louise muss außer sich gewesen sein«, sagte Nell. »Hat sie Sybella auch verbannt, wie Lord William?«

Geralds Mund verzog sich zu einem gequälten Lächeln. »Ich denke, das könnte man sagen, ja. Sie hat ihren Sohn in die Kolonien verbannt, wo er den Familienzweig von Vetter William gründete.«

»Moment mal«, unterbrach ich. »Die Frau von Lord William hieß aber Charlotte irgendwas. Willst du etwa damit sagen, dass er Bigamie betrieben hat? War das die Schande, die Julia Louise ihm nicht verziehen hat?«

Gerald krümmte sich, wie es schien, in einem Anfall lautlosen Lachens, der aber mit einem Schluchzen endete. Er rieb sich einen Moment die Stirn, wie um seine Gedanken zu sammeln, dann stand er plötzlich auf und verließ das Zimmer. Als er wieder hereinkam, trug er eine Holzkiste, ähnlich denen, die ich am ersten Tag in dem Raum mit dem Reliquiar gesehen hatte. Er stellte die Kiste auf den Couchtisch und winkte uns, näherzukommen. Ich stand neben Bill und sah nervös auf Gerald, dessen Reaktion auf meine Frage mich beunruhigte.

Als wir alle um die Kiste standen, hob Gerald den Deckel hoch, und ich beugte mich vor, um besser sehen zu können. Zuerst konnte ich nicht erkennen, was es war. Etwas Weißes, ein paar Stofffetzen, ein seltsamer, modriger Geruch.

»Großer Gott.« Bill fuhr zurück, die Hand über dem Mund, und schnappte nach Luft.

Ich sah nochmals hin, und als mein Gehirn endlich glaubte, was meine Augen sahen, dachte ich, mein Herz bliebe stehen. Es war ein Schädel, ein menschlicher Schädel, der mich gespenstisch aus einem Häufchen menschlicher Knochen ansah. An den zarten Schläfen hingen noch ein paar blonde Haarsträhnen, und zwischen den brüchigen Gebeinen lagen die zerschlissenen Überreste eines bestickten Kleides. Ein Ring, der vielleicht einst der Ehering gewesen war, glänzte an einem der zerbrechlichen Fingerknochen, und ein Stückchen verschrumpeltes Leder – von einem Schuh? – lugte zwischen den Rippenknochen hervor.

»Darf ich vorstellen – Sybella Willis.« Geralds Augen waren trübe und teilnahmslos. »Lange ehe er die Kolonien erreichte, war Lord William nämlich schon wieder Witwer.«

»Sybella?«, flüsterte Nell und berührte mit der Hand ihr eigenes blondes Haar.

Willis senior zog Nell an sich und befahl Bill, die Kiste zu schließen. Gerald schwankte, bis seine Knie nachgaben und er auf die Couch sank, das Gesicht in die Hände vergraben. Ich nahm Willis senior Nell ab und führte sie zu einem Sessel, während er eine Reiseflasche aus seinem Aktenkoffer nahm. Er schraubte den Verschluss ab und setzte sich neben Gerald. »Cognac«, sagte er fürsorglich. »Nimm einen Schluck.«

Mit zitternden Händen nahm Gerald die Flasche und trank, dann gab er sie an Bill weiter, der auch einen Schluck nahm. Bill bot sie mir ebenfalls an, und als ich abwehrte, stellte er sie auf ein Tischchen.

»Bitte entschuldigt«, sagte Gerald. »So hätte ich euch wohl nicht damit überraschen sollen.«

»Es hat dir offenbar schon lange zu schaffen gemacht«, sagte Willis senior.

Gerald ließ wieder dieses schluchzende Lachen hören, unterdrückte es jedoch schnell und wischte sich mit dem Handrücken den Mund ab. »Ich habe die Kiste nicht mehr angeschaut, seit ich …« Er berührte sie mit den Fingerspitzen. »Komisch, wie sie einen nach Jahrhunderten immer noch berührt. Aber sie war so jung, und sie starb auf so grauenvolle Weise.«

Ich drückte Nell Bertie in den Arm und nahm ihre kalten Hände in meine, um sie zu wärmen. Wie erstarrt vor Grauen sah sie auf die Kiste, und ich gab Bill einen Wink, die Überreste von Sybella Willis hinauszuschaffen. Vorsichtig nahm er die Kiste vom Tisch und brachte sie aus dem Zimmer. Sowie sie nicht mehr da war, schien Nell aufzutauen. Sie beugte sich vor und stöhnte leise: »Also *deshalb* dachte er, ich sei ein Gespenst …«

Als Gerald das hörte, sprang er auf. Erschrocken kniete er sich neben Nells Sessel. »Es tut mir schrecklich leid, Nell, ich hätte das niemals …«

Nell hob den Kopf und sah ihn an. Ihre Augen waren trocken, aber sie war kreidebleich. »Sie muss richtig beerdigt werden«, sagte sie mit fester Stimme.

Gerald nickte heftig. »Ja, das habe ich auch schon gedacht. Ich wollte, dass sie neben ihrem Mann beerdigt wird, aber ich wusste nicht, wie ich es anstellen sollte …« Er verstummte und sah Willis senior an.

»Ich werde dafür sorgen«, versprach dieser. »Sybella soll neben Lord William beerdigt werden.«

»Ich glaube, Nell hat genug«, sagte ich und rieb ihre Hände. »Vielleicht sollte sie mit Bertie in der Küche warten, bis wir mit der Geschichte fertig sind.«

»Nein.« Nell zog ihre Hand weg. »Ich gehe nicht raus. Es war nur … es kam so plötzlich. Ich hatte nicht erwartet …« Sie umklammerte Bertie. »Ich möchte hören, was passiert ist. Sonst kann ich nicht einschlafen.«

»Aber Herzchen«, sagte ich und fuhr ihr übers Haar, »wenn du es hörst, kannst du wahrscheinlich erst recht nicht einschlafen.«

»Nein«, wiederholte sie fest. »Meine Träume wären viel schlimmer als alles, was Gerald uns erzählen könnte.«

Ich sah Willis senior an, und er nickte. Gerald holte die Decke, die Mrs Burweed für ihn gebracht hatte, und legte sie um Nells Schultern, dann setzte er sich wieder auf die Couch. Ich saß auf dem Schemel neben Nell, und wir warteten, jeder mit seinen eigenen Gedanken beschäftigt, bis Bill zurückkam.

Sowie sein Sohn wieder saß, brach Willis senior das Schweigen. »Auf unserer Seite des Atlantiks«, sagte er zu Gerald, »hatte man schon immer den Verdacht – obwohl es nie bewiesen werden konnte –, dass der Gründer unserer Familie von seiner Mutter und seinem Bruder verraten wurde. Lord William hat nie die Beschuldigung zurückgenommen, dass die beiden seine erste Frau Sybella ermordet hatten.«

»Das stimmt«, sagte Gerald. »Das Verhältnis zwischen Julia Louise und Lord William war vollkommen zerrüttet. Sie hasste ihn, und er muss sie zutiefst verachtet haben.«

»Sie muss Angst gehabt haben, dass er sie aus Sybellas Haus jagen würde«, sagte ich.

»Das hätte er bestimmt auch«, sagte Gerald. »Und Julia Louise wusste es. Deshalb hat sie Sir Williston angestiftet, das Mädchen umzubringen. Sie selbst hat sich um Lord Williams Deportation gekümmert. Sie ließ ihn betäuben und auf ein Schiff schmuggeln, das in die Kolonien fuhr. Ehe er noch halb über dem Atlantik war, war seine junge Frau im Bett erstickt worden. Sie haben ihre Leiche in den Gewölbekellern unter dem Haus Anne Elizabeth Court Nummer drei vergraben.«

»Aber wenn man sie dort begraben hat, wie kann sie dann …?« Ich sah Gerald unsicher an. »Du hast sie doch nicht …?«

»Ich nicht«, sagte Gerald. »Sondern Sir Williston. Ich glaube, er hat Sybella wirklich geliebt, auf eine schreckliche, bizarre Art und Weise. Nach Julia Louises Tod hat er sie exhumiert und die sterblichen Überreste in eine Kiste getan. Er hat jeden Abend mit ihnen geredet, ehe er zu Bett ging.«

»Gerald«, sagte Nell, »woher weißt du das alles?«

»Sir Williston hat Tagebuch geführt«, erwiderte er. »Kannst du dir das vorstellen? Er hat jedes Wort aufgezeichnet, das er zu seiner geliebten Sybella gesagt hat, und ihre Antworten auch.« Gerald erschauerte. »Diese Aufzeichnungen sind … sehr verstörend.«

Willis senior reichte Gerald wieder die Reiseflasche und wartete geduldig, bis er getrunken hatte, ehe er fragte: »Hat Sir Williston auch seine anderen Taten in dem Tagebuch festgehalten?«

Gerald nickte. »Er und Julia Louise verbreiteten das Gerücht, dass Sybella weggelaufen sei. Dann enterbten sie Lord William und brachten Sybellas Besitz an sich. Julia Louise befahl Williston, alle Dokumente, die auf Sybellas Namen lauteten, zu vernichten, aber er brachte es nicht über sich, ihre Existenz so vollständig auszulöschen. Er behielt die Originale. Sie steckten zwischen den Seiten seines Tagebuches.«

»Nicht alle«, sagte ich.

Gerald sah mich verständnislos an. »Wie meinst du das?«

»Als wir Onkel Williston besuchten«, erklärte ich, »gab er uns die Kaufurkunde von Anne Elizabeth Court Nummer drei. Er hatte sie in einem Geheimfach seines Schreibtisches versteckt. Die Urkunde lautet auf Sybellas Namen.«

»Du lieber Gott«, sagte Gerald erschöpft. »Also da war sie. Ich hatte mich schon gewundert, weil sie nicht mit den anderen Dokumenten im Tagebuch war. Onkel Williston muss sie herausgenommen haben, kurz bevor er …«

»Onkel Williston *kennt* das Tagebuch?«, rief ich entsetzt aus. »Gerald, er weiß doch nichts über … das, was in der Kiste ist, oder?«

Geralds Blick, der ein bisschen lebhafter geworden war, trübte sich erneut. »Natürlich weiß er es. Er hat es immer gewusst. Deshalb weiß er ja so viel über Sir Williston.« Geralds Stimme hatte einen brüchigen Unterton bekommen. »Seit dreihundert Jahren wird das Tagebuch samt der Kiste mit Sybellas sterblichen Überresten von einem ältesten Sohn zum nächsten weitergegeben. Großvater gab sie an Onkel Williston weiter, und Onkel Williston gab sie Arthur.«

»Aber … das ist doch nicht richtig«, sagte ich verwundert. »Sie hätten an deinen Vater und an dich übergehen müssen. Du bist doch der älteste Sohn der Familie Willis.«

»Mein Vater und ich wurden übergangen.« Gerald sah zu Boden. »Wir sind keine geborenen Willis, und daher kann man uns auch die Familiengeheimnisse nicht anvertrauen. Sie vertrauten sie lieber einem Dummkopf wie Arthur an als dem Sohn eines …« Gerald verstummte.

»Tom hat uns erzählt, dass er adoptiert ist«, sagte ich.

»Adoptiert vielleicht, aber niemals akzeptiert«, sagte Gerald mit blitzenden Augen. »Nie wirklich akzeptiert. Es bricht ihm das Herz, wenn er die Wahrheit erfährt.«

Willis senior spitzte die Lippen. »Da übertreibst du sicher etwas.«

»Wirklich?«, erwiderte Gerald bitter. »So muss es jemandem wie dir vorkommen, William, der nie auch nur einen Moment an seiner Stellung im Leben zweifeln musste.«

»Hat dein Vater derartige Zweifel gehabt?«, fragte Willis senior.

»Lass dich von seiner Gelassenheit nicht täuschen«, sagte Gerald. »Er hat mir einmal gesagt, dass seine ganze Kraft aus der Gewissheit kommt, dass seine Adoptivfamilie ihn *ohne Vorbehalte* akzeptierte. Gott weiß, was passiert, wenn er erfährt …« Gerald ließ den Kopf hängen und verstummte.

Willis senior legte tröstend die Hand auf Geralds Schulter. »Väter sind erfahrungsgemäß sehr widerstandsfähig. Müssen sie auch sein. Überleg nur mal, was ihre Söhne ihnen antun.«

Bills Ohren wurden rot, aber William sprach weiter. »Wenn das Tagebuch ein so sorgsam gehütetes Geheimnis war, Gerald, wie hast du dann davon erfahren?«

Gerald überlegte einen Augenblick, ehe er antwortete. »Ich glaube, man könnte sagen, dass ich durch Dr. Sarah Flannery – besser bekannt als Sally die Schlampe – davon erfahren habe.«

»Wie?«, sagte ich. »Was hat die denn …« Ich wurde vom fernen Geläut der Haustürglocke unterbrochen.

Willis senior sah auf seine Taschenuhr. »Gut. Der Zug war also pünktlich«, kommentierte er.

Mrs Burweed öffnete die Tür. Ihre Nase war gerümpft, als ob ein unangenehmer Geruch in den Flur gedrungen war, und sie sprach zu Willis senior, nicht zu Gerald. »Die … Dame ist hier, Sir.«

»Danke, Mrs Burweed«, sagte Willis senior lächelnd. »Bitte, führen Sie sie herein. Und Sie werden auch die anderen Anweisungen nicht vergessen?«

Mrs Burweed stellte sich aufrecht hin und nahm die Schultern zurück. »Auf keinen Fall, Sir.«

»Gerald«, sagte Willis senior, »ich möchte dich daran erinnern, dass du nichts sagst.« Er faltete die Hände im Schoß, und seine grauen Augen wurden hart. »*Ich* werde mit der unappetitlichen Dr. Flannery reden.«

Kapitel 30

Sally die Schlampe war genauso, wie Anthea und Arthur sie beschrieben hatten. Sie war klein und dick, und sie hatte den großen Fehler begangen, ihren kurzen, rundlichen Körper in einen engen schwarzen Minirock und eine knallrote Seidenbluse zu zwängen, sodass sie wie eine Wurst aussah. Ich warf einen Blick auf ihre dünnen Beine, und sogleich kam mir wieder Antheas Charakterisierung »Tomate auf Zahnstochern« in den Sinn.

Sie war Mitte fünfzig und trug ihr braun gefärbtes Haar in einem einfachen Pagenschnitt. Ihre Nase war weder besonders groß noch besonders spitz, aber sie hatte die Angewohnheit, mit ihrem Kopf vorwärts zu stoßen und die Augen kurzsichtig zusammenzukneifen, was sie wie ein Frettchen aussehen ließ. Ihre harten Augen glichen zwei winzigen, stumpfen braunen Feuersteinen.

Swann hat Recht, dachte ich. Sally musste in ihren Anatomie-Vorlesungen ein paar interessante Partytricks gelernt haben, denn mit ihrem Aussehen allein war kein Staat zu machen.

Sie betrat das Wohnzimmer, eingehüllt in eine atemberaubend süßliche Duftwolke, und blieb kurz hinter der Tür stehen, offenbar überrascht, so viele Gesichter auf sich gerichtet zu sehen. »Aber Gerald«, sagte sie, indem sie jeden von uns abschätzend ansah, »du hättest mir sagen sollen, dass du Gäste hast.«

»Wir sind keine Gäste, Dr. Flannery.« Die Stimme von Willis senior wirkte wie ein eisiger Wind, der durch das Zimmer blies. »Wir sind Geralds Familie.«

Gerald drehte sich schnell zu Willis senior um, und über sein Gesicht huschte ein Ausdruck erschrockener Freude.

Bill hustete hinter diskret vorgehaltener Hand, als Sally in ihrer Duftwolke an ihm und der Couch vorbeiging. Ihr Gang war eine Art munteres Watscheln, wobei sie ihre Augen nicht von Willis senior abwandte, den sie offenbar als das Alpha-Männchen in diesem Zimmer erkannt hatte. Sein Gesichtsausdruck war so streng wie der eines Richters, seine Ellbogen ruhten auf den Armlehnen, seine Hände waren über der makellosen Weste gefaltet.

»Ich kann mich nicht erinnern, Sie schon einmal gesehen zu haben«, sagte Sally, einen Anflug von Herausforderung in der Stimme.

»Ich bin Geralds Vetter«, informierte Willis senior sie. »Glauben Sie jedoch nicht, dass dies eine Art Familienfeier ist. Nichts könnte weiter von der Wahrheit entfernt sein.«

Sally blieb einige Schritte vor seinem Sessel stehen.

»Gerald sagte mir«, fuhr Willis senior fort, »dass Sie nicht dumm sind. Deshalb gehe ich davon aus, dass Sie sich bewusst sind, dass die Strafen für Erpressung hierzulande sehr hoch sind.«

Sally streckte den Kopf vor und blinzelte. »Und ich gehe davon aus, dass Sie nicht möchten, dass die schmutzige Wäsche Ihrer Familie in aller Öffentlichkeit gewaschen wird.«

»Meine Familie kann ihre Haushaltsangelegenheiten sehr wohl allein bewältigen«, sagte Willis senior milde. »Aber ich kann durchaus dafür sorgen, dass Sie die nächsten fünfundzwanzig Jahre Wäsche waschen, wenn Sie das vorziehen.« Er spitzte den Mund und sah zur Decke. »Um ganz ehrlich zu sein, Dr. Flannery, das würde mir ein solches Vergnügen bereiten, dass ich es vielleicht sogar tue, ohne Sie vorher nach Ihren Wünschen zu fragen.«

»Willst du das, Gerald?« Sally verschränkte ihre kurzen Arme über dem hervorquellenden Busen und drehte sich blitzschnell zur Couch um. »Willst du die Firma wirklich ruinieren? Und dir ist ja sicher klar, was du deinem teuren Vater antust.«

Willis senior lächelte nachsichtig, als fände er das wirklich amüsant. »Ich würde mich nicht zu sehr auf Ihr professionelles Urteil verlassen, Dr. Flannery«, sagte er. »Genau genommen würde ich gar nichts darauf geben. Die Dokumentation Ihrer beruflichen Leistungen ist ein trauriger Lesestoff. Ich verstehe sehr gut, dass Sie Ihr Einkommen … aufbessern müssen.«

Sally wurde rot. »Das ist böswillige Verleumdung. Dagegen gibt es hierzulande ebenfalls Gesetze.«

»Tatsächlich? Oje.« Willis senior schnalzte bedauernd mit der Zunge. »Es sieht so aus, als hätte ich einen gravierenden Fehler begangen. Vielleicht sollten wir einen Fachmann zu Rate ziehen.« Etwas lauter rief er: »Mrs Burweed?«

Alle Köpfe drehten sich zur Tür, wo Mrs Burweed erschien, zusammen mit einem Mann von mittlerer Größe, mit grauem Haar und einem kleinen Schnurrbart. Er trug einen dunkelblauen Mantel und hatte eine Aktentasche in der Hand. Er sah Sally kurz an und nickte Willis senior zu.

Sally warf den Kopf in den Nacken. »Vielen Dank, aber ich kann mir selbst einen Rechtsanwalt leisten.«

»Daran habe ich keinen Zweifel«, sagte Willis senior. »Aber dieser Herr ist kein Rechtsanwalt. Dr. Flannery, ich darf Sie mit Kriminalkommissar Mappin von Scotland Yard bekannt machen.«

Sallys Arme senkten sich langsam, aus ihrem Gesicht war die Farbe gewichen.

»Der Herr Kommissar war so nett, meine Einladung für heute Abend anzunehmen«, fuhr Willis senior ungerührt fort. »Er hat sich großzügigerweise bereit erklärt, Sie nach London zurückzubegleiten, Dr. Flannery. Ich bin sicher, er wird Ihnen gern alle Fragen bezüglich der Gesetze dieses Landes beantworten.«

Kriminalkommissar Mappin klopfte auf seine Aktentasche. »Ich möchte auch ein paar Fragen stellen.«

Sally die Schlampe schob das Kinn vor und starrte Willis senior giftig an. »Wir sehen uns vor Gericht.«

Dieser deutete eine Verbeugung an. »Darauf freue ich mich.«

»Kommen Sie … Frau Doktor.« Kriminalkommissar Mappin trat zur Seite, und Sally watschelte an ihm vorbei, worauf er ihr in den Flur folgte. Nachdem Mrs Burweed die Haustür hinter ihnen geschlossen hatte, wobei sie heftig mit der Hand vor ihrem Gesicht wedelte, herrschte im Wohnzimmer einige Augenblicke lang verblüfftes Schweigen.

»Frische Luft!« Willis senior machte einen Schritt in Richtung der Terrassentür, aber ich war schneller. Ich sprang auf, legte meine Hand auf seine Schulter und begleitete ihn zurück zu dem Sessel, in dem er anfangs gesessen hatte.

»Bleib sitzen«, befahl ich. Ich sah rückwärts über meine Schulter. »Nell, würdest du bitte die Tür zum Garten aufmachen? Hier muss dringend gelüftet werden, aber William rührt sich nicht vom Fleck.« Mit gerunzelter Stirn sah ich ihn an, während ich mich wieder auf die Armlehne von Bills Sessel setzte. »Er bleibt, wo er ist, bis wir von ihm und Gerald *alles* gehört haben.«

Nell öffnete beide Flügel der Terrassentür, und die kühle Abendluft strömte herein und reinigte das Zimmer nicht nur von Sallys Parfüm, sondern auch von ihrer Bösartigkeit.

Als Nell sich wieder auf den Schemel am Kamin gesetzt hatte, verspürte ich plötzlich ein so starkes Gefühl der Befreiung, als ob Willis senior einen bösen Zauber gebrochen hätte. Auf Geralds Gesicht lag eine seltsame Mischung aus Erleichterung und Sorge; er schien froh zu sein, dass Sally keine Macht mehr über ihn hatte, aber er sorgte sich auch wegen der Konsequenzen.

»So, William«, sagte ich. »Jetzt bist du dran mit Erzählen.«

Willis senior räusperte sich und legte die Fingerspitzen gegeneinander. »Loris ursprünglicher Verdacht war richtig«, fing er an. »Ich war mit einem geschäftlichen Vorhaben nach England gekommen. Der Gedanke an eine Zusammenarbeit mit meinen englischen Verwandten hatte mich schon lange gereizt, aber als ich die ersten Vorbereitungen zu einem Gespräch traf, hörte ich Besorgnis erregende Gerüchte über Gerald. Ich entschied, dass ich meine Pläne nicht weiterverfolgen könne, bis ich wusste, ob diese Gerüchte der Wahrheit entsprechen.«

»Aber William«, sagte Nell, »Lucy und Anthea sagten, dass du mit ihnen nur über die Familiengeschichte gesprochen hast.«

»Das war meine Visitenkarte«, sagte Willis senior. »Diese Fragen über die Vergangenheit waren nur der Vorwand für meine Erkundigungen zur gegenwärtigen Situation. Wie es sich herausstellte, hängen die beiden auf eine Art und Weise zusammen, die ich nicht voraussehen konnte.« Er wandte sich an Gerald. »Würdest du das bitte erklären?«

Gerald erklärte. »Vor zwei Jahren rief Sally mich in der Kanzlei an und bat mich, ins Flamborough Hotel zu kommen. Als ich sie dort traf, erklärte sie mir, dass sie alles über Arthurs Unterschlagungen wisse.«

»Arthur?«, sagte Nell zweifelnd. »Arthur ist nicht schlau genug, Unterschlagungen zu begehen.«

»Ja, Nell, das ist richtig«, stimmte Gerald zu. »Aber Arthur hatte Fehler gemacht, teure Fehler, und zwar in fünf verschiedenen Fällen, was man sehr wohl als Unterschlagungen hätte interpretieren können. Sally hat es mir bei diesem ersten Treffen erklärt. Sie kennt die Namen, die Daten, die Zahlen …«

»Und sie hat gedroht, alles an die Öffentlichkeit zu zerren, wenn du nicht bezahlst«, unterbrach ich. »Einmal Erpresser, immer Erpresser.«

Bill strich sich über das Kinn, wo früher sein Bart war. »Und wie kam sie an diese Informationen?«

»Douglas«, erwiderte Gerald mit gekräuselten Lippen. »Antheas erster Mann kümmerte sich um unser Rechnungswesen. Er wusste, was Arthur angestellt hatte, erzählte aber niemandem etwas davon, außer Sally. Mit ihr hat er Witze darüber gemacht, dieser gemeine Hund.«

»Du hättest Sally doch aber nicht glauben müssen«, sagte ich. »Hatte sie denn Beweise?«

»Nicht in ihrem Besitz«, sagte Gerald. »Aber sie sagte mir, wo ich sie finden könne. Sie erzählte mir, dass Douglas geheime Duplikate aller Rechnungsbücher besaß, in denen nicht nur Arthurs Irrtümer verzeichnet sind, sondern auch seine eigenen, absichtlichen Fehler.« Gerald sackte zusammen. »Arme Tante Anthea. Sie dachte, er wäre ein ehrlicher Mensch gewesen, bis Sally ihm den Kopf verdrehte, aber er war es nicht. Douglas hat jahrelang unsere Klienten betrogen.«

Ich sah, wie Geralds Brust sich hob und senkte, und zum ersten Mal ahnte ich die ganze Last, die während der letzten zwei Jahre auf ihm gelastet haben musste, und ich verstand, wie viele Menschen verletzt werden würden, wenn er diese Last abwarf. Das letzte bisschen Respekt, das Anthea für ihren toten Mann noch aufbrachte, wäre dahin, zusammen mit ihrer Verehrung für Julia Louise. Und Lucy würde in Zukunft das Porträt in ihrem Büro nur noch mit Abscheu ansehen können. Arthurs Karriere wäre zu Ende, und die Firma hätte eine ungewisse Zukunft. Was Onkel Tom anbetraf … Er mochte die Nachricht über das Tagebuch noch verkraften, aber würde er bei den anderen Schwierigkeiten der Familie auch so gelassen bleiben können? All diese Gedanken schossen mir nacheinander durch den Kopf und ich bekam eine kleine Vorstellung davon, was Gerald durchgemacht hatte, und warum er alles so bereitwillig auf sich genommen hatte.

»Wo hatte Douglas die Duplikate der Kontobücher denn aufbewahrt?«, fragte Nell.

Gerald warf ihr einen seltsamen Blick zu. »Du wirst es kaum glauben. Ich habe es Sally auch erst nicht geglaubt. Es klang zu fantastisch, zu …« Er schloss die Augen. »Grand Guignol in Anne Elizabeth Court Nummer drei – wer hätte das gedacht?«

Ich rückte ein bisschen dichter an Bill heran. »Er hatte die Duplikate der Kontobücher in der Kanzlei versteckt?«

»Laut Sally«, erklärte Gerald, »hatte er sie in einem geheimen Gewölbe unter der Kanzlei versteckt. Diese Gewölbe sind wie große Keller, mit runden Decken und Wänden aus grob behauenem Stein.« Gerald hob die Arme und formte einen Bogen über seinem Kopf, dann nahm er sie plötzlich herunter und schlang sie um sich, als ob ihm kalt sei. »Es sind kalte und dunkle Höhlen, voller Schatten und merkwürdiger Geräusche. Als Lucy und ich Kinder waren, wagten wir uns manchmal als Mutprobe dort hinunter. Ich erinnere mich noch genau, was für eine Angst ich hatte, und wie mutig ich tat …

An dem Abend«, fuhr er fort, »als ich mich mit Sally getroffen hatte und nachdem Lucy und Arthur in ihre Wohnungen gegangen waren, stieg ich in die Gewölbekeller hinunter. Ich hatte einen Hammer und eine Taschenlampe mitgenommen, denn sie sind nicht gut beleuchtet. Ich habe zwei Stunden lang die Wände abgeklopft, bis ich eine Stelle fand, die anders als der Rest klang. Als ich mich mit der Schulter dagegen lehnte, schwang sie mit einem komischen, raspelnden Geräusch nach innen, was in der Dunkelheit tausendmal widerhallte.«

Gerald saß zusammengesunken auf der Couch und starrte auf das elektrische Feuer, er sprach wie zu sich selbst.

»Es war ein kleiner Raum«, sagte er, »nicht größer als ein Verschlag, und voller Holzregale. Douglas' private Kontobücher waren das Erste, was ich sah, und mit der Taschenlampe überflog ich sie schnell, um zu sehen, ob die Schlampe die Wahrheit gesagt hatte. Ich war schrecklich müde, aber nicht zu müde, um zu merken, dass diese Bücher einen Aufruhr verursachen würden.«

Ich verstand sofort. »Und zu dem Zeitpunkt konntet ihr euch keinen Aufruhr leisten«, sagte ich. »Ihr hattet gerade Williston, Anthea und deinen Vater verloren – Lucy und du musstet euch anstrengen, um euch über Wasser zu halten. Ein weiterer Skandal hätte euch erledigt.«

Gerald schien mich nicht zu hören. »Ich weiß nicht mehr, wie lange ich dort stand und mir überlegte, was ich machen sollte«, sagte er, »aber plötzlich bemerkte ich, dass in dieser Kammer noch andere Dinge waren – ein altes Buch, gespickt mit Papieren, und eine Holzkiste.« Gerald rieb sich die Arme. »Ich kann euch gar nicht schildern, wie es war, als ich die Kiste öffnete und sah …« Er schluckte hart, und wir alle schluckten mit ihm.

»Ich blieb die ganze Nacht auf und las Sir Willistons Tagebuch und versuchte, die Mosaiksteine zusammenzufügen. Am Morgen hatte ich meinen Entschluss gefasst. Ich würde Sally bezahlen, damit sie schwieg, und alles, was ich gefunden hatte, verstecken.« Gerald ließ den Kopf hängen. »Ich hatte keine Wahl.«

»Du hast immer die Wahl gehabt, mein Junge«, sagte Willis senior ungerührt.

Gerald sah schrecklich unglücklich aus, wie er da so ganz allein auf der Couch saß. Mein Hals schnürte sich plötzlich schmerzhaft zusammen, und ohne nachzudenken ging ich zu ihm; als er meine Hand nahm, ließ ich sie ihm.

»William hat Recht«, sagte ich. »Du hattest eine Wahl. Und die bestand darin, Lucy zu schützen.«

Gerald nickte unglücklich. »Sie liebt die Firma genauso sehr wie sie Julia Louise liebt. Wenn ich Arthurs Fehler aufgedeckt hätte, wäre die Firma ruiniert gewesen, und wenn ich ihr die Kiste gezeigt hätte, wäre Julia Louise für sie erledigt gewesen. Das konnte ich nicht. Nein, das konnte ich Lucy nicht antun.«

»Natürlich nicht«, murmelte ich.

Gerald hob den Kopf und sah mich an. Sein Blick war zärtlich und voller Schuldgefühl, und er trieb mir die Tränen in die Augen. »Ich bin kein Held, Lori. Ich habe es nicht nur Lucys wegen getan. Mein Stolz war verletzt. Ich war übergangen worden, genau wie mein Vater, und ich wollte nichts mehr mit der Familie Willis zu tun haben.« Er ließ meine Hand los und starrte düster auf das trostlose elektrische Feuer. »Also kam ich hierher. Ich brachte alles mit, was ich in den Gewölben fand, falls es Sally jemals einfallen sollte, Lucy über die verborgene Kammer zu unterrichten. Ich bezahlte Sally für ihr Stillschweigen und sagte mir jedes Mal, was für ein edler

Mensch ich sei, dass ich für eine Familie, die mich verschmäht hatte, solche Opfer brachte. Und die ganze Zeit habe ich sie verachtet, wegen ihrer Sünden in der Vergangenheit und ihrer Dummheit in der Gegenwart.« Er sah mich wieder an. »Das sind nicht die Gefühle eines Helden.«

»Vielleicht nicht.« Willis senior stand rasch auf und stellte sich vor Gerald, eine Hand hinter dem Rücken, die andere an seinem Revers. »Es gibt jedoch eine Eigenschaft, die man gemeinhin als Charakter bezeichnet, von der du mehr als genug hast, junger Mann. Egal, was deine Motive waren, du hast großmütig gehandelt.« Willis senior hob mahnend den Finger. »Nicht vernünftig, verstehe mich nicht falsch, aber großmütig.«

Gerald ließ den Kopf hängen. »Ich bin ein riesiger Hornochse gewesen, Vetter William, darüber bin ich mir im Klaren.«

»William«, sagte Nell, »woher wusstest du, was Gerald getan hat? Es gab doch niemanden in der Familie, der es dir hätte sagen können.«

Willis senior lächelte. »Geralds ehrlicher Charakter hat ihn selbst verraten. Jeder, mit dem ich sprach, erzählte mir lang und breit, was für ein großartiger junger Mann er sei. Als Arthur mir dann von seinen Verabredungen im Flamborough erzählte, kam mir das äußerst merkwürdig vor und ich bat Scotland Yard, ein paar Informationen einzuholen.«

Unwillkürlich musste ich lachen. »Du hast Scotland Yard bemüht, nur um Gerald überprüfen zu lassen?«

»Ich dachte, es würde Zeit sparen«, sagte Willis senior. »Wie es das Schicksal so wollte, hatte Kriminalkommissar Mappin Dr. Flannery und ihre Geschäfte schon seit Jahren im Visier, aber bisher hatte noch nie jemand konkret Klage gegen sie erhoben. Nun kam ich also zusammen mit dem Kriminalkommissar nach Haslemere zurück, um … um Gerald zu überreden, uns endlich reinen Wein einzuschenken.«

Gerald und Bill tauschten ein gequältes Lächeln aus, denn beide wussten, was es bedeutete, von Willis senior zu etwas überredet zu werden.

»Es war der Vorschlag des Kriminalkommissars, Dr. Flannery einzuladen«, sagte Willis senior. »Meiner Meinung nach war es eine ausgezeichnete Idee. Sie ist ein übles Individuum, und je schneller sie dem öffentlichen Leben entzogen wird, desto besser.«

Bill lehnte sich im Sessel zurück und strahlte seinen Vater an. »Es soll bloß niemand sagen, mein Vater wüsste nicht, wie man ein großes Finale inszeniert. Bravo, Vater. Gut gemacht!«

Gerald fuhr sich nervös mit der Hand durchs Haar. »Ich glaube, das war noch nicht das Finale«, sagte er. »Ich habe noch ein paar sehr schlechte Nachrichten für Lucy und für meinen Vater.«

»Ich weiß, wie du den Schlag für deinen Vater mildern kannst«, sagte ich. »Du kannst jetzt aufhören, seine Sammlung zu verkaufen.«

Gerald sah mich sprachlos an. »Aber ich verkaufe sie ja gar nicht. Das kann ich nicht. Sie gehört doch nicht uns.«

»Lucy sagte, sie gehört euch«, bemerkte Nell. »Sie sagte, dass dein Vater die Sachen nach dem Krieg billig erworben hat.«

»Billig waren sie.« Zum ersten Mal während des ganzen Abends zeigte sich Geralds Grübchen unter den blauen Flecken. »Er fand die Gegenstände in den Trümmern von Kirchen und den zerstörten Häusern privater Sammler. Als ich mir alte Auktionskataloge ansah, um eine Vorstellung von ihrem Wert zu bekommen, fand ich dort all die Reliquiare, Kelche, Kruzifixe mit den Namen ihrer Besitzer verzeichnet. Ich schicke sie anonym an ihre Eigentümer zurück.«

Bill stützte das Kinn auf die Hand und seufzte tief. »Du fängst an, mir sehr unsympathisch zu werden, Gerald. Bitte, heitere mich auf. Erzähle mir wenigstens, dass du alte Witwen ausraubst, um all diese teuren Geschenke für deinen Onkel kaufen zu können.«

Geralds schiefes Lächeln wurde zu einem Lachen. »Tut mir leid, Bill, die Witwen Englands sind vor mir sicher. Aber obwohl ich aus der Firma ausgeschieden bin, besteht Lucy immer noch darauf, mir meinen Gewinnanteil auszuzahlen. Es schien mir nicht richtig, das Geld für mich zu verbrauchen, also habe ich es benutzt, um meinem Vater mit dem Kauf seines Hauses in Old Warden zu helfen und Onkel Williston ab und zu ein paar Sachen zu schenken, die ihm Freude machen.«

Bill spitzte missbilligend die Lippen. »Genauso dachte ich es mir.«

Am anderen Ende des Flurs klingelte das Telefon. Einen Augenblick später erschien Mrs Burweed mit der Nachricht, der Anruf sei für Willis senior. Er dankte ihr, dann bat er Bill um ein kurzes Gespräch unter vier Augen.

Auf mein fragendes Gesicht antwortete Bill mit einem ratlosen Achselzucken, dann folgte er seinem Vater in den Flur. Ich sah zu Nell hinüber, aber sie hatte die Arme um die Knie geschlungen und sah reglos auf das elektrische Feuer. An ihrer außergewöhnlichen Schweigsamkeit merkte ich, dass sie tief in Gedanken war.

Gerald und ich waren so gut wie allein.

Kapitel 31

Mein Herz fing an, gefährlich zu hämmern. Ich machte ein- oder zweimal den Mund auf, ehe ich etwas lahm herausbrachte: »Es tut mir leid wegen deinem Auge.«

Gerald sah mich spitzbübisch von der Seite an und murmelte: »Damit habe ich nicht zu teuer bezahlt.«

Ich spielte nervös mit einer Falte meines Kleides, schluckte und sah nach unten. »Es tut mir auch leid wegen der dummen Geschichte, die Nell und ich dir vorgespielt haben.«

»Ach ja. Miss Shepherd und die kleine Nicolette.« Gerald legte den Kopf auf die Seite. »Was sollte dieses Theater?«

»Wir hatten dieselben Gerüchte gehört wie William«, erklärte ich, wobei ich so leise wie möglich sprach, um Nell nicht aus ihrer Versunkenheit zu wecken. »Wir wussten nicht, ob wir dir trauen konnten.«

»Aber jetzt wisst ihr es?«, fragte Gerald.

»Ja. Und der Rest der Familie auch.« Ich merkte, wie Gerald starr wurde, und sah in sein Gesicht, das wie versteinert wirkte. »Außer meinem Vater habe ich keine Familie«, sagte er kalt.

»Keine Familie?« Der rotgoldene Schleier, der sich gerade vor meinen Augen ausgebreitet hatte, wurde abrupt knallrot, und ich sah Gerald direkt ins Gesicht, damit ich nicht zu laut reden musste, um ihm meinen Standpunkt klar zu machen. »Was weißt du schon, wie es ist, keine Familie zu haben? Ich habe meine Großeltern nie gekannt, und mein Vater starb, als ich noch in den Windeln lag. Die einzige Familie, die ich jemals hatte, war meine Mutter. Aber *du* …« Ich deutete mit dem Finger auf Geralds erschrecktes Gesicht, fast zu böse, um zu sprechen. »*Du* hast einen Vater und einen Onkel und eine Tante und so viele Vettern und Cousinen, dass du gar nicht weißt, wohin damit. Und sie alle liegen dir zu Füßen. Und dann *wagst* du es, mir zu sagen, du hättest keine Familie?«

»Aber … aber …«

Ich hob die Hände und ließ ihn nicht zu Wort kommen. »Okay, Onkel Williston hat dich also wegen eines albernen kleinen Männerrituals angelogen. Was ist da schon dabei? Macht das die Liebe, die man dir ein Leben lang geschenkt hat, rückgängig? Und damit du es weißt«, zischte ich und beugte mich vor, sodass meine Nase beinahe seine berührte, »es sind die *Frauen*, die entscheiden, wer zur Familie gehört, nicht die Männer.«

»Wirklich?«, sagte Gerald kleinlaut.

Ich dachte an Bills Tanten und nickte mit Nachdruck. »Ja. Und was Anthea und Lucy angeht, so bist du ein hundertprozentiger Willis. Also hör auf mit diesem … mit diesem Gejammer.« Ich schwieg, um wieder zu Atem zu kommen, und als Gerald seinen Arm hob, um ihn auf die Rückenlehne der Couch zu legen, merkte ich plötzlich, dass ich praktisch auf seinem Schoß saß.

»Selbstmitleid, was?«, fragte er. »Ist das mein Problem?«

»J-ja«, erwiderte ich und versuchte nach Kräften, nicht daran zu denken, dass mein Knie seinen Oberschenkel berührte. »Deshalb hast du Lucy mit den dämlichen Männern eurer Verwandtschaft in einen Topf getan, und das verdient sie nicht. Sie hat dich nie verraten. Sie wusste nichts von Sir Willistons schrecklichem Tagebuch.«

»Stimmt«, sagte Gerald niedergeschlagen.

»Sie wird darüber hinwegkommen«, versprach ich. »Sie wird Julia Louises Porträt auf den Scheiterhaufen werfen und sich ein würdigeres Vorbild suchen. Nicht, dass sie eines braucht. Sie ist auch so schon ziemlich außergewöhnlich.«

»Ich vermute, sie wird früher oder später von dem Tagebuch erfahren«, gab Gerald zu. »Arthur wird sich bestimmt mal verplappern.«

»Dann sorge dafür, dass sie es von dir erfährt.« Ich sah Gerald ernst in das schöne, verschwollene Gesicht. »Geh zu Lucy zurück und erzähle ihr die Wahrheit und nichts als die Wahrheit – erzähle ihr auf keinen Fall etwas anderes.«

Geralds Grübchen zeigten sich wieder. »Du rätst mir also, vollkommen ehrlich zu sein?«

Ich nickte. »Glaub mir, Gerald, es ist nicht nur der beste Weg, es ist der einzige Weg, wenn es um jemanden geht, den man liebt.«

»In dem Falle muss ich dir ein weiteres Geständnis machen, Lori.« Er beugte sich vor, und seine Lippen waren ganz nahe an meinem Gesicht. »Ich wollte nicht nur nett sein.«

Ich sah in seine Meerwasseraugen, und dort war etwas, das mich mit einer neuen Art von Wärme durchflutete. »Du machst es schon wieder, nicht wahr?«

Gerald senkte die langen Augenwimpern, und sein Mund verzog sich zu einem reumütigen Lächeln. »Vielleicht«, gab er zu. »Als ich dich das letzte Mal sah …«

»Die Dinge liegen jetzt anders«, versicherte ich ihm. »Der Sohn von Mr Willis ist zur Vernunft gekommen. Aber trotzdem danke, Gerald. Ich werde das nie vergessen.« Ich beugte mich näher zu ihm und küsste ihn sanft auf die Wange. »Vielleicht kann ich dir eines Tages auch einen Gefallen tun.«

»Das hast du schon, Lori«, sagte er leise.

Gerald und ich sprachen über die Schwierigkeiten, die rechtmäßigen Besitzer der Stücke in seines Vaters Sammlung zu finden, als die Tür geöffnet wurde und Bill, in lebhaftem Gespräch mit Willis senior, ins Zimmer kam.

»Wer hat angerufen?«, fragte ich meinen Mann mit liebevollem Lächeln.

»Thomas«, erwiderte Willis senior. »Ich versicherte ihm, dass alles in Ordnung ist und sein Sohn ihn morgen besuchen wird.« Er und Bill standen vor der Couch und sahen aus, als hätten sie gerade das Problem gelöst, wie man eine bestimmte Angelrute aus Bambus so beschweren könne, dass sie für immer auf dem Grund eines gewissen Sees in Maine liegen blieb.

»Und nun, Gerald«, sagte Willis senior aufgeräumt, »denke ich, dass wir auch die Angelegenheit abschließen können, wegen der ich ursprünglich zu dir gekommen war.«

»Ausgezeichnet«, sagte Gerald und stand auf.

»Was für eine Angelegenheit?«, fragte ich misstrauisch. »Du hast versprochen, nicht aus Boston wegzugehen.«

»Ein Versprechen, das ich zu halten gedenke.« Willis senior legte eine Hand auf Bills Schulter und die andere auf Geralds. »Lori, gestatte mir, dass ich dir die soeben gegründete europäische Zweigstelle von Willis & Willis vorstelle.«

Ich brauchte ein paar Minuten, ehe ich die Bedeutung dieser Worte verstand. *»Bill?«*, rief ich aus. »Bill wird in *Finch* arbeiten?«

»Wenn er nicht in London zu tun hat«, sagte Gerald. Er hielt die Hand an sein blaues Auge. »Ich sage Lucy schon lange, dass wir eine starke Hand brauchen.«

»Ich möchte in aller Bescheidenheit erwähnen«, sagte Willis senior, »dass die Bekanntgabe unserer Partnerschaft alle Unsicherheiten, die es möglicherweise durch Dr. Flannerys Enthüllungen auf beiden Seiten des Atlantiks geben könnte, ein für alle Mal beseitigen dürfte.«

Ich betrachtete die drei Männer, die sich sofort in ihre Zukunftspläne vertieften. Willis senior führte aus, wie kompliziert es sei, die zunehmend internationale Klientel der Firma von Boston aus zu bedienen, aber er konnte mich nicht täuschen. Ich hatte endlich verstanden, was er schon längst geplant hatte.

Mein geliebter Schwiegervater hatte einfach dafür gesorgt, dass Bill und ich nicht länger das einzige transatlantische Ehepaar in unserem Bekanntenkreis waren. Er hatte uns aus dem Haus in Boston und weg von Bills schrecklichen Tanten in unser Haus nach Finch versetzt, wo wir von lieben Freunden und einer Schar warmherziger Verwandter umgeben waren. Er wusste, dass wir unter den ersten beiden Jahren unserer Ehe fast zerbrochen wären, aber er wusste auch, dass wir bei richtiger Pflege wieder gesunden würden. Gleichzeitig machte er natürlich auch in Boston klar Schiff, sodass er zu dem zurückkehren konnte, was er als seine Lebensaufgabe ansah, und außerdem verbesserte er die Chancen, endlich ein Enkelkind zu bekommen – das war nur zu verständlich. Onkel Tom hatte Willis senior nicht umsonst einen schlauen alten Fuchs genannt.

»William«, sagte Nell, die endlich aus ihren Träumen am Kamin aufgewacht war.

Willis senior sah sie an. »Ja, Eleanor?«

Nell sah ihn mit gerunzelter Stirn an. »Bedeutet das, dass Anne Elizabeth Court Nummer drei jetzt dir gehört?«

»Es gehört meiner Familie«, sagte Willis senior, wobei er Gerald mit Wärme ansah. »Wie schon immer.«

»Ich habe noch eine Frage«, sagte Nell. »Warum hast du diese verwirrende Botschaft für Lori zurückgelassen, als du aus dem Haus gegangen bist? Wir hatten solche Mühe, dich zu finden.«

Willis senior sah mich verlegen an. »Verzeih, Lori. Ich war so aufgekratzt, als ich losfuhr, dass ich wohl ein paar wichtige Details vergessen habe. Verständlich, würde ich sagen, unter den Umständen. Schließlich bekommt man nicht alle Tage eine so erfreuliche Nachricht.«

»Erfreuliche Nachricht?«, wiederholte ich verständnislos.

Willis senior fasste nach dem Knoten seiner Krawatte, dann legte er sanft die Hand auf meine Schulter. »Mein liebes Mädchen«, sagte er, und seine Stimme klang ungläubig, »soll das bedeuten, dass sie dich nicht erreicht haben?«

»Wer hat mich nicht erreicht?«, wollte ich wissen. Langsam wurde ich nervös.

Willis senior setzte sich neben mich auf die Couch. »Dr. Hawkings, Liebes. Er rief an, als du bei Emma warst, und teilte mir das Ergebnis des letzten Tests mit. Lori, mein liebes, *liebes* Mädchen, er ist positiv.«

»Dr. Hawkings gab dir *mein* Testergebnis?«, quietschte ich empört.

»Testergebnis?«, sagte Bill.

»Er sagte, du hättest ihm die Erlaubnis gegeben, es von den Dächern ausrufen zu lassen«, sagte Willis senior. »Er sagte auch, dass du inzwischen gewisse … Symptome bemerkt haben müsstest.«

»Symptome?«, wiederholte Bill.

»Hmmm …« Ich kratzte mir den Kopf und dachte an die letzten Tage – die ungewöhnliche Müdigkeit, die ewigen Rückenschmerzen, die Stimmungsschwankungen … Wie hatte ich so begriffsstutzig sein können? Ich sah an dem losen Baumwollkleid herunter, das Nell für mich ausgewählt hatte, und sagte verwundert: »Dabei habe ich sogar die Brownies hinter der Hecke gelassen.« Anklagend sah ich Nell an. »*Du* hast es gewusst.«

»Ich hatte so eine Ahnung«, sagte Nell und kam zu mir auf die Couch.

»Emma hatte mich schon wegen deiner Ahnungen gewarnt.« Ich sprang auf und drückte sie und Bertie ganz fest an mich.

»Hast deine Brownies hinter der Hecke gelassen«, murmelte Bill. Plötzlich breitete sich auf seinem Gesicht ein geradezu verklärtes Leuchten aus. »Lori? Willst du damit sagen, dass du …«

»Ja, du riesengroßer Dummkopf«, sagte ich und strahlte ihn an. »Ich bin *schwanger!* Du bist ja fast so begriffsstutzig wie ich … Schnell, Gerald, fang ihn auf!«

Wir verbrachten die Nacht im Georgian, nachdem ein Arzt die Platzwunde an Bills Kopf genäht hatte, und kehrten am folgenden Tag nach Finch zurück. Emma und Derek warteten im Haus auf uns, neben ihnen der überglückliche Ham. Bill bestand darauf, mich nicht nur über die Schwelle, sondern auch sonst überallhin zu tragen, bis ich drohte, ihm eins hinter die Ohren zu geben, wenn er mich nicht sofort absetzte.

Emma hatte ein vegetarisches Willkommensmahl bereitet, das Derek sofort in eine »Hommage an die Fruchtbarkeit« umdeklarierte, und obwohl ich den Wein ablehnte, aß ich genug für zwei. Satt und glücklich überließ ich es Nell, von unseren Abenteuern zu erzählen, und schlüpfte mit meinem Aktenkoffer und Reginald ins Arbeitszimmer.

Das Zimmer war genau, wie ich es verlassen hatte. Still und friedlich lag es da, mit all den Mustern, die die Sonne mit den Schatten des Efeus malte. Ich setzte mich in Willis seniors Lieblingsledersessel, öffnete den Aktenkoffer und holte das blaue Tagebuch heraus. Ich legte den Aktenkoffer auf den Boden, nahm Reginald auf den Schoß und öffnete das Buch. »Dimity? Wir sind wieder da.«

Endlich. Und täuscht mich mein Gefühl, oder ist da noch jemand bei uns?

Bisher hatte ich nicht geweint, aber jetzt fiel eine Träne auf Reginalds Kopf, als ich antwortete: »Wenn es ein Mädchen wird, darf ich sie Dimity nennen?«

Ich würde mich geehrt fühlen. Und wenn es ein Junge ist?

»Rob, denke ich. Nach Bobby, deinem Verlobten.«

Hast du es Bill schon gesagt?

»Dass ich unseren Sohn nicht William nennen möchte?« Ich schüttelte den Kopf. »Noch nicht. Aber er wird sich dran gewöhnen.«

Bobby wollte immer eine große Familie. Ich auch.

»Dimity«, sagte ich, »du hast schon eine große Familie. Ich glaube, der einzige Grund, warum du mich auf diese wahnwitzige Reise geschickt hast, war, dass ich einige ihrer Mitglieder kennenlernen sollte. Ich bin froh, dass du es getan hast. Ich finde es schön, zu deiner Familie zu gehören. Und bald wird sie ein weiteres Mitglied haben.« Ich wischte eine neue Träne weg, die mir über die Wange lief. »Würdest du es Mama erzählen?«

Sie weiß es schon.

»Ich wünschte …« Ich sah zum Fenster. Die Efeublätter flatterten in der leichten Brise wie Hunderte von Fähnchen, die mich willkommen hießen. Plötzlich musste ich lachen. Eine Welle tiefer Zufriedenheit erfasste mich. »Ich wünschte, ich könnte aufhören, zu wünschen.«

Lori, mein liebstes Kind, deine Wunschtage fangen gerade erst an!

Epilog

Bills Fäden werden gezogen sein, lange ehe unser Baby kommt, aber ich habe ihm schon gesagt, dass er es sich aus dem Kopf schlagen soll, mit in den Kreißsaal zu kommen. Es gibt dort zu viele scharfe Metallgegenstände, und ich möchte, dass wir alle drei das Krankenhaus gesund verlassen.

Swann hat uns versichert, dass Bills Arm bis zu Lucys und Geralds Hochzeit wieder völlig in Ordnung sein wird, was Willis senior eine große Beruhigung ist, denn er zuckte sichtlich zusammen bei dem Gedanken, dass sein Schneider womöglich einen Cut für einen Gipsarm mit abstehendem Daumen anfertigen müsse. Ich habe mir für den großen Tag ein regelrechtes Festzelt gekauft, denn bis dahin werde ich vermutlich die Ausmaße der *Hindenburg* haben. Es sieht aus, als würde unser Kind in der Statur eher Arthur ähneln.

Nell ist seit unserer Rückkehr von der Reise ein wahrer Engel. Sie hat Emma sehr fleißig mit der restlichen Ernte geholfen, Derek bei der Einweihung der Kirche in Chipping Campden vor dem Bischof laut gelobt und das Wort »Pferd« so zufällig und scheinbar absichtslos in jedes Gespräch eingeflochten, dass Emma und Derek, als sie endlich das Fuchsfohlen von Anthea kauften, tatsächlich dachten, es würde eine Überraschung für sie werden.

Onkel Tom geht es bemerkenswert gut, seit er seine Energie nicht mehr darauf verschwenden muss, sich Sorgen um Gerald zu machen. Er akzeptierte die traurige

Nachricht seines Sohnes mit Gleichmut, wobei sein Kommentar war, dass jemand, der den ›Blitz‹ auf London überlebt hat, wohl auch einen kleinen Schlag gegen sein Selbstbewusstsein überleben würde. Anthea hat ihre Biografie in *Drachenfeuer* umbenannt und ist damit beschäftigt, alles zu überarbeiten. Als ich sie anrief, um ihr mein Beileid auszudrücken, sagte sie: »Natürlich war es zuerst ein Schock, aber dann erinnerte Swann mich daran, wie gut Horror sich verkauft …«

Gerald hat Sybellas sterbliche Überreste nach Boston überführen lassen, wo sie in aller Stille im Familiengrab beigesetzt wurden. Er schickte auch eine Abschrift von Sir Willistons Tagebuch nach Cloverly House, worauf Onkel Williston jetzt völlig anders therapiert wird. Wie Sir Poppet nach dem ersten Lesen sagte: »Es hilft doch sehr, wenn man alle Fakten kennt.«

Nell erzählt jedem, dass sie hofft, Onkel Williston könne zur Hochzeit kommen, aber inzwischen kenne ich sie gut genug, um zu wissen, dass sie insgeheim hofft, er würde in Kniehosen kommen. Ich kenne sie auch gut genug, um meinen Mund zu halten, so oft Emma mich nach der Herkunft einer gewissen Wildlederjacke fragt, die auf geheimnisvolle Weise in Nells Kleiderschrank auftauchte, als wir aus Haslemere zurück waren. Ich denke, es wird Willis senior und Derek nicht schaden, wenn sie ihren Sockel mit einem dritten Idol teilen müssen, und Nell hätte kein besseres wählen können. Zum Teufel, ich an ihrer Stelle würde die verdammte Jacke wahrscheinlich unter mein Kopfkissen legen.

Aber ich habe meinen eigenen Helden, den ich verehre, und obwohl ich es rundweg abgelehnt habe, das neue Wesen, das in mir entsteht, »unseren kleinen rosa Wackelpudding« zu nennen, scheint mein Held mich ebenfalls zu verehren. Wir hatten vorgehabt, uns während der vergangenen paar Monate wieder kennenzulernen, aber wir haben gerade erst die Oberfläche angekratzt. Es scheint, als sei eine richtige Ehe eine endlose Entdeckungsreise.

Ich habe immer noch nicht aufgehört zu wünschen, obwohl meine Wünsche sich jetzt geändert haben. In dem Moment, wo man einen winzigen Fuß spürt, der einem von innen gegen das Rückgrat tritt, verändert sich alles. Ich habe Emma von einigen meiner Wünsche erzählt, Bill wieder von anderen, aber es gibt nur einen Menschen, der sie alle kennt.

Dimity ist nicht immer bei uns, aber sie scheint immer da zu sein, wenn ich sie brauche. In solchen Nächten warte ich, bis Bill schläft, dann stehle ich mich nach unten und braue eine Kanne mit Sir Poppets Kräutertee. Ich mache im Arbeitszimmer Feuer und hole mir Reginald, dann schlage ich das blaue Tagebuch auf und spreche mit Tante Dimity über alles, was ich auf dem Herzen habe. Was ich gegen die Schwangerschaftsstreifen tun soll, ob ich eine Ultraschall-Untersuchung machen lassen soll – all die wichtigen Fragen dieser neuen, aufregenden Welt, an der ich jetzt teilhabe.

Und wenn ich das Tagebuch zuklappe, dann schließe ich die Augen und wünsche mir mit aller Kraft, dass das Leben meines Kindes so gesegnet sein möge wie das meine.

Toms Karamellbrownies

(angegebene Menge ergibt 16 Stück)

115 g Butter, zerlassen
450 g Rohrzucker

2 Eier

350 g Mehl

2 Teel. Backpulver

1 Teel. Vanillearoma

Backherd auf 190 °C vorheizen.
Viereckige Backform (ca. 22 cm lang) fetten.

Alle Zutaten gut miteinander vermengen, dann in die Backform streichen und 35–40 Minuten backen, bis sich die Oberfläche trocken und auf Druck beinahe fest anfühlt.

10–15 Minuten auskühlen lassen und dann in Vierecke schneiden.

Die Community für alle, die Bücher lieben

Das Gefühl, wenn man ein Buch in einer einzigen Nacht verschlingt – teile es mit der Community

In der Lesejury kannst du

- ★ Bücher lesen und rezensieren, die noch nicht erschienen sind
- ★ Gemeinsam mit anderen buchbegeisterten Menschen in Leserunden diskutieren
- ★ Autoren persönlich kennenlernen
- ★ An exklusiven Gewinnspielen und Aktionen teilnehmen
- ★ Bonuspunkte sammeln und diese gegen tolle Prämien eintauschen

Jetzt kostenlos registrieren: www.lesejury.de
Folge uns auf Facebook:
www.facebook.com/lesejury